王绍辉／著

天津出版传媒集团
天津人民出版社

图书在版编目(CIP)数据

少年行 / 王绍辉著. -- 天津 : 天津人民出版社,
2022.10
ISBN 978-7-201-18182-0

Ⅰ. ①少… Ⅱ. ①王… Ⅲ. ①长篇小说—中国—当代
Ⅳ. ①I247.5

中国版本图书馆CIP数据核字(2022)第160797号

少年行

SHAONIAN XING

出　　版　天津人民出版社
出 版 人　刘　庆
地　　址　天津市和平区西康路35号康岳大厦
邮政编码　300051
邮购电话　(022)23332469
电子信箱　reader@tjrmcbs.com

责任编辑　玮丽斯
美术编辑　汤　磊

印　　刷　天津新华印务有限公司
经　　销　新华书店
开　　本　710毫米×1000毫米　1/16
印　　张　16.75
字　　数　230千字
版次印次　2022年10月第1版　　2022年10月第1次印刷
定　　价　85.00元

目录

第一章

小时候我在外面打了架，父亲从不问对错，都是先把我狠揍一顿，再揪着我的耳朵，去给别人登门道歉。

最惨的一次，是村里的金二胖骂我“有爹生没娘养”，我骨子里自带野性，又怎会受此屈辱？二话不说，我摸起石头砸了他脑袋。

事后我吓得不敢回家，在麦子地里硬躲了三天。饿了就撮一把未成熟的麦穗，或者拔几株野荠菜果腹；渴了就到小河边喝两口水。

父亲喊我的名字，我置气地不应声，凭什么别人欺负我，我就不能反抗？凭什么我教训了坏人，回家后还要挨打，还要给别人道歉？

僵持到第三天的时候，我饿得实在没力气了，在河边弯腰喝水时，一头扎进了河里，要不是村里烧窑的何叔路过，将我救了起来，我估计早就喂鱼了。

醒来后，父亲没打我。泪眼蒙眬间，我必须得承认，父亲是疼我的，是我在这世上至亲至爱之人。

我想跟他低头认个错，想让他揍我一顿，然后去二胖家道歉，可话卡在喉咙里，怎么也说不出来！

父亲也没逼我，只是把满满一杯烧酒硬生生灌进嘴里，然后说：“二胖的脑袋缝了四针，咱家赔了两千块钱，这事儿算是平了。你也不用躲着不敢回家了。”

两千块钱？在那个年代，父亲忙碌三年都挣不到这个数！那一刻我才发现自己闯了大祸，可又不愿承认自己有错，只得涨红着脸辩解：“他骂我！”

“儿啊,你不小了,该懂事了。”说完,父亲就回了屋,我绝望地流下了眼泪。

赔完医药费,我们家的家底也被掏空了。那以后我家连吃了三个多月的清水煮萝卜,把我吃得面黄肌瘦。

再后来就是交学费,父亲硬是凑不出来！班主任每次上完课,都会把我拉到操场上,问我什么时候能把钱交上。

小小少年已经有了自尊,很多女同学路过,我都羞得想找个地缝钻进去。后来是何叔的女儿何冰把这事儿告诉了家里,何叔当晚就拿着钱,来到了我家。

我真的很感激何叔的仗义。

我再也不敢跟别人打架了。别人骂我,我就装听不见,别人欺负我,我就想办法躲着。

但只有我自己清楚,我骨子里的野性并没有变,只是不想再给父亲惹麻烦了,所以我把那股子野性全都用在了学习上,我想通过读书来与命运抗争！

转眼到了高三,当时我的成绩排在全校第三,但在我们那个教育资源贫瘠的县城里,即便你是全校第一,也未必能考上重点大学。

所以我还要继续努力！因为我必须改变命运,我不能再饱受冷眼了,这些年我受够了！

每至深夜宿舍熄灯,我就抱着一堆卷子在厕所里学习。厕所的灯是声控的,亮一分钟就灭,所以每隔一分钟,我就咳嗽一声,靠着忽明忽暗的光亮,我坚持做了一百多套试题！

与此同时,父亲听说搞养殖能赚钱,便借钱在村里搞起了鱼塘。本以为一切都会变好,将来我到大学念书,父亲的鱼塘也能赚钱,可就在高考前夕,我们家却出了事。

父亲没什么文化,对养殖也是一知半解,一场暴风雨过后,鱼苗全死了。我永远都忘不了高考前的那个黄昏,淅淅沥沥的小雨中,父亲孤独地蹲在鱼塘边上,以泪洗面。

晚饭时,父亲艰难地咽下一杯辛辣的烧酒,用颤抖的嘴唇,很用力地跟我说:“儿啊,你有文化,跟我一起办鱼塘吧。回头你搞技术,我出力。”

听到这话,我瞬间五雷轰顶!马上就高考了,为了考学,我没日没夜地努力,你却在这时候告诉我不要念了?

见我不吱声,父亲用力把酒杯拍在桌上,说:“即便你考上了大学,拿什么交学费?”

我拼尽全力换来的一次“改变命运”的机会,一场暴雨就足以毁掉!

可我不认输!第二天一早,我拿起书包就奔赴了高考的战场,父亲没拦我,因为在他眼里,一切都是注定的,即便我考上了大学,没钱交学费,也同样要乖乖回家务农。

时至今日,我仍无比感激当年的自己,感激那个不向命运低头、有着不屈意志的少年,即便当年我不知道自己因何而战。

我可能仅仅就是为了争一口气吧,为了挑战命运而发起的最后一次,也是最惨烈的冲锋……

高考的战场硝烟弥漫,各种难题、陷阱层出不穷,我却早已动摇了心智,因为我知道,无论再怎么拼杀,都不可能赢得最后的胜利。

所以第一天的考试,我是在浑浑噩噩中度过的。每每离开考场,看着周围的学生,蜂拥跑向在校外等待他们的家长时,我多么希望自己的父亲也在其中啊!

只要他说一句:“儿啊,你就大胆地考,只要考上,家里砸锅卖铁也供你!”我相信自己绝对能重振信心,发挥出百分之一百二的实力,完成一次命运的华丽转变。

可是没有,父亲一连三天都没来,高考结束后,我感觉灵魂都被抽空了,那种绝望的滋味沿着喉咙一直滑到胃里,就宛如刀子般,生生割裂出一道伤口,彻底劈散了我那奄奄一息的希望。

回家之后,我把自己关进了屋里,闭门不出。父亲个性粗犷,他是不会对我有任何劝慰的,更不懂什么“心理疏导”。

辛酸的泪水沿着脸颊缓缓流下,我强忍着不让自己哭出声,我知道自己再也没有机会了。

于是我利用一晚上的时间，将那本《水产养殖技术指南》大体翻阅了一遍，重点的地方还做了笔记；第二天我便扛起锄头，戴着草帽，挽起牛仔裤腿，顶着六月的骄阳，跟父亲一起下了鱼塘。

上次鱼苗的死亡，我分析有两大原因：第一是暴风雨来临，导致鱼塘低压缺氧；第二是周围农田的脏水倒灌，很多农药残留冲进了鱼塘里。

找到了原因，我和父亲便重整旗鼓，先把鱼塘的脏水抽干，然后清理淤泥并消毒，随后又加高池塘周围的田埂，再灌入清水。

一连多天的体力劳作，我骨头都快散架了，但我没有抱怨。

不久后高考成绩下来了，那时候电话还没普及，村里的很多高考生都蜂拥在村小卖部门口，拿公用电话查询成绩。每次路过那里，我都刻意压低草帽，故作成熟地颠一颠肩上的锄头，仿佛那一切都与我无关。

鱼塘改造得很顺利，父亲也成功赊到了一批鱼苗，这是我们家翻身的最后机会，为保万无一失，我和父亲直接住到了鱼塘旁边临时搭建的棚子里。

棚子里又热又潮，而且还有很多花斑蚊子，父亲怕我受苦，就赶着让我回家睡，可我不想回去，更不想路过小卖部，我怕自己一时冲动去查了高考成绩，更怕自己那个幼稚的梦想再次死灰复燃。

可电话还是来了，是我班主任打来的。小卖部家的皮蛋跑到鱼塘喊了我，说是有我电话。我问他是谁打的，他一个半大的孩子也说不清。

我去小卖部接了电话，班主任上来就问我，为什么不赶紧回学校填报志愿？他说我考得很好，过了一本线，让我立刻回学校报到。

那一刻，我压抑已久的情绪瞬间就如洪水猛兽般暴发，泪水沿着脸颊疯狂往下流，“老师，家里供不起，我不念了！”说完我扔下电话就跑，因为跑得急，拖鞋都丢了一只。黄昏的夕阳下，那个光着一只脚的少年，跑得那样狼狈，但这就是我人生最真实的写照。

有了科学的养殖技术，我们家的鱼塘越来越好，那时我强迫自己什么都不要想，只是闷头出力，期盼着第一批鱼早日上市，赶紧把家里的债务偿清。

可生活总是一波三折，八月初的时候，村里的大喇叭广播，说是有我的信件。过去拿信时，我才发现那是张“省重点大学”的录取通知书！

可是我明明没有填报志愿啊？怎么可能会收到录取通知呢？于是我直接去村头小卖部，打电话给大学核实。招生办的回复说我的确报考了他们学校，而且被录取了。

我琢磨了半天才明白，一定是班主任给我报的，因为这关系到我们班的升学率，也关系到学校的升学率。

回去后我怕父亲多心，将信件揉成一团，狠狠扔在了鱼塘边的柴火堆里，去他的理想，去他的大学吧，人总要面对现实，或早或晚。

八月末的时候，父亲要出门办点事，应该是为了借钱，毕竟养鱼需要饲料，还有其他一些成本。

父亲是早上走的，到了傍晚还没回来。天空飘着淅淅沥沥的小雨，田野上的路非常泥泞，到了夜里我开始不安，因为从小到大，父亲从没这么长时间离家，我真怕他出事。

于是我拿着手电筒，沿着鱼塘往东，一直走到出村的路口才看到一辆自行车倒在了路边，快步上前，我看到了躺在泥里的父亲，他的手上还紧紧攥着一个塑料袋。

“爸！”我赶紧将他扶起来，他面色苍白地喘着粗气对我说：“老啦！年轻的时候，骑自行车到市里就跟玩儿似的，现在不行了，这才刚回村口就累趴下了。”

“您大老远去市里干什么？”我心疼地看着他问。

父亲却颤着手，一点一点将塑料袋摊开，里面装着一沓钱和一张火车票：“拿着，念书去吧！你的录取通知书，我早就给拾起来，放到你的书包里了。”

第二章

都说“父爱如山”，我怎么也没想到，一向窝囊的父亲竟然在这么关键的时刻，给了我最深沉的爱。

那夜，我躺在床上思虑良久，最终还是决定去念书。首先，家里的鱼塘已经趋于稳定，将来再有什么问题，我可以跟父亲电话沟通，更重要的，这是我改变命运唯一的机会。

转瞬之间，我已离家千里，心里最放不下的还是父亲，以及那个能给家庭带来希望的鱼塘，可我大学报的是工科，跟养殖完全不搭界。

好在海洋大学离我们学校不远，在完成本专业的学习外，我就跑去海洋大学，旁听水产养殖技术与工程方面的课程，仅仅一个月下来，我的日记本里就记满了干货，那时我才知道，原来鱼也是可以人工杂交繁殖的，原来养殖也是一门很深的学问。

只是长途电话费太贵了，尤其父亲大字不识几个，有些技术我讲半天他也听不明白。学期末的时候，父亲那头总算传来了好消息，我们家的第一批鱼上市了！父亲本来就勤劳肯干，再加上我的科学养殖知识，鱼塘相当高产，到了年底，鸡鱼肉蛋供不应求，我们家的鱼也开始大卖。

那年放假，我和父亲一直忙活到年根儿，几乎把鱼销售一空，还完所有债务之后，还剩了一万多块钱。付出总会有回报的，只要不认输，就总有开花结果的一天。

大四那年，家里的鱼塘已经办得十分红火了，父亲在村里也抬起了头，手里有钱，儿子又是大学生，他跟别人说话的语气也不自觉地硬气了几分。

但“人富遭人妒”是亘古不变的道理。曾经被我砸过头的金二胖，隔三岔五就去我家赊鱼，一次赊几十斤，却从来没给过钱。

父亲一开始还忍着，毕竟金家在村里是大户，不是我们这种小门户能惹得起的。可后来父亲赶集，竟然在鱼市上看见二胖在卖我家的鱼，父亲当时气不过，上前就跟他理论，二胖却把我爸给打了。

那会儿刚好是寒假，接到信后，我第一时间就报了警，然后又陪父亲去了派出所。警察录口供的时候，父亲擦着嘴角的血，不停地嘟囔着：“要不这事儿就算了吧，乡里乡亲的，抬头不见低头见，为这点事不至于。”

怎么就不至于？欠债不还，要账还打人，天底下哪有这样的？他们讹了我们家那么多钱，害得我交不起学费，差点断送前程；现在竟然还欺负到我爸头上了，这事儿绝不能完！

二胖当天就被拘留了，可从警局出来的时候，父亲却吓得腿都走不动路。我就跟他说，现在是法治社会，咱们得学会拿起法律的武器保护自己！可父亲却长吁短叹，不停地摆手说：“很多事情不是你靠书本上学来的东西就能解决的。”

我没想到，父亲真的一语成谶，我这个意气风发的大学生，也被狠狠地上了一课！

那天傍晚刚回鱼塘，父亲就急忙捞了满满一筐鱼，还让我去村小卖部买箱牛奶回来。

我问他干什么？父亲说要去二胖家！听到这话，我当时都蒙了。

我这些年的努力究竟是为了什么？不就是为了争那一口气吗？

我咬牙看着父亲说：“您越是去赔罪，他们就越觉得咱们好欺负！爸，事儿不是这么办的。”

父亲却把头压得更低了，那是我第一次冲撞父亲，却没想到也是最后一次……

最终，父亲选择了妥协，只是他一直闷闷不乐。

第二天上午，村主任来了，不为别的，就是过来说和的。

这就看出金家的势力到底有多大了。他们不来，反倒是主任来我家里一顿甜言蜜语："都是乡里乡亲的，犯不上！阳阳上了那么好的大学，做了那么多学问，反过头来对付自己的老乡，不是那么回事吧？"

我当时就被气笑了。

"行，反正话我带到了，往后再怎么处理，那就是你们两家的事了。"主任尴尬地站起来，又讨好地拍着我爸的肩膀说："你有个好儿子啊，将来阳阳肯定有大出息！"

送走主任以后，父亲的脸色明显缓和了不少。

接下来的几天，我就和父亲一起忙着卖鱼。因为我家养的鱼好，很多鱼市的商贩都跑我家进货。

鱼塘的事情忙完以后，我和父亲就开始张罗过年。贴春联、办年货，我们家第一次有了浓浓的年味，父亲还偷偷告诉我，这几年养鱼，家里赚了整整十万块钱，准备给我娶媳妇用。

可我怎么也没想到，那天金长生竟然亲自来了我们家！

金长生是谁？二胖的父亲！

"向老兄弟，忙着呢？"那天他是笑着进了我家的门，身上披着黄夹袄，头发有点秃顶，但凌厉的眼神却给人一种不怒自威的感觉。

一看金长生进来，父亲吓得脸色都变了，我硬提着一口气，直接迎上去问："您有事儿？"

"哟，阳阳都长这么高了啊，果然是一表人才，而且还是个高才生哩！"他上前两步，很和蔼地拍了拍我的胳膊，又说，"你别紧张，今天我过来是替二胖赔罪的。"

"一共是八千，其中六千是欠你家的鱼钱，另外两千是向老弟的医药费。今天我诚心诚意代孩子给你们家道个歉！"说完，金长生还朝我爸鞠了一躬。

我压着心里的激动，将钱收起来，很硬气地抬头问："金叔，您是想让我撤案对吧？"

"不！不撤案！他没大没小，连他向叔都敢打，就让他在里面关着，挫挫他身上那股子野气！"金长生摆手，掷地有声地看着我说。

那一刻，我第一次感觉我们向家真正抬起头了！不过父亲有些话说的还是对的。大家都是乡里乡亲,事情真闹得太僵,并不是一件好事。

我之所以报警,硬撑着不撤案,也不过是想让金家人道歉,出了我心里的那口恶气而已。现在目的达到了,人家债也还了,我犯不上得理不饶人。

想到这些,我便松了口气说:“金叔,我这就去撤案,您回家等消息吧。”

听我松了口,金长生这才舒展眉毛,一个劲儿夸我懂事,还说我学问好、高才生,说不准将来我们全村都得指着我。还给我介绍了一个漂亮的女孩子,叫付婕。

我得意地瞥了父亲一眼,我有知识、有见识,金长生一个村里的老油子,在我眼里算不得什么。

撤案以后,二胖当晚就被放了出来。只是父亲依旧战战兢兢、闷闷不乐,时不时地把大门关紧,一副六神无主的样子。

我问他到底在担心什么,父亲就说,这不像是金家的作风,金长生更不是个吃亏的主儿。

当时我并没有把这些话放在心上。

第三章

不久我就回了学校，因为那会儿我大四，还有半年才能毕业。我和付婕一直在网上联系，父亲也说等我毕业了就让我们结婚，还说他已经给了付婕十六万彩礼钱。

我更加不敢松懈，工科的毕业论文要求很严，而且我还打算参加我们省的公务员招考。

五月中旬的时候，我顺利通过了论文答辩，收拾好行囊，坐上火车，就踏上了返乡之路。可我怎么也没想到，金长生给我们家编织的噩梦已经开始了……

我穿过村头，路过金长生家的胡同时，看到里面围满了人，似乎是发生了什么大事。

我本来是不爱凑热闹的，可人群之中，分明传来了父亲的声音："长生大哥，你们不能这样，都是说好了的事情，怎么就不认账了呢？"

金长生开了口："老向，是你家阳阳先变的心，是他先冷落的付婕。这样也好，一拍两散，咱谁也别碍着谁。"

"长生大哥，话不能这么说啊。孩子之间闹点别扭，咱们当老人的从中间说和说和，能有多大的事儿？可这付婕一家子突然就断了联系，事儿不是这么办的吧？"挤开人群，我看到身材矮小的父亲正仰头看着金长生。

"还有什么好联系的？"金长生盯着父亲说。

"彩礼钱你们得退吧？这门亲事要是不成，那十六万……"父亲提到钱的时候没了什么气势。

“什么彩礼钱？我怎么不知道？老向，咱可不能这么讹人啊！”

父亲再也气不过了，张口怒吼道：“金长生！是你给我们介绍的付婕，聘礼是在你家下的，你是媒人！当时那么多钱交到了付婕手里，你不能睁着眼装看不见！”

金长生却说：“我就是没看见！什么彩礼？你压根儿就没给过彩礼！想讹钱也不看看这是谁家的门户！”

“金长生，我……我跟你拼了！”

那可是十六万的彩礼啊！父亲没白天没黑夜的搞鱼塘，才攒下这么些为儿子安身立命的家底。金长生一句“压根儿就没给过彩礼”，岂是父亲能接受的？

眼看着要打起来，我赶紧冲上去，一把搂住了父亲的腰。二胖的七八个堂兄弟都在，这个时候打架，我们讨不到一丁点便宜，而且父亲是先出手，将来真闹了官司，理亏的也是我们。

生拉硬拽将父亲弄回家里，那时候他气得已经说不出来话了。

我当时还没完全弄清事件的经过，便放下行李，走到父亲面前问：“爸，到底是怎么一回事？您怎么就跟金长生闹起来了？”

父亲把头压得很低，说：“昨天你打电话说毕业了，我这不想操持着，赶紧把你和付婕的婚礼给办了吗，可……”

话到这里，父亲流着眼泪，鼓着额头的青筋又说：“我联系不上亲家了！所有电话都打不通。今天我去找金长生，想问问是怎么回事。可那个坏蛋，竟然连彩礼都不承认了！”

我猛地一惊，赶紧就拿手机给付婕打电话，可电话打过去，提示的却是“关机”，我拿QQ跟她聊，却发现她早把我删了。

无法言说的恐惧袭上心头，我第一时间就选择了报警！他们这是诈骗，是利用婚事来诈骗彩礼！

警察来了我家之后，父亲将事情一五一十地说了出来，可警察却皱眉问：“当时给彩礼的时候，你留下什么证据没有？”

父亲哪懂这些？我就立刻插嘴道：“就是留没留收据，或者能用什么证明您亲手把彩礼钱给了付婕？”

“下彩礼又不是借账，哪有写收据这一说？”父亲抱着头，痛苦地蹲在地上，忽然又猛地抬头道，“金长生一家可以证明，钱是在他家给的！”

“爸！那金长生就是坑咱们来的，怎么可能会给咱当证人？”父亲就是太糊涂，这么大的事情，怎么就不能等我回来再办呢？

警察叹了口气说：“这样事情就难办了。一没证据，二没证人，况且女方已经逃到了外地，追踪起来难度太大！这样吧，我们先给立案，将来要是有什么进展，咱们再联系。”

眼看事情无望，父亲抱着警察的腿哭喊：“您可一定要替我们做主啊！不然这日子真的没法过了！”

警察却是叹息地摇头，我的眼泪也流了下来。回想过往的一幕幕，我才发现所有事情都不是偶然，而是金长生精心策划的。

我把他儿子弄进了看守所，他表面客气，暗地里却让付婕接近我，然后就是这十六万彩礼钱，几乎掏空了我们家用血汗挣来的积蓄！

至此我才发现，金长生这一套连环组合拳，直接把我们家给彻底打蒙了。

饱受打击的父亲失去了对劳动的欲望，毕竟他没日没夜、辛苦劳动四年，攒下的家底却被别人一刀割走的时候，生活还有什么希望啊？那是父亲的全部，是他的底气，如今都没了……

而我这个刚毕业的大学生，也不得不代替父亲照顾起了家里的鱼塘。钱没了还可以再赚，有鱼塘就还有希望。有父亲在这世上，我就不孤单，一切都还可以重来。

可就在那个骄阳似火的正午，村小卖部的胖婶儿跑到了我家鱼塘里，扯着嗓子朝我喊：“阳阳，你爸跟金家的人打起来了，你赶紧过去看看吧！”

“婶儿，怎么回事？你慢慢说。”听到这话，我赶紧放下手头的活儿。

“你爸喝醉了耍酒疯，砸了金长生家的门，现在……现在……”不等胖婶儿说完，我疯了似的就朝村里跑。

从小到大，父亲总是把心事压在心底，实在压不住了就喝酒解忧，可人心不是无底洞，借酒也未必能消愁，委屈多了，势必有填满的一天，只是我没想到,父亲会在这个时候爆发。

我拼了命地跑到金长生家门口,那里围满了人,人群中不时传来哄堂大笑的声音。

当我挤进去的时候,看到父亲被金家几个兄弟围着,那二胖竟然耀武扬威地说:“你还敢砸我家的门?这事儿没完!”

我趁着二胖没有防备,猛地冲出来,狠狠抡了二胖一拳!

然后他那五六个堂兄弟,瞬间就将我围了起来。

如果是单打独斗,我尚可应付,毕竟个子摆在这儿,可他们人太多,我只反抗了两下,就被对方彻底按在了地上,然后就是数不尽的拳打脚踢。

父亲冲过来就要护着我,可他那矮小而苍老的身体,直接被二胖的堂哥踹了个跟头!

屈辱的眼泪从脸庞滑过,那一刻我才意识到,父亲并不是真正的“窝囊”,只是他没有能力保护我,这些年,他正是靠着这份小心翼翼才将我呵护长大。

“各位父老乡亲,救救我家阳阳吧!赶紧把他们拉开!”眼看自己没有能力阻止事态的发展,父亲一把鼻涕一把泪地求助,那低哑的哭声比他们打我还要令我难受百倍。

再后来我就什么都不记得了,只知道刚睁开眼的时候浑身疼痛。

我第一个念头就是父亲怎么样了?睁开眼,我才发现自己躺在医院里,身上插了好几根管子,旁边的仪器响着,这里是重症监护病房。

不知过了多久,护士进来换药才发现我醒了,然后是医生进来给我诊断,确定我思维正常后,外面的何叔才走进来。

“娃娃,你可醒了啊!醒了就好,醒了就好!”何叔满脸关切地看着我说。

“何叔,我爸呢?他还好吧?”我担忧地看着他问。

“你爸只是受了点伤,在家躺着呢!你不要担心,我已经让厂里工人过去照顾了。”何叔轻轻拉着我的手说。

父亲没出大事,我就放心了。我勉强勾起一丝微笑说:“何叔,谢谢!”

何叔对我家的恩情,绝不是“谢谢”两个字就能表达的。小时候我栽进河里，是何叔救了我的命；后来家里没钱交学费，也是何叔提供的帮助；现如今我家遭逢大难，又是何叔仗义挺身。

我不知道何叔为什么对我家这么好，只记得很小的时候，何叔是我家邻居，关系不错。后来何叔开了窑厂，他们便举家搬到了窑厂附近的小洋楼里，再后来他女儿何冰到县城念了私立学校，他们又在县城买了房。

但何叔的窑厂一直都在我们村北，离我家鱼塘很近，中间就隔着一条路。

转眼过了半个多月，我已经能下床了，除了脑袋还有点疼之外，其他都恢复得不错。

何叔来给我送饭，我就问他："叔，我爸应该没事了吧？他怎么这么长时间也不过来看我？总让您隔三岔五地过来照顾，我怪过意不去的。"

何叔一边给我弄饭一边说："你爸腿上有伤，伤筋动骨得一百天呢。阳阳，叔也不是说你，你爸喝醉了，你怎么也跟着胡闹？做事情之前，你得先考虑后果。"

何叔说得没错，事后想想我也挺自责的。因为我的冲动，不仅害得自己住了院，而且还连累了父亲。

"叔，我想用你手机给我爸打个电话，都这么长时间不见了，我挺想他的。"从何叔手里接过碗筷，我愧疚地叹着气说。

"你爸的手机摔坏了，你现在什么都不要担心，就在这里安心养病，等彻底康复了，活蹦乱跳地回家不好吗？"

我想了一下说："行，暂时也只能这样了。"

其实那一刻，我就意识到可能不妙了。我爸手机坏了，可我的手机还在家，即便我手机没电了，何叔不还找人照顾我爸呢吗？怎么我打个电话，何叔还推三阻四的呢？

第四章

这事儿我没有深问，如果何叔想瞒我什么，我就是问了他也不会说。

等何叔走了以后，我就朝护士借电话，不承想护士当即就皱着眉，说我脑袋上有伤，不能接触带有辐射的电子产品。

这我就更纳闷了，因为我前两天才做了CT，要论有辐射的话，那CT检测仪的辐射可比手机大多了，她的这个理由明显是站不住脚的。

仿佛周围的人都在瞒着我什么，这也使得我心头多了一层难以言说的惶恐和焦虑。就凭我对父亲的了解，他就是断了双腿，也会来医院看我的。可这都快一个月了，父亲非但没露面，甚至都没给我打过一个电话。

那晚我一夜没睡，心里总想着不好的事。

转眼又过了一周，我已经好得差不多了，不能说活蹦乱跳，但生活自理绝对没问题。可何叔却不让我出院，说还需要继续留院观察，别留下什么后遗症。

这次我没听他的，身体好没好，我自己心里是有数的，况且这么多天见不到父亲，换作谁能沉得住气？

见我不听劝，一向和颜悦色的何叔突然就来了脾气："那你就回去吧！二胖受的伤也不轻，现在金家正到处找你，你现在回村，保不准还得被抬回来！"

我停住出门的脚步，心里的怒火却蹭蹭直蹿！

"阳阳，我托关系在省城给你找了家单位，你先去那里吧。等混出了人样再回来也不晚，咱们好汉不吃眼前亏。"何叔拽了拽我胳膊说。

"那我爸怎么办？我一走了之，谁来照顾他？"其实何叔的建议很妥当，我只是担心父亲。

何叔当即松了口气说："你爸我来照应，这点面子金长生还是要给的。你就安心地走，不用想太多。"何叔这话没骗我，金长生确实也要让他三分。

我咬着嘴唇点点头，说："那就让我和我爸打个电话吧！要走的话，我总得跟他说一声。"

"你爸手机摔坏了，回头我跟他说。你安心到外面闯就行了。"说完何叔就打电话，让人去给我买车票，而且还跟省城那边联系，让对方安顿好我。

何叔太着急了，他似乎恨不得立刻就把我弄到外面去，这也就意味着何叔肯定有事瞒着我。

快中午的时候，送票的人来了，对方找不到我住的病房，何叔出门去接，我就趁着这个空当来到了隔壁病房，管一位老伯借了电话。

我先给家里打了电话，估计是我的手机没充电，没打通，接着我又给村头小卖部打了电话，是皮蛋接的。

那时候皮蛋也十几岁了，管我叫"阳阳哥"，我就跟他说："皮蛋，你现在去我家一趟，帮我看看我爸怎么样了？"

皮蛋却愣了一下说："阳阳哥，向伯伯不是早就去世了吗？"

"什么？你再说一遍？"当时我以为自己听错了。

"你不知道？"皮蛋吃惊地反问我。

就在这时候，我看到了走廊尽头的何叔，他也看到了我，看到我正打电话的时候，他整个人的脸色都变了。

不用再怀疑，家里肯定是出大事了。我强忍着皮蛋给我带来的冲击，很礼貌地将电话还给了老伯，然后抬起像灌了铅的双腿，一步一步朝着电梯口走去。

"阳阳，你要去哪儿？"何叔冲过来，拦着我问。

"叔，别挡我，我要回家，马上回！"我不信父亲真的去世了，这不可能，没理由的。

"傻孩子，我不是跟你说了吗？金家正到处找你，你现在不能回去！"何叔一边拽我，一边亮了亮手里的车票，意思是让我马上离开。

“叔，你就告诉我一句话，我爸是不是已经没了？不要骗我，我是他儿子，我有权知道真相！再说了，我要想回去，谁也拦不住。”我双目无神地看着他，只希望他给我的消息，并没有想象得那么糟糕。

可何叔的眼眶却泛了红，他的反应告诉我，皮蛋说的都是真的！“先回病房，我再给你解释吧。你真要回家也不差这一会儿。”

说完何叔扭头就往回走，可我一迈脚却差点跪在地上！因为我无法想象失去父亲会有怎样的痛苦，更无法想象未来的日子该怎么过。父亲虽然矮小，可他却是我的天，天塌了，生活还有什么意义呢？

回到病房后，我的头就一直“嗡嗡”响。

“你们家出事那天，我刚好在外地出差。如果当时我在村里的话，我绝不会让你爸的悲剧发生！”何叔咬着牙，瞬间落下了泪。

“他怎么就能死了呢？我爸不是想不开的人，哪怕为了我，他也会活下去。”我把眉头拧成疙瘩。

“那天你被送到医院的时候已经快不行了，尤其是七万块钱的手术费，你爸是一分也拿不出来！”何叔咬了咬牙，继续又说，“于是他赶紧又回村，想把你家的鱼塘贱卖，给你筹出这笔钱来！可是……可是……”

“可是什么？”

“可是你家的鱼塘被人投了毒，鱼苗全死了……”

听了何叔的话，我脑袋当时“嗡”地一下，就像是被人狠狠捶了一榔头似的。

何叔继续说：“你想想你爸看到满池塘的死鱼，心里是个什么滋味？鱼塘被毁了，就卖不了钱；没有钱，就救不了你的命，所以事儿赶着事儿，他一着急，心脏病犯了……”

听到这里，我一个踉跄直接坐在了地上。父亲这辈子最宝贵的财富就是我和鱼塘，如果鱼塘被毁，我无法抢救，那父亲活着还有什么希望呢？

“大力把你爹送到镇医院的时候，医生说他早就没了活气，那时候你还躺在县医院，大力实在没办法，才去了我厂里求助……”

大力是皮蛋的爸爸，村小卖部就是他开的。大力为人很不错，家里有辆面包车，村里谁有个急症或者生孩子去医院，都会让他开车送。

“当时我正在外地出差，一听到这个消息，连夜就赶回来，先给你交了住院费，然后又去村里处理了你爹的后事。天热遗体不好保存，而你又在医院生死未卜，所以叔就自作主张把你爹火化了，安葬在了你家的鱼塘边上。”

说到这里，何叔愧疚地抓着我胳膊，红着眼圈又说：“孩儿啊，叔对不住你，没能让你再见你爹最后一眼。那个时候，大夫说你也快不行了，就是抢救过来，也有可能会变成植物人……”

如果说之前我还能绷着一口气，可听到父亲已经被火化，我再也见不到父亲的时候，一股难以言喻的酸涩，瞬间冲进了我的鼻子里，眼泪就如泄了闸的洪水般，“哇”的一声哭了出来。

“叔，我给你磕头了，感谢你的大恩大德！”我一边放声大哭，一边跪在地上给何叔磕头，脑袋撞着冰凉的地板，可我一点也感觉不到疼，浑身麻木得厉害，身体宛如一具空壳。

“你这是干什么？赶紧起来。”何叔一边托我，一边着急说，“去省城吧，这儿也没什么值得留恋的了，更不要干傻事，知道吗？”

我把嘴唇咬出了血，好让几乎崩溃的自己存有最后一丁点的理智，强行压着眼泪，我缓缓抬头说：“叔，我想回去给我爸上个坟。”

何叔纠结地皱了下眉，但还是微微点头说：“好，但你答应叔，回村后不要惹事，更不要犯傻。你还年轻，我得替你爹照顾好你！再有，金长生也觉得事情做得太过了，而且二胖受的伤也不轻，他的意思是……这件事就这么过去……”

“哈哈！”听到这话，我竟止不住笑了出来，然后用力点头说，“好，叔我听你的。”

“阳阳，你真这么想？”何叔当即一愣，怀疑地看着我。

“不过去又能怎样？我一个人势单力薄，想来也斗不过金家，不是吗？”说完，我从地上爬起来，长长舒了口气，又说：“叔，送我回村吧，我只想去我爸坟前哭上一回。”

那天下午，何叔开车把我送回了家，他仍旧不放心，又对我苦口婆心地说了一通。

后来何叔接了个电话,应该是厂里的急事,他仍旧不放心地说:“阳阳,在家好好待着,晚上我来给你送饭,咱明天一早就去外地,行吗?”

“何叔,你就忙你的去吧,我真的没事。”

等何叔走后,我从院子里抽了根竹竿,然后挎上篮子,又从家里翻出点钱,这才去了村里。

埋葬父亲的那块地是曾经鱼塘边上的柴火堆,我记得当年把大学录取通知书扔在了那里,可是父亲帮我重拾了希望。我忘不掉那个下雨的夜晚,父亲为了给我买火车票,骑自行车去市里,最后累倒在村头的样子。

有些事你不能去回忆,因为只要一想,心就会拧着劲儿地疼,喉咙里就跟卡着东西似的,说不清、道不明,也抓不住、留不下。

跪在父亲坟前,至此我都不相信父亲真的没了！许久过后,耳畔仿佛又传来了那遥远而亲近的呼喊声:“阳阳！阳阳你在哪儿？快回来吧,你急死我了!”

父亲就是这样一遍遍呼喊着我的名字,只是如今,那亲人的喊声再也不会响起了。

黄昏时分,血色残阳挂在远处苍凉的树枝上,片片晚霞被烧得通红,我挑起竹竿燃起了鞭炮,炸响声顷刻传遍了整个村庄!

第五章

晚上到家的时候,何叔已经来了,他有我家的钥匙,饭菜都给我摆在了桌上。

当时他正跟金长生打电话,见我进了门,才把手机扔到一旁,拉着我坐到桌前,给我倒了杯白酒。

“饿了吧？赶紧吃饭。叔今晚没事儿,就陪你在这儿喝两杯。”

何叔一边吃饭,一边说:“金长生那边已经答应给你赔偿了,只要你点个头,他这两天就给你筹十六万块钱,权当是认错。”

十六万？这不正是我们家掏的彩礼钱吗？他金长生还真能算计,合着所有的事情发生后,他们金家啥也没损失。可我们家完全不一样了!

“叔,这事儿你让我琢磨琢磨,明天再给你答复行吗?”

“好,只要钱能解决,就不是什么大问题。”何叔松了口气,又用力拍着我肩膀说:“孩子,人死不能复生,但你还有大好的将来。咱们把往后的日子过好了,这点比什么都重要。”

我点点头,很真诚地说:“叔,我知道该怎么做。”

何叔听了我的话,高兴地说:“阳阳,咱拿上一笔钱,回头去省城工作。将来的日子还长着呢,等你结了婚、成了家,什么心结也都打开了。人这辈子啊,就没有过不去的坎儿。先跟我回县城吧!”

何叔和我到他所住的小区,已经是晚上九点多了。小区十分漂亮,欧式的建筑外观、碧绿的草坪、空气中都散发着一股淡淡的花香。进门后,我第一眼就看到了盘腿坐在沙发上的何冰!

何冰是谁？那是我永远都不敢奢望的梦中女神！我们曾在同一所小学念书，二年级之前，我们两家还是邻居，那时我跟何冰一起上学，我比她大三个月，她总管我叫“阳阳哥”。

可二年级之后，何叔一家就搬进了小洋楼，窑厂也越干越红火。只是再也没人跟我一起上下学了，每次路过她家小洋楼，我内心就有种说不出的自卑，每次何叔开车送何冰去学校，我都躲得远远的。

再后来我交不起学费，何冰告诉了何叔。何叔就帮我交了学费，感激之余，我却觉得自己都卑微到了尘埃里。

好在初中她念了私立学校，高中又去了市里，我们之间再没什么交集。只是我没想到，多年以后，她变得更漂亮了，白皙的长腿盘在沙发上，粉色短裤和背心是那么洋气，乌黑的头发扎成马尾，耳朵上戴着白色耳机，手捧一本时尚杂志。

“冰儿，你看看谁来了？还认得出你阳阳哥吗？”何叔一边换鞋，一边笑着说。

何冰微微抬头，看到我先是一愣，然后摘掉耳机，乌黑而明亮的眼眸上下打量了我一番，才腼腆地朝我点了下头。她没有喊我阳阳哥，毕竟我们都长大了。

“快坐吧，吃水果。”何冰放下杂志，把果盘朝我推了推，她的声音很动听，冰冰凉凉的，就跟含着薄荷糖似的。

我局促地站在原地，那种自卑的感觉总让我有种扭头就跑的冲动。

我坐到了何冰旁边的沙发上，目光呆滞地看着电视节目。

倒是何冰对我这个儿时的哥哥有些好奇。她似乎想跟我聊两句，但看我脸沉得跟冰霜似的，又没好意思开口。

不一会儿何妈出来了，因为家境殷实，何妈保养得很好，只是看我的眼神似乎不太欢迎，但还保持着几分客气道：“哟，阳阳来啦，时候不早了，房间我也给你收拾出来了。要没别的事，你就早点休息吧。”

“麻烦您了。”我礼貌地点了点头，跟何冰坐在一起，我确实很不自在，正想着找理由躲开呢。

何叔家的房子很大，有三个卧室，何妈把我带到了朝北的那间。这里似乎是以前何冰住的地方，墙上贴着几张海报，粉色的书桌上摆着一些旧书、手办和布偶，床不大，我一米八三的个子躺上去刚好能伸开腿。

床单和被褥都是新换的，还带着一股洗衣粉的清香。躺在柔软的床上，我脑袋一沉，舒服得几乎就要睡去。

不一会儿，我的房门被推开了，竟然是何冰走了进来。

“爸爸让我过来的，本来我都要睡了。”她似乎不太好意思，却又故作大气地靠在书桌前，理了理乌黑的长发，跟我解释道。

“嗯，有事？”我从床上坐起来，不敢看她的眼睛。

“你家里的情况，我都听爸爸说了。阳阳……哥……”她顿了一下，我的心也跟着触动了一下，至少何冰没有因为我穷，而羞于承认我这个儿时的哥哥。

她轻咬了下饱满的红唇，又朝我笑道：“听说你是重点大学毕业的，阳阳哥，你能熬到现在，真的很不容易。我有个同学，家里是开工厂的，你要去了那里肯定能受到重用！”

我也笑了，苦涩地看着她说：“你也是过来劝我的？”

何冰没有隐瞒，当即就说：“是啊，你好不容易念了大学，要是浪费了，多可惜啊！”

“何冰！未经他人苦，莫劝他人善。有些事情不发生在自己身上，你永远都体会不到什么是绝望。当你觉得不知该为什么而活的时候，你就明白我现在的心情了。”

“那就去找一些值得干的事情！”何冰还想继续劝我，远处却传来了何妈的声音：“冰儿，你过来一下！”

我知道何妈一直都在防备我，尤其大晚上的，这当妈的怎么可能放心？

何冰走后，我的心思又开始活络了起来。

又等了大约五分钟，透过门缝，我看到外面的灯都灭了，这才蹑手蹑脚地下床穿鞋，小心翼翼地走出了房门。我想出去透透气。

只是当我路过何叔卧室的时候，里面却传来了争吵声。

“老何，你弄他来家里到底想干什么？”这是何妈的声音。

“我不准你这么说阳阳，娃娃够可怜了，我不能见死不救！”何叔很硬气地说。

“好，你心善，咱不说这个。我就问你，让何冰嫁给这么个人，你觉得合适吗？咱家女儿是什么条件？他又算什么？你救人我不反对，可把自己的女儿搭进去，我死也不肯！”何妈直接恼了。

何叔叹了口气道：“还能有什么办法？你得先让这孩子有活下去的希望吧？再说了，当年要不是你从中作梗，那阳阳用得着去跟别人相亲吗？如果不被骗彩礼，他们家也不会沦落到现在这个地步！说来说去，还是咱何家做的孽！”

何妈当即反驳道：“什么叫我从中作梗？这事本身就不靠谱！是，阳阳他爹救过你的命，你怎么报答我不管，可你把闺女的终身大事扯进来，这本身就很自私！你自己欠的债为什么要让冰儿还？”

“爸，我不想嫁给他。妈，你也小点声，要是让阳阳哥听见多不好。”何冰哭了，这突然发生的事，瞬间搞得我有些措手不及。原来我和何冰之间还有婚约啊！

“都给我住口！当年要不是阳阳他爸，就没有现在的我，更没有你这个女儿！我何勇从不干背信弃义的事。现在老向都死了，我不能再辜负对别人的承诺！”

“老何，你要真敢这么干，我马上就跟你离婚，女儿归我！这个家我不要了，你就抱着自己的那个承诺去当你的好人吧！”

第六章

我现在终于明白，何叔为什么一再对我家那么好了，原来我爸曾经救过他的命啊！

只是何叔，你这又是何必呢？我绝不能因为我的事情，再害得你家妻离子散，你为我向阳做的已经够多了！

这时，外面有人敲门，何叔、何妈都出来了，看到我正站在门口，何叔立刻皱眉道："你不睡觉，跑这儿干什么？"

我只得尴尬地微笑说："我肚子饿了，看看厨房有没有什么吃的。"

何叔也顾不上我，摆着手去开门，我也立刻跟上去，想趁机开溜。

门开以后，迎面而来的是一个大光头！这人个子不高，脖子上挂着金链子，满脸的横肉写满了"不好惹"，胳膊上还露出了一段青龙文身。身后还跟着几个染黄毛的小混混。

何叔一脸茫然地看着他们问："几位找错人了吧？"

那人却摸着锃亮的大光头，眼神狠厉地道："你是不是何勇？"

"我是！怎么……"

"那就对了！欠债还钱，天经地义，你借的永恒信贷公司的资金昨天就到期了！"大光头嚷嚷道。

听到这话，何叔当即脸色一变说："我不是已经跟信贷公司的经理说了吗？再缓我一个月，到时我连本带利一起偿清。"

大光头却冷笑道："谁答应你再缓一个月了？你有什么证据？要么立马还钱，要么就在这合同上签字！"说完，光头直接把几张合同狠狠拍在了门上，那是何叔窑厂的收购合同。

“你们这是抢劫！告诉那个姓孟的，想买我的厂子，门儿都没有！”何叔倒也硬气。

“哟，老家伙牙还挺硬！姓何的，我们可是正经买卖，你这欠债还钱，合理合法吧？今天我还就告诉你，要么连本带利还钱，要么就把这份合同签了，你自己选一个吧！”光头一把将合同拍在了何叔身上。

我觉得当时是我离开最好的时机！何叔虽然有难，但凭他多年的处事经验，应该能应付。他现在被缠住，就不可能再顾及我的事，所以这是天赐良机！

可我刚上前一步，那光头就抬手拦住了我：“小子，合同签字之前，谁也不准出去！”

我皱了下眉说：“我不是他们家的人，你拦我有意思吗？”

光头斜眼看了看他的几个兄弟，接着猛一转头，直接揪住我衣服吼道：“我不给你动点儿真格的，你们还……”

他话没说完，嘴就结巴了，那攥着我衣服的手一点点松开，睁着大眼朝我问道：“小子，你手里拿的什么？”

我一愣，随即把手里刚刚在厨房想切水果吃的刀子晃了晃说：“哦，你说这个啊，切西瓜用的。”

“你……我……”光头用力抹了把脑门儿的汗，咬牙硬充道，“别以为我怕你！”

我说：“何叔，我记得小时候你给我出过一道题，说是怎么能将一个西瓜用三刀切成九瓣。我到现在也不知道该怎么切。要不现在试试？”

何叔吓得赶紧拉着我胳膊，我刚想做做样子，没想到这个光头反应太快，他脑袋就跟乌龟一样缩了回去，身子没站稳，整个人沿着楼梯滚了下去。

后面那几人也蒙了，于是他们跑了！

何叔看着他们的背影说：“永恒信贷的目的不是想让我还钱，而是想讹我的厂子。所以我要没猜错的话，这几天他们肯定会找人到厂子里捣乱，不让我开工，硬逼着我把厂子转手！”

听到这话，我说：“那您放心，明天我去你厂里候着！”

何叔眉毛微微一挑，嘴角似乎带着狡黠的笑。

我说：“我知道好歹！”

深夜，我辗转反侧，想到何冰的书桌上有一个粉色的MP3，就索性听起了音乐。

里面竟然还有何冰自己录的音，唱的是一首很老的歌曲《梦醒时分》。

她的声音可真好听，冰凉干脆，声线里还带着一丝丝的磁性，其中有句歌词，“你说你尝尽了生活的苦，找不到可以相信的人；你说你感到万分沮丧，甚至开始怀疑人生。”听到这里，我泪水打起了转。虽然是一首情歌，可单单这几句就给了我很大的触动，因为她唱的就是我的人生。

第二天吃过早饭，何叔带我跟何冰去厂里，何冰是学财务的，何叔想让她帮忙统计账目。

她换了条利落的白色七分裤，上身是浅粉色的衬衫，头发用皮筋简单缠了一下，显得高贵漂亮。

“阳阳，你把这外套给何冰披着，大早晨外面怪冷的。”临出门的时候，何妈赶紧给我递了件衣服。

我接过外套下了楼，对何冰说：“你把外套穿上吧，刮着风怪冷的。”

何冰却没有理我，整个人都冷冰冰的。上车之后，我又给她递了递外套说：“你的衣服。”

她却猛地回头，漂亮的眼睛对我怒目而视，直接大吼道：“你以为你是谁？”

“冰儿，怎么跟阳阳说话呢？”何叔当即训斥了她一句，何冰的眼泪流了出来，她愤愤地从我手里拽过衣服哭了。

缓了好一会儿我才明白，何冰肯定是为了昨晚婚约的事。她明显不想嫁给我，以至于我们现在连曾经的那点友情都没了。她看我的眼神里有害怕、有厌恶，可我能说什么呢？

开车去窑厂的路上，何叔就旁敲侧击地说：“日子过得真快啊，冰儿都长这么大了，也该到谈婚论嫁的年纪了。对了阳阳，你觉得冰儿怎么样？”

我看着坐在副驾驶上的何冰说：“挺好的啊，长相就不用提了，还是高才生，远了不说，在咱们整个县城，那都得是万里挑一。将来谁要是娶了我妹，那绝对是上辈子修来的福气。”

“阳阳，叔也不跟你绕弯子了，其实你和冰儿……”

“爸！”不等何叔说完，何冰甩着眼泪直接打断了他的话。

“爸什么爸？我今天就把事情挑明，你跟阳阳有婚约，等厂里的事情一解决，我就给你们俩完婚！”

“他凭什么？就他这样的……这样的……”透过后视镜，何冰狠狠剜了我一眼，却又不想把话说得太难听，她到底还是善良的。

何叔却一掌拍在方向盘上说：“阳阳怎么了？他哪点比你差？换作你摊上他那种家庭，未必就比人家有出息！我平时是怎么教育你的？不要瞧不起人，那些从苦日子熬过来的人都值得尊敬！”

何冰委屈地流着眼泪，洁白的牙齿咬住嘴唇说：“我知道，我没有瞧不起谁，可是……可是……”

“没什么好可是的！”何叔深吸一口气，又把话题转向我道：“阳阳，今天你就跟叔说句实话，到底觉得何冰怎么样，喜不喜欢她？”

“叔，我从小就喜欢何冰！”

“你给我住口！”听了我的话，何冰朝我瞪了过来。

“叔，强扭的瓜不甜，我看这事儿还是算了吧。”看着她如此地排斥我，我还真有点于心不忍。

何叔却皱眉说：“这事儿你不要操心，剩下的工作我来做。丫头你记住，爸爸的眼光不会差，阳阳这孩子将来绝对有大出息！再者，阳阳是什么品性，你心里应该清楚。”

正说着话，何叔的车就开进了窑厂，何冰已经委屈得不行了，她愤愤地下了车。

“这丫头跟我一样的牛脾气。”何叔摆了摆手，说：“阳阳，她小时候挺稀罕你的，后来你不搭理她，她还难过了好一阵子。”

“叔，那些都是小时候的事了。现在我们都长大了，您这么硬把我们往一起凑，合适吗？”

“有什么不合适的?”何叔也下了车,我赶紧跟上,没来得及做过多解释。

何叔的窑厂就在我们村边上。当时厂里进了好多的新机器,但由于厂房没有搭建好,机器就那么露天放着,只是用简单的塑料膜盖了一下。

“叔,您从信贷公司借钱,就是为了买这些新设备吧?”

何叔边走边说:“可不是嘛!三月份我跟着县里的考察队去了趟国外,一看人家外国佬的设备,当场都傻眼了!全自动化的烧窑设备,不仅操作安全,而且节省人力,最重要的是效率高。这台设备一旦开起来,不出一年就能回本儿!”

顿了一下,何叔继续说:“我脑门一热,当即就订购了一整套设备,花了近三百万!这部机器上个月到货后,我正忙着搞安装呢。”

进到何叔的办公室,我看到何冰已经忙活起来了,她坐在电脑桌前,旁边堆了很多单据,手里的计算器好像和她有仇似的,被何冰用力按得啪啪响。

我憋着笑,看着何叔问道:“叔,如果您一年才能回本的话,那贷款公司的钱打算怎么还?就这么一直拖着?”

何叔说:“情况是这样,我已经跟银行提交了贷款申请,这不让何冰过来,就是帮我把厂里的财务报表、资产明细都弄好,方便银行验资;等银行的钱下来了,我就把永恒信贷的钱还上,估计能有个一周就够了!”

顿了一下,何叔又皱眉道:“可就这几天最难熬,如果这时候永恒信贷的人过来捣乱,咱们处理不好的话,这银行贷款的事情恐怕就得黄!”

“既然这样,您为什么不早去银行贷款呢?”我继续问。

“咱不是厂子小吗,从银行里贷不出大额的资金。听说永恒信贷公司不用抵押,我就去那里借了钱!我本来算得好好的,机器两个月前就能到,可偏偏赶上海里起浪,机器整整延迟了一个月才到货!”

何叔又说:“加上你们家出了事,我哪还有精力顾厂里?所以事情就这么一直拖,才弄成了今天这种局面。”

听完何叔的话,我心里又多了一分自责。如果不是为了去医院照顾我,如果不是为了处理我爸的后事,或许何叔早就从银行把钱借出来,还给永恒信贷了,所有的一切都是我的错啊!

压着心底浓浓的愧疚，我深深吸了口气说：“叔，好歹我也念了个大学，账目上的事就让我跟何冰一起弄吧，加班加点的话，估计两天就能弄好。”

听我主动要跟何冰一起干活儿，何叔当即就笑了：“那行，你跟冰儿在这里忙活，我到窑里去看看，争取尽快复工。”

第七章

走到何冰身边，我说：“需要我做什么？”我小心翼翼地看着她问。

“什么都不需要，我只想请你离开！”她低着头，语气冰冷。

“何冰，现在厂里有困难，可不是置气的时候。有什么需要我帮忙的，你就尽管说。”

我拉着旁边的凳子坐下，刚想抬手去拿单据，她却一把将装单据的箱子拉走道：“我们不需要你帮助，更不想欠你什么。你们向家的人情，我们真的还不起！”

我知道她这话的意思。当年我爸救了何叔，为报恩情才有了我跟何冰的婚约。只是不等我开口，她突然看向我，说：“阳阳哥，你走好吗？我现在特别怕你，心里真的有种说不出的讨厌，看到你，我连呼吸都觉得困难！”

那一刻，她的表情告诉我，她说的句句都是真的！换位思考一下，她一个这么漂亮、优秀的姑娘，突然得知要嫁给我这样一个男人，又怎么可能会接受呢？

我们两人的世界早就变了，她从小养尊处优，接触的也都是城里人，而我呢？一生都在与农田、鱼塘为伴。

我真不想再看到她忍受这样的折磨了，而且这种痛苦还是我带来的，我想跟她澄清，我并非真要接近她，她却再次冷声道：“你怎么还不走？你不知道现在我有多厌恶你吗？”

这话直击我的心灵，没有再说多余的话，我扭头就往外走，或许任何解释都是多余的，只有实际行动才是真的！

刚走到门口，身后的何冰突然又说：“哥，我不是有意要伤害你。我只是……只是真的无法接受，我过不去心里的那道坎。”

“我懂，都懂的。哥的心眼没你想得那么小。”说完，我就出去了。

来到院子里，我对着墙，眼泪瞬间涌出了眼眶。我并非因为何冰的拒绝而伤心，只是感慨这命运的不公！

曾经两小无猜的玩伴，如今一个家庭美满、高贵漂亮，集万千宠爱于一身；一个却狼狈不堪、家庭破碎，要不是何叔给我口饭吃，我甚至要露宿街头。

可生活仍要继续，责任仍要承担，擦干脸上的泪，迎着清晨的朝阳，我强迫自己笑起来，迈步走进了窑洞。

当时何叔正指挥工人调试机器，都是些烧窑的大型设备，见我过来，何叔赶忙问：“窑里这么闷，你跑这儿干什么？”

我挠头笑说：“财务上的事，我还真插不上手，何冰说她自己能行。”顿了一下，我又说，“对了，叔，厂里的监控室在哪儿？”先前来的时候，我看到窑厂里有摄像头，为防永恒信贷的人使坏，我必须得时时注意厂里的动向。

“别提了，除了楼顶那一个，其他的摄像头都坏了！等回头抽空，我再找人过来修吧。”何叔摆手说。

“不用，我就能修。您直接告诉我监控室的位置吧。”

“你……真行？”何叔疑惑地看着我。

开玩笑，好歹我是工科生，就监控那种东西，别说维修，只要给我图纸，我都能造一个！

跟何叔聊了几句后，我先去电工那里拿了工具，然后又去了小洋楼的阁楼，那里是监控室的位置。

监控室不大，里面就放着一台电脑和一张书桌，何叔说得没错，显示器里就只有楼顶上的摄像头还亮着。

我开始做检查，厂里的几个摄像头倒是都没坏，只是有不少线路老化，再加上电脑缺乏维护，中了不少病毒。

于是我先给电脑重做了系统，然后又叫上电工，把所有线路都换了一遍，最后又重新下载了一个监控软件，安装好之后，一共七个小屏幕，瞬间都亮了起来。

忙活了一上午，好歹算把这活儿干完了。监控室里也没有椅子，倒是墙根堆了一些烟花爆竹什么的，还有两箱大花雷，应该是厂里过年没放完的。

我就把烟花箱子搬过来，刚坐下还没喘几口气，就看到监控里不知什么时候出现了一个人！那人一身黑衣，直愣愣地蹲在厂子的大门正中，堵得厂外好几辆土方车没法进来。

紧跟着就是何冰带着一群人过去了，我也当即下楼，此人这么蹲在大门正中间，明显是来找事儿的。尤其何叔曾千叮万嘱，永恒信贷的人，这两天一定会过来！

跑到楼下，跟何冰汇合以后，我才看清楚蹲在门口的那人。此人五十岁左右，长了个苦瓜脸，满是麻子。

“他怎么过来了？”良叔恨得咬牙，他是厂里的副经理，我住院那会儿，他还跟何叔一起看过我几次。

我赶紧靠到良叔身边问：“他是谁啊？”

良叔扶了扶眼镜，咬牙切齿地说：“老蹲儿！咱们县里数一数二的老赖！”

“那为什么不把他抓起来？”何冰皱眉问。

“他又没犯法，你怎么抓？”良叔无奈道。

“行了，都少废话了，我来没别的事，赶紧把这合同签了吧！”说完，老蹲儿就从怀里掏出了那张窑厂的收购合同。

何冰当即招呼人道：“还愣着干什么？把他给我轰出去！”

可老蹲儿却眉毛一挑，嘴角带着挑衅的笑说：“哟，妮子脾气倒不小！今天你们要是敢跟我动手，那可就是你们理亏了！”

“何冰，别冲动！”良叔赶紧劝了一句，忙又说，“他可是出了名的无赖，这件事要处理不好，往后可就难办了！”

良叔这话不错，换作正常情况下，我们窑厂这么多人，真跟老蹲儿冲突起来倒也没什么，可偏偏这几天是银行过来验资、核查的时候，如果厂里真起了冲突，估计贷款的事情，八成得黄。

皱着眉，我左右看了看，又问："良叔，我何叔呢？"

良叔说："厂长出门办事去了，不在厂里。"

"行了！没完了是吧？我再说最后一遍，赶紧把合同签了，不然的话，你们厂往后就不用开工了！"

"我们从永恒信贷只借了一百四十万，加上利息也才一百六十万，可我们厂的总资产，尤其加上新买的机器，已经达四百多万了，你们这不是明抢吗？咱总得讲规矩吧？"良叔咬牙问道。

老蹲儿道："我倒是有个折中的主意。只要你们答应永恒信贷那头，我去给操办。"

我眉毛一挑，不露声色地问："什么主意？"

老蹲儿深吸一口气说："让永恒信贷参股吧，他们那一百六十万入你们窑厂的股份！"

听了这话，良叔跟何冰的脸色明显缓和了几分，良叔说："这倒也是个办法，不过我们做不了主，得等厂长来了才能定。"

我却抬起手，一把按住老蹲儿的肩膀说："你的这个主意很扯，我们不答应！"

"阳阳，差不多就行了！就咱厂目前的情况，这也不失为一个解决方案！"良叔皱着眉，朝我吼了一句。

"良叔！永恒信贷可是一群虎狼，真要让他们入了股，就是引狼入室！论阴谋诡计，你们能斗得过他们吗？保不齐将来，这厂子还是要落到他们手里！"

说完，我再次转头看向老蹲儿，道："替我转告永恒信贷的人，这几天手脚干净点儿。"

老蹲儿不为所动，歪着嘴说："小兄弟，我今天要是这么回去，怎么跟别人交代？"

"那你还想怎么样？"我冷冷地盯着他。

"你立个名目吧，只要能让我老蹲儿输得心服口服，回去交代也有面子，那我现在就可以跟你保证，将来永恒信贷的人绝不再来找麻烦！"

我眼珠一转，这倒不失为一个好办法！毕竟今天弄走了老蹲儿，明天还不知道对方要什么花招。若是能一次性解决，那何叔也就不用再提心吊胆了。

“既然要让你输得心服口服，那我就不能占你便宜，对吧？”

“只要公平公正，我老蹲儿绝没二话！”

“那好，咱就来个让你心服口服的小游戏，怎么样？”我淡淡一笑。

“什么名目？说出来听听？”

“听说你挺能蹲的是吧？咱们就比‘蹲’，谁蹲在地上坚持的时间长就算谁赢，这不过分吧？”

老蹲当即就绷住了吃惊的笑意，说：“小兄弟，你真的确定要跟我比蹲？”

良叔赶紧劝我说：“阳阳，你别胡来！他们这些人，哪个不是天天蹲在街头巷尾？”

“向阳，你无不无聊？这是我们厂里的大事，我不允许你这么儿戏！”何冰也忍不住朝我骂了一句。

“小子，比蹲是我欺负你，赢了我脸上也没光，你现在后悔还来得及。”

我摆手说：“你要是觉得行，咱们现在就开始！我要输了，合同立马签；你要输了，我希望从今往后，永恒信贷能收手！”

他说：“行，我就喜欢你这样的爽快人！那咱们就找个阴凉地儿开始吧？”

我指了指北面墙根儿，随后两人都在阴凉处蹲了下来。

这下老蹲儿算是得意了，他说：“小子，你可蹲好了，屁股着地就算输！”

我直接不搭理他，而是跟良叔说：“叔，你们赶紧去忙吧，给我找本书看，干蹲着没意思。”

良叔看着我说：“阳阳，你这回可撞到人家枪口上了，回头等老何来了，我看你拿什么跟他交代！”

“叔，要想让我赢，就给我找几本书打发时间，别说那些没用的。”

“厂里哪有什么书？”良叔不客气地道。

我左右看了看，朝他说：“那就把这些新机器的说明书拿过来给我看吧，好歹我也是学工科的，对机械很感兴趣。”

良叔气得跺脚道:“那些说明书都是洋文,你能看懂?”

“看不懂洋文,还看不懂上面的画吗? 您尽管拿就是了。”何冰看着我和老蹲儿,没忍住,“扑哧”一声,笑着走开了。

不大一会儿的工夫,良叔就把整整一摞说明书全都扔在了我面前,我也不在意他的态度,按顺序码好后,我就挨个翻阅。还好,我基本能看懂。

倒是老蹲儿的嘴闲不住:“你们大学生上课也是蹲着的? 小子,你简直就是‘关公面前要大刀’。”

他在那儿絮叨,我也不接话,倒是对说明书上的机械原理和构造产生了兴趣! 到底是德国货,人家的工艺和设计确实是好!

这么复杂的机器操作,何叔能玩儿明白吗? 这东西看着是好,别回头装上了,何叔再不会操作!

一本本的说明书从我手里翻完,时间转眼已经到了晚上,待厂里的灯亮起来时,我这才发现对面的老蹲儿,腿连着身子正不停地颤抖,明显是要坚持不住了。

“小子,你……你不累吗?”

“怎么? 你累了?”我故作轻松地看着他。

“我……我就不明白了,你一个学生,怎么可能蹲得过我?”话还没说完,他身子一仰,直接就瘫在了地上。

我把手里的说明书一扔,眯眼看着他道:“当年我为了高考,在学校厕所里整整蹲了一年! 你跟我比蹲才是关公面前要大刀!”

第八章

“我就不明白了，你念书就念书，怎么还在厕所里蹲了一年？”他疑惑地问我。

“高中时住校，宿舍十点半就熄灯。我不属于那类聪明的学生，所以要想比别人优秀，就得付出比别人更多的努力！还好厕所里有灯，那年我为了考学，夜里就躲在厕所做了一百多套卷子。”

听完我的话，老蹲儿明显对我表现出了一丝敬意：“行！想不到你年纪轻轻，倒也有股子韧劲儿。今天这场，我输得不亏，只是……”他顿了一声，两眼狡黠地又看着我道，“兄弟，这周围可没人啊，你就不怕我反悔，死不认账？”

我抿嘴一笑，抬手指了指对面说：“看到那个摄像头了吗？都给你拍着呢！你可以不认账，但我要是把这视频宣扬出去，你的形象可就彻底完了吧？”

“滴水不漏啊，服了，我今天算是彻底服了！”说完，他转身就朝外走。

“等等，你之前说的话还算数吧？”我也起身，站在后面看着他问。

老蹲儿没回头，依旧朝前走着说：“从今天起，永恒信贷绝不再找你们麻烦！当然，你们欠的钱也要在月底前还上。”

目送着老蹲儿出了厂子大门后，我才“噗通”一下，直接躺在了地上。任何人蹲这么长时间都是受不了的，血液的回流和肌肉的酸胀使我腰部以下麻疼得跟蚂蚁啃似的。

缓了好大一会儿，我才高声喊：“良叔，出来吧，都结束了！”

听到声音，何冰第一个跑出来，面色焦急地问：“怎么样？赢了吗？”

我抿嘴一笑，心里竟生出了一股调皮的冲动：“你也不想想他是谁？人家可是吃这碗饭的!”

“你! 你……你,”何冰的高跟鞋用力跺着地说,“谁让你逞能的? 我们家要被你害死了,你凭什么代表我们?”

这时候良叔也带人过来了,看我瘫在地上,良叔当时就吓了个激灵:“阳阳,你……你输了?”

我扶着地坐起来,笑道:“赢了!”

“阳阳,你可不能撒谎啊!”良叔明显不信。

“监控里都有,你们要是不信,我现在就可以带你们去看录像。”站起身,我用力搓着腿上的肌肉道。

听到我确切的答复,众人先是沉默了三秒钟,下一刻,几乎所有人都欢呼了起来,我也笑着说:“良叔,对方答应了,只要月底前把账还清,永恒信贷绝不会再找麻烦!”

“好小子!”

我仰头望着满天的繁星,被人肯定、赞扬、需要的滋味真好啊! 如果我爹还活着,能看着我一步步变得有出息,那就更好了!

我还看到何冰朝我翻着白眼道:“你这人……真无聊!”

晚饭是在窑厂食堂吃的,炖了肉,烧了羊汤,因为我从中午就没吃饭,所以那一顿我吃了七个馒头,喝了三碗羊汤,何冰都看愣了。

我吃饱喝足。

“冰儿,你爸到省里接机器去了,最迟也得明天早晨回来。待会儿吃完饭,你就开我车回家吧。”良叔一边喝着汤,一边把车钥匙扔给了何冰。

“行,天色也不早了,那我就先回去了。”何冰抓起钥匙,起身就要离开。

我也赶紧放下碗,想要趁机开溜,我把永恒信贷的问题解决了,也算是报恩了。

可良叔却猛地上前,一把揪住我的胳膊问:“阳阳,你去哪儿?”

我一愣,笑着说:“跟何冰一起回家啊?”

“你真的要回县城?”良叔明显不信。

“不回县城,我能去哪儿?”

良叔叹了口气道："你今晚就留在厂里吧，这里有床铺，你先将就一晚，一切都等你何叔回来再说。"

那可不行，我苦口婆心道："良叔，事情是这样，我跟何冰有婚约，何叔让我加紧跟她联络感情。"

"你……你给我住口！"走在前面的何冰顿时气得回头，朝我骂了起来。

"这个……"良叔一时也犯了难，从他的表情判断，他应该是知道这件事的，"冰儿，给我盯好阳阳，千万别让他犯浑。"

何冰快被气死了。离开厂子有一段距离后，我松了口气道："好啦，你别生气了，把车停下吧。"

何冰一愣，随后放慢车速，微皱着柳眉问："你什么意思？"

"你不是讨厌我，不想嫁给我吗？那就把我放到路边，我保证从现在开始，再也不会烦你了。"

"你……你不会真的是要……"她眼神明显慌了一下。

"停车吧，我的事情你不用管，而且你压根儿也不想管，不是吗？"我看了看手机上的时间，这时候回去，还有足够的时间准备。

何冰却跟发神经似的，突然给我来了一句："不行！良叔把你交给我，我……我就得负责任！"

"何冰，你可要想好了，现在放我走，今后我绝不纠缠你。如果你不让我离开，等你爸出差回来，多半是要操持咱俩的婚事，难道你希望嫁给我？"

这是何冰的死穴，所以她的车速慢了，一点一点朝路边靠去。

"还是不行！你要真出了事，我爸回来能骂死我。向阳，要不你还是……"

"何冰，你给我听好了，这是我自己的事，跟你们何家一毛钱关系都没有！之前我一直忍着、让着，那是因为你爸对我有恩，但今天我的债还上了，咱们两清了，懂吗？赶紧停车！"

可她却固执地不说话，也不知道在寻思什么。我又说："你真想嫁给我？何冰，我有哪点能配得上你？还有，我从小就喜欢你，这事儿是真的！如果你真想牺牲自己成全我，那我也没二话！"

"你……"那一刻，她的耳根都红了，嗓门明显提高了半分。

“你跟我这种人过一辈子，有你受的。”

她似乎是被我吓住了，脚猛地踩住了刹车，我趁势打开车门，直接跳了下去。

“向阳！”刚走出没两步，何冰竟然又在背后叫我，“其实你不用把自己说得那么不堪，你蛮好的，只是咱们俩……确实不太合适。”

“知道了，你就不用再往我心口上扎刀了。”我头也不回地摆摆手。如果是以前，父亲还活着，何冰当面跟我说这些话，我肯定会伤心，可现在无所谓了。

“今天厂里的事情谢谢你了！”她突然又朝我说道，“其实……你真挺不错的，蛮有安全感的一个人，我小时候就这么觉得！阳阳哥，收手吧，好好活着！”

她的声音似乎越来越近，我猛地转身，何冰当即就被我吓住了！“不要拦我，除非你想嫁给我！如果不想，现在就马上回县城！”

我说过，只要抓住何冰的软肋，她根本就阻止不了我。

趁着她愣神之际，我一个箭步冲进了旁边的农田，回家了。

第二天早上，何冰打电话跟我说：“阳阳哥，我爸回来了，他一进门就问我，你去了哪儿。我说你昨晚是在厂里休息的。现在我爸正往窑厂赶，你要是不在，我爸会找我算账的！”

于是我起身就出去了，也就是前后脚的功夫，我刚在小洋楼一层的办公室坐下，何叔就冲了进来，随后何冰也开着良叔的车来了，她急匆匆下车，看我正坐在办公桌前，长长地舒了口气。

“对了，你昨晚不在厂里，到底是怎么回事？冰儿、阳阳，你俩可都给我老实点儿，千万别在我眼皮底下耍花枪！”何叔好歹是一厂之长，哪有那么好糊弄。

我早已想好了说辞，不紧不慢道：“昨晚我跟何冰去我爸坟前磕了头，保证将来会好好一起过日子。冰儿也答应了，还在我爸坟前立了誓。后来夜里有点冷，冰儿就先回去了，我坐到后半夜才悄悄回了厂里，在办公室里睡的。”

听到我天衣无缝的回答，何叔的眼神明显亮了一下，接着就转过头，看向何冰问道:“丫头,这事儿是真的?”

当时何冰的表情真的特别搞笑,明明极不情愿,但又不得不承认,最后不得不拉着脸,强迫自己点了点头,用力“嗯”了一声。

“好,只要你们俩沟通明白,那就没什么问题了！我看这事儿也不用拖,等银行贷款一下来,永恒信贷的账还上,咱们就把这婚事给办了!”

何叔挠了挠半白的头发,又道:“对了,昨天的事良子都跟我说了。而且永恒信贷也给我打了电话,将还款日期延长到了月底。丫头,这找男人啊,就得找有本事、能扛事儿的,我看阳阳就有点这意思。”

“知道了,您赶紧忙去吧,我这儿还有很多事呢!”何冰不耐烦地扭过头,直接坐在办公桌前忙了起来。

“还没过门呢,就嫌爸爸碍事啦?果然是女大不中留,那你俩就在这里忙,爸爸不当这个电灯泡。”何叔说完,还朝我挤了挤眼,哼着歌,得意扬扬地出了门。

待何叔的歌声消失以后,何冰愤愤地瞪着我说:“你可真能编!”

我憋着笑,靠在椅背上道:“我这瞎话编得还行吧,天衣无缝！我以前都没发现自己竟然有这么好的口才。”

“你少得意,别以为占了点口头便宜,我就能跟你怎样似的。说句不好听的,你就是对我不死心,用各种手段让我欠你的人情,最后再嫁给你！你就是故意吓唬我,再帮我解围。实话告诉你,我不会让你得逞,而且我有办法让我爸悔了咱们这桩婚事!”

第九章

我真没想到何冰竟然会这么想我，但都无所谓了。侮辱也好，诋毁也罢，我从小到大不就是这么过来的吗？只不过这话从何冰嘴里说出来，让我有了那么一丝钻心的痛而已。

但我好奇的是，她能有什么办法让何叔主动毁了我们的婚约呢？何叔那人我清楚，极重承诺。

“你真能让你爸收回咱们的婚事？”我疑惑地问。

“没错，但这件事归根结底还是怨你自己。”何冰给自己冲了杯咖啡，自信满满地说。

这我就更加不解了，因为就在昨天，我还帮厂里解决了一件大患，何叔正是欣赏我的时候，他怎么可能会突然悔婚呢？

何冰靠在办公桌前，手里端着白色的咖啡杯，拿银色汤匙搅拌着说：“本来这个月，爸爸是要在省城学习的，就是学习怎么操控、维修这些新机器，可偏偏赶上你家里出了事，所以我爸就学了个开头。这后续的设备，我爸还不知道怎么安装呢，更别说操控、维修了。”

顿了一下，何冰嘴角继续上扬，笑道：“培训专家都是从国外请的，而且这批人现在都已经回国了。如果再把他们请回来帮忙安装或是维修，光指导费就不下十几万，我爸是舍不得花这份钱的。”

“那怎么办？难道这些新机器就这么放着？”皱着眉，我觉得何冰肯定还有下文。

“我有个同学，家里也是做窑厂的，而且人家的生产规模可比我家大十几倍。他们两年前就用上了这种机器，而且我那同学也接手了自家的工厂，组装机器这种事对他来说小菜一碟。”

听到这里，我不自觉地点点头说：“明白了，如果我没猜错的话，你那同学是男的，也极有可能会成为你未来的老公，用不了多久，他就会过来，不仅会帮你爸组装机器，还会上门提亲，是这个意思吧？”

何冰微微一笑，那眼神似乎对我的猜测颇有几分赞赏。她抿了口咖啡，又理了理耳根的碎发说：“基本上答对了，虽然我也不是太喜欢他，但总比嫁给你强。我爸那人虽然忠厚，但他到底也是商人，厂子就是他的命，为了让厂子活下去，他会接受我同学提亲的。”

“行，这是你自己的事情，你自己拿捏吧。但有句话，我这当哥的一定要提醒你，若不是你真心所爱的男人，不要冲动地嫁给他。如果你只是想拿这件事对付我的话，完全没必要。”

说完我径自上了阁楼，心里也说不清是什么滋味！我承认配不上何冰，但我并不想做她的敌人，让她感到厌烦。可事情不知怎么就发展到了现在的窘境，我竟成了她日防夜防的贼。

回到阁楼监控室，我坐在烟花箱子上，迷迷糊糊斜靠着墙，可能是昨晚没休息好，现在又被何冰讽刺了一通，整个人的精神状态都不是太好。

可我又睡不踏实，心里总在嘀咕，何冰的那个男同学到底靠不靠谱？万一那男的不懂机器，万一何叔要是反对他提亲，万一这中间出现了变故，那何叔花重金购来的机器可就成废铁了。

何叔对我有恩，而且是天大的恩情，况且也是因为我家的事才耽误了他培训学习。而我专业就是工科，并且主攻机械研发方向，要是能再帮上何叔一把就好了。

想到这些，我就赶紧下楼，先去良叔那里，把所有机器说明书全都拿过来认真研读，然后又利用监控室的电脑查询相关的资料。还好说明书上有机器研发公司的网址，登录进去以后，上面还发布了不少常见的机器故障和维修的案例。

一连三天下来，这批机器大体的情况，我也摸得差不多了，只是那晚回去的时候,何叔的脸上明显带着几分不悦。

“叔,怎么了?”回县城的路上,我坐在车里问他。

“这件事跟你有关系。我小看自己家丫头了,没想到她会在这个节骨眼上将我一军!”何叔眉头紧锁道。

“叔,到底什么事?您就大方说吧,我无所谓的。”

何叔一边开车,一边道:“我昨天给国外的专家打了电话,可人家压根儿就不愿为了咱这乡下小厂,亲自跑一趟来做技术指导,倒是给我指派了一家公司,可……”

我疑惑地问:“这不挺好吗?让国内的技术员做指导,应该能省不少钱吧?”

“可问题是……”何叔顿了顿,手用力攥着方向盘道,“问题是那家公司的少东家是何冰的大学同学!今天中午何冰跟我一摊牌,我才意识到事情的严重性,而且人家这次是冲着提亲来的,人已经被何冰接到家里了。”

我眉毛微微一挑,倒没有显得太惊讶,因为何冰已经朝我炫耀过了。“叔,那您打算怎么办?”

何叔浓眉微皱道:“我是这样想的,咱目前得用人家,所以要好生招待。等把厂里机器全部弄明白以后,我再将他赶走,到时候何冰还是你的。所以……”

“您是想让我先忍忍,别把对方得罪了是吧?”

“你这小子,真是一点就通!阳阳,你能理解叔的难处吗?毕竟那些洋机器要是没有对方帮忙,咱是玩儿不转的。”何叔为难道。

“我没问题!对了叔,我今晚回去方便吗?实在不行的话,我这就下车,今晚到厂里睡吧。”

何叔当即拉着脸道:“我要是把你放了,你小子肯定立马去找金家!所以今晚你必须跟我回家,但要记住,别跟对方闹矛盾,凡事都让着点儿。”

我就知道何叔不会放我,但更没想到,何冰的那个同学来者不善。

何叔家楼下停了辆外省的车,不用猜都知道,这肯定是何冰同学开来的。

车是男人的脸面。见多识广的何叔,知道能开得起这种车的男人是什么家庭和实力。

走进家里，何冰跟何妈正坐在沙发上，有说有笑地陪一个男人聊天。说实话，那男的长得很精神，一头干练短发，个子不算太高，但很匀称，尤其是他一身华贵的西装，以及腕上的大金表，处处都透露着上流人士的气息。

初次见面，那人很礼貌，见到我跟何叔还特别热情地打招呼。他的牙齿很白，笑起来让人觉得很舒服。

只是落座后，何妈的脸色就变了，她先是狠狠地剜了我一眼，然后又含沙射影地看向何叔道："老何，你不知道今天家里来重要客人了吗？"

"知道啊，怎么了？"

"知道你还……"何妈又瞟了我一眼，显然觉得我碍事。

何叔随即笑道："你说阳阳啊？他又不是外人，老向一去世，我就是阳阳的半个爹，不把他带回家，还能让他去哪儿？"

这时何冰赶紧打圆场道："爸，宋冬这次过来，可给您带了不少礼物呢！"

"也没什么。"宋冬依旧很温和地笑着。

"你看看人家宋冬，一出手就这么阔绰。不像某些人，就好像咱们何家真欠了他似的。"何妈这次都不遮掩了，直接把矛头对准了我。

我也不生气，因为何叔对我有恩，此刻我之所以还留在何家，也只是想报恩而已，几句冷嘲热讽的揶揄，我还是能咽下去的。

何叔说："行了，别说那些有的没的，客人还在呢！"

简单寒暄过后，何叔开门见山，立刻跟对方谈起了机器的事情。宋冬也很自信，毕竟人家里就是搞这个的，对于机器的安装、维护、保养，乃至对于整个厂子的管理、经营、运作，无不说得头头是道。

何冰满脸崇拜地看着宋冬，笑盈盈地说："冬子，以前上学的时候，我怎么就没发现你这么优秀呢？"

宋冬含蓄地抿着嘴道："那时你身边优秀的人太多，哪儿顾得上看我一眼啊！何冰，我从大一就喜欢你，几乎每周都悄悄给你写情书，但却始终没有勇气给你，转眼四年，那些情书都摞了一箱子了。"

"你……真的假的？"何冰满脸惊讶道。

“真的，情书我都带来了，就在我车的后备厢里。你要是不信，我现在就搬上来给你看。”宋冬眼神热烈道。

听到这里，何妈当即干咳了一声，说：“向阳，要不你先去休息吧。我们谈私事，你一个外人在这里听不合适，对吧？”

听到这话，我赶紧起身，笑着摆手回了屋。我虽然心里有点难过，但如果何冰真能找到自己的幸福，不挺好吗？至少眼前的这个宋冬，看上去还不错。

回屋躺在床上，我戴上耳机听起了音乐，我想，再有三天吧，等何叔的银行贷款一下来，等厂里的情况彻底好转，我就离开。

不知过了多久，我睡得迷迷糊糊，却被何妈给摇醒了！她先是将我从床上拉下来，随后又拿起两个崭新的被褥铺在了床上。

“何妈，之前的被褥挺好的，不用换新的。”我揉着眼睛说。

“这是给宋冬换的。家里没那么多房间，你今晚就在地上睡。”

“怎么？宋冬今晚也住家里？”我当即一愣，他那么有钱，怎么不得住个酒店？

何妈却没搭理我，给宋冬换好床铺后，转身就出去了。

不大一会儿的工夫，宋冬进来了。

当时我躺在地上，他直接从我头顶跨了过去，然后打开窗户，没正眼瞧我，说：“开个价吧，多少钱你能离开何冰？”

“什么意思？”先前我还能保持礼貌，可当他从我头顶跨过去的那一刻，我就知道自己识错人了。

“我最讨厌你这种人！仗着何家欠你情，就趴在人家里吸血！你不就想娶何冰，将来继承人家厂子吗？开个价吧，钱我出！”他冷笑道。

“我听不懂你说什么。”我懒得跟他理论。

可他却来劲了，道：“小子，你给我听好了，不要以为何叔保着你，将来你就能跟何冰结婚！没有我们家，他的厂子玩儿不转！识相的，现在就开口，拿上一笔钱彻底消失！”

我皱起眉头，满脸疑惑道：“宋冬，你之前不是挺有礼貌的吗？”

他再次冷笑,扶了扶鼻梁上的眼镜道:“跟你这种人,用不着讲礼貌!”

他这话我就不爱听了,有事可以商量,但你不能侮辱我,我怎么了？我不偷不抢,怎么就低人一等了？

可还不等我开口反驳,外面忽然又吵了起来:“老何,你不要执迷不悟!看看人家宋冬,你再看看那个谁!”

“你住口！阳阳那孩子有担当,将来肯定会有出息!”何叔反驳道。

“有出息？他能有什么出息？谁不知道他没父母?”何妈吼道。

听了这话,对面的宋冬憋不住笑道:“这是什么意思?”

他一边笑,一边掏出手机点着,片刻后,再次大笑道:“原来你是这样的背景啊！就你也想娶何冰?”

我猛地站起身,朝宋冬冲了过去。

第十章

我最讨厌的就是别人侮辱我父母。

我一把揪住宋冬的领子:“再给我说一遍!”

他一个富家公子哥,哪儿见过这架势?电光石火间,整个人都蒙了,随即就是一声大叫:“救命!”

我以为他应该会跟我硬气几句,却没想到,他竟然吓哭了。

下一刻卧室的门被撞开,何叔一马当先地冲过来,何冰也进来了,她慌不迭地跑到我面前,对着我一顿拳打手挠:“你快给我松手!赶紧滚出我们家,这里不欢迎你!”

我缓缓松开手,何叔满眼愤怒地朝我吼道:“到底是怎么回事?”

我没想到那个宋冬竟然恶人先告状:“他威胁我,让我立马滚!”

“老何,你留这么个祸患,咱家早晚得被他给拆了!”何妈哭了起来。

“阳阳,给宋冬道歉!”何叔黑着脸,瞪着我道。

“我给他道歉?叔,你真相信他说的话?”我真的无语了,胸口憋着气,感觉都要炸了。

“我只看到你扯他的衣领。不管事情怎样,你这么干就是不对!”何叔依旧盯着我,说,“之前你是怎么答应我的?说好了回家不闹,可你……你赶紧道歉!”

看着何叔的模样,我再次笑了,抿嘴点点头,朝宋冬道:“对不起,吓着你了,请您这位城里来的少爷,千万别跟我这乡野匹夫一般见识。”

见我道了歉,何叔这才长舒了口气说:“行了,阳阳去我屋睡,冰儿跟你妈睡。”说完，他又歉疚地看着宋冬道：“真是对不住了，回头我一定好好教训他。”

一场风波过后，我被何叔拽到了卧室里。何叔端坐床前，看着我说：“阳阳，你真的太让我失望了！之前我说过，咱们暂时要用到人家，你有什么事就不能先忍着？”

我说：“叔，你厂里的那些机器，我也能摆弄，这对我来说没什么难度。”

“住口！越说越不像话！我知道宋冬比你强，你心里嫉妒很正常，但男人不能说大话，尤其拿我厂子开玩笑！还有，不要以为我对你好，你就可以无法无天，这会让人讨厌的，明白吗？”

“叔，这才是你的真心话吧？其实我清楚，你也瞧不上我，什么跟我父亲的承诺，什么婚约，一切都是假的，不是吗？”

“你……你说这话是什么意思？”何叔明显慌了一下，话都说不顺了。

我摇头一笑，说：“你厂子的面积，明显装不下那么多新机器，可你还是不停地往回运，你要扩建厂区不是吗？可窑厂周围的地皮全是金家的，而金长生又是出了名的坏，他不狠狠讹你一笔，这还是他吗？”

顿了一下，我又继续说：“所以你跟金长生早就达成了协议。你负责摆平我和金家的恩怨，金长生就答应平价卖给你地皮，所以你才一再地拦着我，天天监视我，不让我去找金家麻烦，是这么回事吧？”

“你……你少给我在这里胡闹！”

“我胡闹？那天跟老蹲儿比试，良叔抱了一沓资料给我打发时间。可在那些资料里，我分明看到了一份协议草稿，是你给金家准备的。叔啊，我不说不代表我不知道，你救过我的命，所以我不愿拆穿。”

我咬着牙又说：“既然你想利用我，那就不要站在道德的制高点来指责我！你不是我爹，他再窝囊也永远不会算计自己的儿子！在人前无论他怎么骂我、打我，只要回家，他都会给我炖碗红烧肉，摸摸我的头。”

想起父亲，我的眼眶微微一红，喉咙几度哽咽，长舒一口气，我摆摆手说：“不提了，早点睡吧。你救过我的命，也安葬了我爹，这是恩情，我肯定要报。只是等我报完恩以后，咱们就互不相欠了，到了那时，不要再阻拦我做任何事。当然，如果你觉得宋冬好，现在就过去，跟他把婚事定了吧。”

说完，我直接跳上床，疲惫地躺了下来，而床角的何叔却跟雕塑般坐在那里，一动不动。

“阳阳，你说得没错，我的确想利用你和金家的恩怨拿到地皮，但同样，我更不希望你走极端，这也是真的！还有你跟何冰的婚事……”

“不早了，睡吧。地皮我会帮你拿，但真到了那天，你也不再是我叔，咱们两清。”说完，我侧身闭上眼，泪水却沾湿了枕巾。

第二天来到窑厂，烧窑的部分设备已经到了调试阶段，再加上宋冬的到来，整个窑厂的焦点几乎全都转移到了这位专家身上。

可何叔怎么也不会想到，这位纸上谈兵的“专家”，差点把他的窑厂给干废了。

厂里开早会的时候，何叔很隆重地把宋冬请上台。厂里的工人们更是对宋冬这位年轻有为的专家，报以热烈的掌声。

尤其何冰，那清澈的眼眸里对宋冬几乎充满了爱慕。有人问她和宋专家是什么关系时，她还故作羞涩地低头：“就是普通的大学同学，你们可不要误会。”

她嘴上这么说，可身体却很诚实。宋冬去窑里视察的时候，何冰就挽着他的胳膊，偶尔还会转头，十分厌恶地瞅我一眼。

“宋专家，您看这机器安装得没什么问题吧？”良叔满脸殷勤地陪同道。

“行，挺像那么回事的，开机试过了吗？”宋冬一副居高临下的做派。

“试过了，机器都能正常运转，现在就差上料生产了。”良叔赶忙回道。

“好，我看这些机器跟我家的都差不多，既然没什么问题，那就上料开工吧。”

宋冬带人在前面视察，我就跟在最后挨个检查机器情况，毕竟这对厂里来说是大事，尤其银行那边，再有几天就要到厂里核查，万一生产上出了事情，何叔可就被动了。

只是当我走到厂里的工人磊磊身边时，却闻到了一股辛辣的酒气。

磊磊跟我是同村的，年龄相仿，但他是二胖的狗腿子，也没少干欺负人的事。

“磊磊，你喝酒了？”我皱眉问道。

“喝了，而且是喜酒。向阳，二胖刚相了个姑娘，长得可漂亮了，你说你气不气？你跟金家对着干能得到什么好处？还不是跟条丧家犬一样，寄人篱下，跑到这里躲着？”其实磊磊不喝酒，嘴也是这么坏，上小学的时候，他没少欺负我。

长长舒了口气，我再次冷声道：“工作期间禁止饮酒，你连这点规矩都不懂吗？还有，你之前干了什么活儿？我要再检查一遍！”

磊磊当时就急了，说：“你算个啥！头两天听说，你要当何家女婿，我还让着你点儿。可现在，你看看人家何冰，早跟她大学同学一起了！”

我刚要继续开口，就听良叔大声喊道：“所有工人听令，立刻上料，准备开机！”

这太仓促了，尤其磊磊还喝了酒，万一哪里没弄明白，事情可就严重了！我两步冲到前头，看向何叔道：“先别开机，我需要再检查一遍，确保万无一失才行！”

“你？你还要再检查一遍？这些机器你见过吗？”不等何叔开口，宋冬先发话了。他今天算是找到机会报复了。

“向阳，你真的太拿自己当回事了。我们大度，不跟你计较，可厂里的事情，你也要插手吗？显你能是吗？”何冰也冷冷地看着我。

“阳阳，刚才宋冬都仔细检查过了，没什么问题。咱们要相信专家，相信专业！”何叔瞥了我一眼，又看向良叔道：“招呼工人，开工吧！”

我强忍着一口气，赶紧又说：“等等！就是开工那也得先试烧一批，等没问题了，再大面积开机生产！”

何叔却再次皱着眉说：“阳阳，烧一批瓷至少要一天！银行再有几天就要过来核查，厂里要是没有入账，人家怎么能批贷款？还有我的那些客户，这几天催货电话都打爆了，我不能再食言！”

顿了一下，他又冷声道：“既然宋冬都说没问题，你也不要再坚持了。我知道你是好心，但不能帮倒忙。”

人性就是这样，有的时候你明明好心，可别人却觉得你很多余！而我似乎就是那个多余的人。再次深吸了口气，我把头转向宋冬道：“你确定仔细检查了？万一出了事，你这个专家可要负全责！”

他完全无视我的话，下巴一扬，带着何冰就走开了。

呆立在原地，我紧紧握着拳头，希望吧，希望不会出问题。别人漠视也好，嘲讽也罢，等何叔的厂子走上正轨，我和这里也就再没关系了。

从监控室一直呆坐到傍晚，当夕阳的光辉斜照进窗棂时，我突然听到整个厂区“嗡”的一声，紧跟着监控屏幕也灭了。

从北窗望去，好多人都聚集在窑洞前，似乎是机器出问题了。

我快步下楼，冲到人群中的时候，何叔都快要崩溃了！

“怎么回事？这机器怎么突然就停了？”何叔揪着良叔的领子，红着眼问道。

“我也不清楚啊，刚才我在操控室，用电脑给窑炉散热的时候，突然就断了电！”良叔也是一脸委屈道。

“电工呢？还不赶紧送电？这烧瓷讲究的就是火候，要是温度散不出来，客户专运的这批原料可就废了！最头疼的是，我怎么跟人家交代啊？”何叔痛苦地抱着头，一下子蹲在了地上。

良叔也是硬挠着头皮说：“电工已经送上电了，宋专家正在操控室检查，估计一会儿就能修好。”

听到这话，何叔拔腿就朝操控室跑，我也赶紧跟了上去，进到操作台前，何冰还在那里絮叨着：“宋冬，你赶紧想办法啊！这批原料是人家客户专门运过来做定制的，万一烧砸了，我们窑厂的名声可就毁了！”

可宋冬那个家伙，竟然一脸茫然地点着鼠标道：“咦？我们家的机器就是这么操作的啊？怎么到你家厂里就不好使了呢？何冰，你爸不会是图便宜，买了人家的残次品吧？”

第十一章

“我厂里所有机器都是原装进口的！宋冬，你到底行不行？之前你信誓旦旦地说没问题，现在却出了这种情况，怎么跟我解释？”何叔怒了！他请宋冬来，主要就是来捯饬这些机器的，可这才刚开机就出了岔子，搁谁心里能不窝火？

“爸，你就少说两句吧，先不要打扰宋冬，他不正在检修着吗？”何冰还是坚定地维护宋冬。可宋冬却已经慌了神，鼠标一个劲儿在屏幕上乱点，最后还打电话问他厂里的专家，咨询如何检修。

何叔急得满脑门儿都是汗，不停地抬着手腕上的表，原地打着转说：“再有十分钟散不出热，你就是修好了也白搭，那批料算是彻底废了！”

虽然我不清楚那批到底是什么料，但何叔在短期内肯定弄不来那种料，尤其这还是人家客户专门定制的，万一烧砸了被投诉，何叔的贷款可就黄了……

情急之下，我也顾不得被人嘲讽了，一把推开宋冬，直接敲键盘，进入了系统后台，短暂的检查过后，我深吸了口气说：“叔，软件没问题，应该是窑洞里的机器或线路出了故障。”

听我这样说，何叔的脸色更苍白了，我当即问：“叔，目前还有什么办法能挽救这批产品？”

何叔呆在原地不说话，倒是身后的良叔推了推眼镜道：“只有一个办法，那就是进窑洞，人工将闸门摇上来。可现在窑洞里的温度少说也有一百多度，压根儿就进不去人！”

“良叔，你听好，马上去给我找一床厚棉被、一副隔热手套，我在院子的水池旁等你！”说完，我一个箭步就往外冲，良叔却还愣在原地。

“还愣着干什么？这批料要是烧砸了，人家客户一举报，银行贷款批不下来，到时大家都喝西北风去吧！”听我一声怒吼，良叔这才反应过来，忙不迭地就往宿舍跑。

我则冲到了院子的水龙头前，浑身淋了个遍！不大一会儿的工夫，良叔也扛着棉被过来了。

我完全没时间废话，毕竟再有几分钟不散热，那些料就要报废了，此刻，我必须要与时间赛跑。

我将棉被按进水池，又把隔热手套戴上，等棉被彻底湿透之后，我咬牙往身上一披，迈步就朝窑洞走。

何叔疯了般朝我冲过来，眼里含着泪道：“你这是干什么？那些料咱不要了，大不了我窑厂也不干了，咱不做傻事行吗？你要好好的，叔真的希望你能好好的！”

“何叔，还有你们所有人都给我听好了！”我低声怒吼道，“我向来不欠任何人！今天我若能从窑里走出来，自此我便再不欠何家！”

说完，我顶着棉被，直接撞开何叔，猛地冲进了窑洞里！

一股热辣的气浪扑来，尽管我把自己裹得严严实实，可露在外面的几撮头发，“嘶啦”一下就焦了！

更可怕的是窑洞里完全不能呼吸，那骇人的气浪一层一层地往我身上顶，我只能硬憋着一口气，透过被子的缝隙来寻找闸门的确切位置。

好在我之前来过两次，而且头几天还深入研究了这些机器说明，其实按照正常的情况，这些机器都应该放在大型厂房里的，因为大型厂房通风好，操作也安全。

可何叔的厂房还没建好，再加上他又急需生产，因此才将机器暂时安装在了窑洞里，所以这也就造成了温度散不出去，窑内气温过高的原因。

左右环顾间，我找到闸门的圆阀，手一放上去，手套就跟沸腾了般往外冒水蒸气。好在阀门并不算太沉，几下就被我转了上来，只是窑炉内的高温气浪随着闸门打开,也瞬间喷在了我脸上。

那种感觉真的生不如死,窑洞里的气温因为阀门的掀起,更是噌噌往上蹿!不知道拧了多少个阀门,后来我整个人都迷糊了,缺氧、炎热,隔热手套早就被烫化了,在拧最后一个阀门时,我手上的皮硬生生被粘掉了一层。

那种情况下,我真的只凭一股意志,在心里不停地告诉自己:我不能死!

后来我失去了痛觉,鞋底都化了,热熔胶裹在脚底板上,只觉得脚下黏黏的,眼珠子因为缺氧而不停地往外瞪。

窑洞的出口越来越近,可我知道自己已经走不过去了,恍恍惚惚间,眼前那一丝刺眼的光亮正在缓缓消失,又好似有人冲进来,架着我的胳膊,把我弄了出去。

身上的棉被终于被人掀开,一缕沁人心脾的凉风,瞬间从我鼻尖飘过。

“阳阳,你怎么了?别吓我,不要吓叔啊!”恍惚间,我看到何叔正紧紧抱着我。

我缓缓抬起手,朝周围做了个手势:“好了!”

再后来的事,我真的不记得了,只记得再次醒来时,手和脚钻心地痛!

“水……水……”我看到何冰跑到床前,眼眶湿润地抓着我胳膊说:“你……你终于醒了!”

我说不上来话,感觉嗓子都要裂开了,只得抬起疼痛的左手,指了指凳子上的水杯。

那是何冰的杯子,粉红色的,还带着香味,当清凉的茶水滑进我嗓子里的时候,我才感觉自己有了一丝活气。

“向阳,你真傻,何必呢?我之前还那么对你,你其实完全没必要冒险的。”何冰一边喂我水,一边眼泪就从脸颊滑了下来。

可我不想说话,更不愿对眼前这个女孩再动什么感情!那一刻,我只是不停地告诉自己,现在何家的债,我算彻底还清了。

我躺在病床上,呆呆地望着窗外,那时节虽是夏天,但窗外却飘着蒙蒙细雨,几缕微风吹动着窗纱,带着几分舒服的凉意。

“你饿吗?我去给你弄点吃的吧。”何冰站在病床前,很拘谨地看着我问。

我微微侧脸，静静地望着眼前这位身材高挑的姑娘：“那批料烧出来了吗？”

何冰轻咬着红唇，点了点头说：“蛮好的，都烧出来了，就是有几台机器出了问题，宋冬正带人修理。”

我眉头微皱，宋冬连操作台的软件都弄不明白，还会修理机器？可这种话，我不能当着何冰的面说，否则又得生一肚子气。再说了，宋冬不行，不代表宋冬厂里的专家不行，机器上的事或许他能弄明白吧。

“怎么不说话？我记得小时候，你话老多了。”何冰拉着凳子坐过来，手托下巴看着我问。

可我却没有想跟她聊天的欲望，明明是宋冬一再地侮辱我才把我激怒，可何家人却不问缘由，上来就让我道歉！

只因我是个无家可归的孩子，因为欺负我不需要付出任何成本和代价，所以在他们眼里，我就应该道歉。

“好啦，我知道把宋冬叫过来刺激你，是我不对，可再怎么样，你也不能吓唬他，逼着他离开吧？你把我们全家都吓到了。”何冰摇了摇我胳膊，说话的语气很轻盈，似乎是想跟我和解。

“何冰，谢谢你！”忍着眼角的泪，我长长地舒了口气说。

“谢我什么啊，你是因为窑厂受的伤，我应该照顾你。”何冰抿着红唇，很温柔地说。

我没有回答，只是淡淡地笑了一下。何冰对我挺上心的，喂我吃饭，拿手机放电视剧给我看，偶尔还会推着轮椅，带我到医院下面散步。

何冰的电话响了，是何叔打来的，一番交谈之后，何冰挂掉电话就去拿包。我问：“怎么了？”

何冰面色凝重道：“银行那边来信，说明天一早到厂里核查。我爸说宋冬到现在还没把机器修好。”

我就知道宋冬只会“纸上谈兵”！我深吸一口气，问：“何冰，都到现在了，你还相信宋冬的能力吗？”

“我早就看出来他名不副实了！可现在说这些还有什么用？厂里的账

我还没弄完，机器也修不好，看来我家的窑厂快要到头了……”何冰眼睛都红了。

其实我真的没有必要再去蹚这个浑水了！

只是当我看到何冰委屈的模样，想到何叔曾经救了我两次命，又给我交了学费的时候，心还是软了。

“何冰，你相信我吗？”从床上坐起来，我认真地看着她问。

“你要我怎么相信你？”

“或许我能修好厂里的机器，你相信我的能力吗？我工科毕业，学的就是机械制造领域，尤其前几天，我把你家的机器全都摸了个遍。”我看着她问。

何冰也看着我，呆立了许久才开口道：“向阳，你……真的可以？”

那晚回到厂里时，天已经黑了，下车以后，何冰推着轮椅就带我往窑洞里跑。

我说：“赶紧去忙你的，趁今晚把账都赶出来。机器那边的事情，我来处理！”

“向阳，你……真的能行吗？”她停住脚步，犹豫地看了我一眼。

“行不行，试了才知道，你快忙去吧。”说完，我抬起缠着纱布的手，只是刚握住轮椅上的钢圈，一股钻心的疼痛就传遍了全身。

我咬牙用力往机器的方向滑轮椅，磊磊看到我，吓得赶忙低下了头。他这是做贼心虚，如果我猜得不错，这次窑厂事故多半就是因为他酒后上工造成的。

当我把轮椅摇到他旁边的时候，手已经疼得不敢使劲儿了，我缓缓抬头，冷冷地盯着他道：“还不赶紧把我推过去？”

“向阳，我……”磊磊吓得面色惨白，这件事一旦追究下来，他就是砸锅卖铁也赔不起厂里的损失。

“以后上班，千万不要再喝酒了！你妈把你拉扯大不容易，要好好工作，孝敬父母。有些人一旦去世，你想尽孝都来不及。”那天我还是心软了，给了他一次机会。

听我这样说，磊磊帮我推着轮椅，声音哽咽道：“向阳，谢……谢谢！”

一路往前，我看到机器旁早已站满了人。宋冬抹着满脸的油污，焦急地打着电话。

“宋冬，你给我说个实话，你们厂的专家到底什么时候能来?”何叔问。

“马上就出发，速度快的话，凌晨四五点估计就能到!”宋冬早就慌了，若不是他冒充大头蒜，何叔也不会那么着急开工，更不会出现此刻的局面。

“你耽误了我多少时间？前天我就让你厂的专家来，可你非说自己能修好，我要早知道你是这种货，就不该请你来!”

听到这话，宋冬不愿意了:“这能怪我吗？谁知道你买的是四代机？我们家用的可是三代机，这完全就不是一个路数！是你们之前没交代明白，还赖我了?”

他这么一顶嘴，何叔的脸都绿了，但却没再出言反驳，毕竟他唯一的希望就是宋冬请的那个专家。

我知道时间已经来不及了，深吸一口气，说:“何叔，宋冬家在省外，专家不可能及时赶到。即便到了，咱们用的可是四代机，别说维修，光是拆卸和检查就得不下三个小时，您还愿意将希望寄托在他身上吗?”

一看是我，何叔忙不迭地关心道:“娃娃，你不好好在医院躺着，怎么来这里了?”

“出了这么大的事，我还能躺得下吗？良叔，磊磊，马上组织工人拆卸，现在检修的话，我觉得时间应该还来得及!”

“阳阳，宋冬都拆了两遍了，压根儿就修不好!”良叔苦着脸道。

“他修不好，我来修!”

“阳阳，你别胡来，现在可不是开玩笑的时候!”

“良叔，我何时跟你们开过玩笑？这些天厂里遇到的事，哪一样不是我给解决的？难道信任我就那么难吗？你们凭什么总瞧不起人呢？我到底差在哪儿，你们说!”咬着牙，我把这些天所遭遇的愤懑全都质问了出来。

那一刻，整个窑洞静了!“还愣着干什么？你们不想丢了饭碗的话，立刻拆!”我抬起缠着纱布的手，指着机器吼道。

这时候，何叔紧握着拳头，猛地砸在机器上道:“拆!”

霎时间，工人们蹿上了机器，宋冬立刻跳出来道：“何叔，让这种小子修机器，我不反对，可万一修坏了，那跟我可没有任何关系啊！”

何叔一愣，明显迟疑了半分，但思虑片刻后，还是狠狠地咬牙道：“今晚修不好，我厂子都要跟着完蛋，回头就是修好了，那也得拱手让给永恒信贷！阳阳，你就大胆地修，不要有任何心理负担，真报废了，咱就当破烂卖！”

何叔这话明显让我心里一暖，于是便不再废话，立刻指挥工人干活儿。

窑厂里忙得热火朝天，我的目光就紧紧盯着机器里的零部件，查找问题的根源。

转眼两个多小时过去了，大件基本都拆了下来，还没有找到问题所在，所有部件都完好无损。

我突然想到之前在网站上看到的一篇帖子，那家的机器是因为短路而出现了故障。

想到这里，我赶紧说：“良叔，你把旁边的智能电路板拆下来，如果我猜得不错，应该是这里出了问题。”

良叔一愣：“哪个电路板？”

“就是那个黑色盒子，外面封了隔热胶的那个。”

听到这话，良叔赶紧动手，先扒开隔热胶，随后又拆开外壳，最后扯掉里面的隔热泡沫后，才发现里面的电路板已经焦黑一片了。

我随即转头，又看向何叔道：“我记得说明书上写的给了两个备用的部件，您马上去找一下，换上以后应该就可以了。”

何叔哪儿还敢怠慢？不大一会儿的工夫，何叔把箱子都抱了过来，里面确实给了两个备用电路板。

良叔赶紧擦了擦眼镜，然后带着电工一起，小心翼翼地将新的电路板装上，紧跟着一送电，机器立马就有了反应。

那一刻，窑洞里几乎所有人都长长地舒了口气。何叔的眼泪更是不受控制地落了下来！只是他没说感谢我的话，甚至都不敢看我，只是把头转向一边，一阵阵地哽咽。

忙活到下半夜的时候，机器重装完毕。我把厂里所有线路全部排查完以后，才高声朝良叔喊道：“上料！开工！”

机器声再次响起，所有工人顶着夜色就干了起来。这时何冰跑出来，激动地问：“怎么？修好了？”

“已经开工生产了，你那边怎么样？”我疲惫地问。

“我那边的账也全都做好了！”说完，何冰竟开心地扑过来，一把搂住了我的脖子。

第十二章

当黎明驱散黑暗，晨光洒向大地之时，宋冬请的专家还没来，倒是银行巡查员先到了。

何叔抹了把额头的冷汗，狠狠剜了一眼旁边昏昏欲睡的宋冬，又目光柔和地看了看我，这才带人迎了上去。

“呀，你手怎么又出血了？疼吗？”何冰问。

“没什么大事，血都干了。”我摇头笑说。

“什么叫‘没大事’？你看看纱布都浸透了，不行，我得赶紧把你送医院去。”说完她就推着轮椅，带着我往车的方向走。

我赶紧道：“何冰，别闹了，银行的人都来了，一会儿查账的时候，还需要你协助呢！我真没事，你把我推到宿舍去吧，我睡会儿就好了。”

她的眼里明显有些心疼，但我明白，这种心疼只是出于愧疚，并非源自爱情。何叔开始带着银行专员巡查厂区的情况。

我回了宿舍，因为一夜未眠，我倒头就睡下了，再次醒来已经到了下午，何冰端着满满一碗猪肉炖粉条，还有四个大白馒头，朝我走了过来。

“怎么样？银行审核通过了吗？”我用胳膊肘撑着身子坐起来问。

“向阳，这回真的谢谢你。银行那伙人特别精，还专门找了个懂行的人过来看，幸亏你把机器修好了，不然这回……”

我轻轻摇头，说：“何冰，答应我件事行吗？”

她放下手里的饭，脸颊微红地朝我笑道：“干吗呀？”

“我想回家，回自己的家。你直接送我回家就行了。咱们自此两不相欠。过了今天,你就再也不用害怕将来会嫁给我了。”

何冰没有说话,相当于同意了。她将车子缓缓开到了我家门前。

望一眼我落魄的家,还是我临走前的模样,连门都没锁。何冰要推我进去,我轻轻挡了她一下说:“走吧,从此相逢是路人。你不欠我,我不欠你,往后余生,各自安好。”

说完,我再没回头,摇着轮椅就进去了。离开的短短半月间,院子里已经长了些杂草,晾衣绳上还挂着一顶父亲生前戴过的草帽。回首往事,却早已物是人非。

东面的墙根处是父亲曾经种的大葱,现在已经蹿出了一米多高,大葱旁边有个坑,里面是父亲埋的萝卜。

我摇着轮椅,抄起一柄生锈的铁锨,忍着手上传来的痛,挖了俩萝卜、一棵葱,然后返身回到屋檐下,掀开酱缸的盖子,那是父亲曾经腌的咸鱼。

拿牙啃开萝卜皮,我就着葱,吃着咸鱼,从小放养式的生长,让我有着异于常人的生命力。

这样的生活虽然苦,但至少我有自尊,家里再落魄,那也是我自己的家!寄人篱下的滋味真的不好受,自今天起,我再也不会踏入何家一步,更不会接受对方任何的施舍和怜悯。

一顿不太饱的午餐过后,我就回了屋,躺在床上发呆。那时心里最渴望的,就是身上的伤赶紧好起来。

日落黄昏,又到了晚饭时间,病人就是这样,除了睡,就是吃。还是那老三样,萝卜、大葱就咸鱼,我还顺带着铲了几颗荠菜。

正当我吃得津津有味时,外面的门忽然被人打开了。我没想到何冰竟然还会来,她大包小包拎了不少菜,还有药和纱布什么的。她脖子上挂着MP3,脚步轻盈地哼着歌道:“你没饿死吧?我专门跑了趟县城,给你买了卤猪皮,对皮肤愈合有帮助。”

“谁让你来的?出去!”我皱着眉,我们早已两不相欠了!

“我不来,你吃什么啊?反正我爸是不好意思再见你了,所以只能我来……”她话没说完,就走到了我跟前,立刻用手捂住鼻子,瞪着大眼吃惊道，“你……你就吃这个？”

“我说出去，这里是我家，我不欢迎你！”我冷冷地朝她吼道。

“我也说了，你就指着吃这个活命吗？”她还来劲了。

闭上眼，我努力平复了一下情绪道：“在自己家里，我用不上遭人白眼，这难道还不够吗？”

何冰道：“向阳，你什么意思？在我们家里怎么就没尊严了？我妈嘴就那样，你一个大男人，用得着跟她一般见识吗？”

我摇头一笑，长长舒了口气说：“你妈说什么，我自然不往心里去，可你那晚，不分青红皂白地骂我，却将我的心都骂寒了。”

“我骂你不对吗？”

“那你就不先问问，我为什么要那么做吗？”

“还能为什么？你不就是想把他赶走，跟我结婚吗？”何冰争辩道。

“好，本来我不打算解释的，因为我觉得那些对我来说毫无意义，但今天既然把话说到这儿了，我也就给自己争一口气！”说完，我一把揪下她的MP3，直接打开了里面的录音。

片刻后，MP3里传来了宋冬的语音。

MP3的声音不大，但却足够刺耳，尤其宋冬那超高辨识度的声音，致使何冰再也没办法为他辩驳半分。

“他……他怎么能说出这种话呢？在我的印象里，宋冬是个挺有礼貌的人啊？”何冰也惊呆了，不敢相信。她抢过MP3，又连续听了两遍录音，才微微捏起了拳头。

“何冰，你不嫁我，这没什么，我也不值得你托付终身。但我希望，你对任何人都要擦亮眼睛。表面看到的不一定是真的。”

铁证如山，何冰的眼圈当场就红了，她把手里的菜和药放在酱缸盖子上，随即半蹲在轮椅前，双手抓着我的膝盖说：“向阳，对不起！我不知道宋冬会说这么难听的话，更不应该对你动手……”

我淡淡一笑，抬眼望着家徒四壁的院落，知道又怎样？不知道又怎样？何家人骨子里就瞧不起我，无论我做什么都是错，怎么样都会嫌我碍眼。

“不提了，既然事情已经澄清，要没别的事……”

“那吃饭吧！这些卤猪皮是我排了好长的队才给你买的呢。”她立刻岔开话题，忙着去解那些方便袋。

“何冰，我已经说过了！”

她却生气了，瞪着眼睛朝我吼：“向阳，你能不能不要这么固执？吃我的东西怎么了？能毒死你吗？我都跟你道歉了，你至于这么小心眼儿吗？要是你心里不痛快，那打我一巴掌！”

我觉得她真有点无理取闹了，明明那么想摆脱我，如今我自愿离开，她又为何非要缠着我呢？深吸一口气，我抬眼望着她说：“何冰，我知道你同情我，或许心里也带着一些感激，但我并不需要。我只希望你们何家，自此不要打扰我的生活。”

她的犟脾气却上来了。小时候何冰就很犟，有一年村里来了照相的，还牵了头大骆驼，何叔一家要照全家福，何冰却非要拉上我，何妈很不愿意，因为那时照相很贵，多洗一张照片要多花钱。

那时我们都不富裕，何妈当时就把何冰骂哭了，可她即便流着眼泪也非要拉着我上骆驼，任谁都拦不住。最后那张照片，何冰是哭着照的。没想到多年以后，她的脾气依旧如此。

“快点吃吧，吃完了我好给你上药。”见我沉默不语，她笑盈盈地，仿佛忘记了我们刚才的不愉快。

“不吃！你少给我来这套！”说完，我摇着轮椅就回了屋。

我以为何冰会继续跟我吵，或者一怒之下断然离开，可是没有，我真低估了她的脸皮。

她一手拎着手里的药和纱布，一边打量着我家的摆设，说：“没想到这么多年过去了，你家还是原来的样子！”

说完，她站在原地静静环顾，手时不时地理理柔顺的长发，突然又指着不远处的衣柜道：“哥，你还记得吗？小时候咱们还经常钻到这个衣柜里玩儿捉迷藏呢！”

“哟，这张照片你还留着呢！”她指了指相框里，我们儿时骑骆驼的相片，惊讶地笑道："那时候我真傻，哭得眼睛都红了，倒是你，上了骆驼以后，光顾着自己玩儿，都不知道抱着我，害得我差点摔下去！"

人世间，最难抵御的就是回忆，一想到某些人和事，那些美好而单纯的画面，我的心就会变软，变得鼻腔酸涩。

何冰朝我走来，白皙的手掌轻轻托起了我缠着纱布的手，我没能再反抗，至少儿时的何冰是我这辈子为数不多的美好回忆，我不忍再继续伤害她。

拆开纱布，我的手已经愈合了不少，主要是手掌烫伤的部位已经结出了一层薄薄的痂。何冰小心翼翼地给我上药，然后又拿纱布轻轻地缠着我的手，她是个细心的姑娘，从小就很体贴。

换好药之后，我感觉也舒服多了，但我不希望她再留下，只得冷脸道："你现在可以走了吗？"

何冰嘟了嘟嘴，大眼珠子白了我一下道："你就那么想赶我走？"

"何冰，你不要跟我来这套！你到底想干什么？折磨我？"

"我怎么折磨你了？你现在需要人照顾，你以为我愿意来吗？"她竟然还委屈上了。

"收起你们何家的善心吧，我不需要！"看着她，我冷冷地说。

这一次，何冰是被我彻底伤透了，她走的时候还狠狠对着酱缸踹了一脚，把我的饭菜全打翻了。其实这没什么不好，跟何家恩断义绝。

那晚我没怎么吃饭，一直挨到了第二天中午，才掀开酱缸，吃了"老三样"。

只是日子才过了两天，我就有些扛不住了，明显感觉浑身乏力，好在身上的伤愈合得不错，虽然脚还不能下地，但手已经不怎么疼了。

从父亲藏钱的旧衣服里，我掏出一百块钱，摇着轮椅去小卖部，买了些鸡蛋、面粉，家里的油盐还能用，我就没再买。

小卖部的胖婶儿想亲自给我送回来，我没让，就让她把鸡蛋挂在轮椅钩上，面粉放在我腿上，只要我向阳还有一口气，就绝不求人！

这世间总是有好人的，东西虽不贵重，却是热乎乎的人情；相比之下，何叔对我的好，却掺杂着某些利益，这也是我极不情愿留在何家的缘故。

傍晚的时候，何冰又来了。

何冰紧抿着嘴唇,两滴眼泪缓缓滑落道:“宋冬正跟金家谈地皮的事,我爸说你的事情先压着,等地皮谈妥了,再跟金家算总账。”

“何叔真是个精明人啊,任何事情都能往生意里套！还有,宋冬怎么还没走？何冰,你真是铁了心要嫁他了是吧?”抬眼望着屋顶,我眼神落寞地问。

第十三章

听了我的话，何冰当时就辩解道：“向阳，你不要把我爸想得那么龌龊行吗？没有人比我更清楚他到底有多在乎你！”

我无语地笑了，他拿我的恩怨做买卖，这叫“在乎我”？

“我爸现在已经彻底不与金家人见面了！但碍于厂子的地皮，宋冬又毛遂自荐，所以我爸才让他露脸去谈的。你也知道，宋冬虽然技术不行，但口才很好，而且反应挺快，估计他能把这事儿谈拢。”何冰长舒了口气说。

确实，宋冬那诡辩之才，我可是见识过的，当初若不是他能言善辩，我也不至于被何冰骂。皱了皱眉，我继续道：“宋冬怎么谈？拿我的恩怨去谈？继续让我跟金家和解？”

何冰立刻解释道：“怎么可能？我爸说了，他已经在花钱托人，哪怕砸锅卖铁也要给你家申冤！”

“你们的好意，我心领了。”人心都是肉长的，我并不怀疑何冰的话，以我对何叔的了解，他也确实会这样做，“回头跟你爸说，我不怪他，也从来没恨过他。”

“好。”

我侧身看着何冰问：“你不会真要嫁给宋冬吧？”

她却白了我一眼道：“你少操我的心。宋冬请的专家正在厂里帮忙组装其他机器，我爸暂时还不能撵他走。”我点点头，只是还没来得及接话，何冰又笑说：“在你伤好之前，我负责照顾你！”

我刚要拒绝，她立刻打断我道：“等你伤好了，你就请我，我也不来！”

随她便吧。说实话，这几天我一个人生活，确实诸多不便。有一个人能帮我忙活，身上的伤倒也好得更快。

再后来的几天，何冰每到饭点儿就过来，再加上及时换药，我身上的伤也快好利索了。

周末傍晚，我彻底扔掉了轮椅，手和脚上的纱布也拆了，对着空气挥舞两拳，颇有些虎虎生风的架势。

何冰拎着菜进来，大老远就笑着说："你现在能下地了啊？"

"没大事了，你明天不用再来了。"我挠着掌心刚长出来的皮肤，一拆纱布还有些痒。

何冰微微垂下眼眸，进屋把菜装进盘子里，不太高兴地说："赶紧过来吃饭吧，不然都凉了。"

我一路小跑进了屋，又活动了下关节，才拿起筷子说："有一说一，这些日子下来，谢谢你照顾了。"

"吃吧，有什么好谢的？"何冰不太开心。

我坐在桌前就开始扒饭，何冰又说："宋冬真是越来越讨厌了。"

"怎么？他欺负你了？"

"倒没欺负我，只不过这几天，他总是跟金家人混在一起，还称兄道弟的。我爸说，他是为了取得金家的信任，好帮我们压低价格，拿到地皮，可一看到他和金家人勾肩搭背，我就有种说不上来的厌恶！"一边说，何冰还皱了皱眉。

我点点头，并没有贬低宋冬什么，相反还说了他两句好话："冰儿，这说明宋冬在真心实意帮你家办事。他这么做没错，看得出来，他确实很喜欢你。"

何冰却撇了撇嘴，不再言语了。

饭后，我来到了我家曾经的鱼塘——我爹的坟前。

浩瀚的星光下，几缕夜风轻轻吹拂，我盘坐在坟前，望着周围的一草一木，鼻子却忍不住酸涩了起来。记得那年家里卖鱼，父亲乐开了花；记得当年父亲蹲在鱼塘前，趴在我耳边说："阳阳，咱家攒了钱，留着给你成家，等你结了婚，爸这辈子的任务就算完成了。"

泪眼蒙眬中，无限的后悔袭上心头，如果时光能倒流，我宁愿不去反抗，宁愿默默承受这世间一切的不公和冷眼，只要父亲活着。

何冰朝我走来，我说："没什么事了，你早点回去吧。"

何冰说："向伯伯小时候那么疼我，我还想给他上个坟呢！"

我瞥了她一眼，小时候我爸确实很疼她。我家但凡有好吃的，我爸都给何冰一半。

我拿出纸，在我爸坟前烧了起来。

我向何冰问："该磕头了，你要一起吗？"

何冰带着满脸的庄重与肃穆，跟我站在了一起。

我双膝跪地，一阵清凉的微风吹在脸上，泪水就那么自然地流了出来。

"爹！"积压了这么多天的情绪，一瞬间就袭遍了我全身，如今我终于可以放声大哭了！

"向伯伯，向阳现在可有本事了，他特别聪明，也很有担当。现在不管村里还是窑厂，只要一提到他，大家都竖大拇指！您在那边可以安心了。"何冰说着说着，也跟着哭了。

这个娇生惯养的丫头，真是出乎了我的预料，我没想到在祭奠我爸时，她竟然这么严肃、真诚。

我起来的时候，何冰还跪在地上，她双手合十，紧闭着双眼，似乎在祈祷着什么。

我故作轻松道："我爸可不是神仙，你跟他许愿有什么用？"

"不准你这么说向伯伯。"她竟然白了我一下，然后又很虔诚地闭上眼，嘴里也不知道在絮叨什么。

我也不着急走，就在旁边坐下，抓起何冰刚采的野花，顺手帮她编起了花环。农村的孩子大都会编这种花环，这就是我们儿时的玩具。

我手法娴熟地拧着狗尾巴草，顺带着把那些野花，一一穿插了进去，不大会儿的工夫，一个漂亮且朴实的花环就在我手里诞生了。

我起身走到何冰旁边，把花环轻轻戴到了她乌黑的头发上，何冰缓缓睁开眼睛，甜甜地笑问："什么呀？"

“你让我编的花环。”

“漂亮吗？”

我呆呆地看着她，在我心目中没有任何女人能比她漂亮。

但我没有回答，因为无论她漂亮与否，跟我又有什么关系呢？拍了拍手上的草屑，我转身说：“时候不早了，你赶紧回去吧，要是太晚，何妈该着急了。”

“一起吧，一起回我家。向阳，我爸这些天可担心你了。”她从后面抓住我的胳膊，轻轻摇着说。

“不去！你知道你妈有多讨厌我，何叔的心意我领了，回头帮我跟他道个别吧。”我推开何冰的手，自顾自地往前走。

“道别？你要去哪儿？”何冰赶紧追上来问。

“天涯海角，我也不知道，但至少这里已经没有我留恋的东西了。”顿了一下，我继续又说，“我还要去找那个骗我彩礼的女人，我要让她当面向我爸忏悔！”

“你……你不能走！”何冰跑过来，再一次抓住了我的胳膊。

“为什么？”我疑惑地问。

“不为什么！”她执拗道。

我一把甩开她：“我想去哪儿，你管得着吗？”

何冰快步跟着我，沉默了片刻说：“宋冬找的那个专家已经撤回去了！你要是走了，我家那些机器，谁来给安装？向阳，我爸现在就指望你了！”

我说何冰为什么一直粘着我呢，兜了那么大一圈，原来在这里等着我。

停住脚步，我微微转头，真不知道该用什么样的表情来面对这个我喜欢的姑娘。

“向阳，你愿意帮忙吗？”何冰看着我问。

“何冰，也就是你求我，但这是最后一次！”说完，我冷冷地转身离开了。

回家后，我里里外外把屋子打扫了一遍，然后把家里的东西都归置了一下。不久后，我将远行，再回来也不知是何年月了。

第二天上午，我在家简单吃了点饭，就去了何家窑厂。何冰是第一个看到我的，然后何叔也跟着从小洋楼里走了出来。

他老人家想跟我说点什么，却又不知该如何开口。我也不知道该说什么，便冷声道：“让良叔过来吧，我手把手教他。”

“我这就去叫。”何叔点了点头，眼神明显多了几分落寞。其实他人很好，可就因为当初他拿我家的事做生意，这让我怎么也接受不了。

“向阳，你别对我爸这样行吗？他真的特别愧疚，你离开厂子的那几天，他还偷偷抹过眼泪。你想想，从小到大，我爸何曾哭过？”何冰难过地看着我，委屈地咬着嘴唇说。

我长长地舒了口气，把头转向一旁，说：“我也不想，但我跟他确实没什么好说的。往后的日子里也不用说什么了。”

扔下这句话，我就往窑厂东面走，好在这里已经建起了一座厂房，虽然还没完工，但房顶已经盖上了。

不大一会儿，良叔就过来了，我们就开始指挥工人，在新的厂房底下搭建机器和生产线。

这次的安装不同于窑洞里的那些。因为之前安装的只是烧窑设备，而完整的生产线还包括搅拌、成坯、传送等等，这趟线一旦建起来，会省下很多人工劳动。

好在一切并不复杂，毕竟我读了四年大学，专业就是干这个的，把基础的机械原理吃透以后，只要在实践中稍加注意，就不会遇到太难的问题。

倒是良叔很吃力，毕竟岁数大了，我讲得一多，他脑子就记不住。为了能让他全部掌握这些东西，我尽量放慢速度，让他反复试几次。

后来我又把磊磊叫了过来，他好歹是个高中生，在窑厂工人里也算是有文化的。

何叔的这些生产线一旦建起来，势必要面临裁员，之前磊磊总跟着金家混，工作也是马马虎虎，如果他不掌握一些技能，何叔肯定会裁了他。

“磊磊，往后可要好好干，走正道儿！今早我遇见你妈，她还拉着我的手哭。你不知道她有多难过，她打心里希望你有出息！”

“阳阳，对不起！我小时候那么欺负你，其实都是二胖指使的。你知道，我家也穷，要是不跟着二胖，我也会被人欺负。”说到这里，磊磊抬起袖子抹了把眼泪。

“行了，都过去了！好好跟着我学，把这批机器吃透，将来坐在操控室里，吹着空调工作，不比你钻窑洞强吗？过两天我就走了，你在厂里要替我多帮帮何叔。”

说完，我便带着他们干起了活儿。有些地方，他们实在看不明白，我就让良叔拿手机录视频，将来要是需要拆卸或者维修，他们可以参考视频来操作。

中午吃饭的时候，磊磊端着碗凑到了我旁边，我笑着问：“有事儿？”

磊磊挠着头，很腼腆地说：“倒是有个事儿，就是不太确定，也不知道该不该说。”

“说就行了，想让我帮忙？”我疑惑地看着他。

“不是，我之前听二胖提过一嘴，说他那个表妹付婕好像在许城，当时他也是无意说的，也不知道准不准。”

我手里的筷子猛地一抖，这个消息对我来说，无疑是最重要的！“磊磊，不管消息真假，我谢谢你！”

中午吃过饭，我又带着良叔他们开始干活儿，磊磊倒是学得挺快，有时候我光口头指导，他就明白该怎么干。

“向阳，你忙吗？”下午的时候，何冰站在厂房外面喊了我一声。

“什么事儿？”我直起腰问。

“走吧，上车再说。”

我摘掉手套，跟良叔他们交代了几句，就走到外面，进了车里。

何冰笑着发动车子，我不解地看着她问：“什么事儿啊？神神秘秘的。”

“到地方你就知道了，好事儿！”她抿着红唇，很爽朗地笑了起来。

车是往县城东南方向去的，那里有个大公园，公园里还有个湖，景色相当宜人，上高中的时候，我经常路过那里。

何冰把车停到了公园对面的小区里，然后兴冲冲地带我上了三楼。

那房子没有装修，但面积足够大，得有一百八十多平方米吧？何冰背着小手，得意地仰着下巴，笑眯眯对我说：“怎么样？满意吧？”

我愣是没有回过神来，只是吃惊地看着她问：“这房子是你们家的？”

“你上警局那两天，我爸带着我来看了房，然后当天就交了全款。我眼光不错吧，就知道你一定喜欢！”何冰得意极了。

“何冰，你这是什么意思？我说过，你们何家不欠我什么，这么贵的房子，我更不可能要！”我当即就拒绝了这份好意，别的先不说，这事儿何妈肯定不知道。

何冰却白了我一眼说：“谁说要送给你了？想得美！”

说完，她就拽着我的胳膊，先来到大阳台上，说：“景色不错吧？前面就是公园，还能看到湖景！回头在这里放个躺椅，看看书喝个咖啡，简直美死了！”

“何冰，你不会告诉我，将来你要住这儿，把这房子当婚房吧？”我呆呆地看着她问。

第十四章

何冰没有回答我，还是那副样子，嘴角带着神秘兮兮的笑，又从背后推着我，走进了东面的卧室。

“这个卧室近三十平方米，够敞亮吧！”她在卧室里转了一圈，还煞有介事地问我：“向阳，将来在这里摆个电脑桌怎么样？西边再放个书架，对面摆个双人沙发。”

“你有钱就折腾呗！”当时我也不明白她到底是什么意思。难道大老远把我带过来，就是为了跟我炫耀她未来的爱巢？

“还有卧室里的卫生间，我想装一个大浴缸，地面不能用瓷砖，我要全铺成鹅卵石，这样洗澡时还能做足底按摩。”她越说越高兴，竟然激动地攥住我的胳膊，用力摇晃了起来。

“这是你的房子，随你怎么折腾吧。”推开她的手，我心里竟有些落寞。何叔的银行贷款已经到账，她家那么多新机器，厂区也扩大了不止一倍，赚钱那是早晚的事。

生在这样的家庭，有个如此有能力的父亲，说不嫉妒何冰那是假的，再看看我自己，不说身无分文，那也是穷得叮当响。

何冰这个娇生惯养的丫头，她根本就不会注意我脸上那些尴尬的情绪波动，依旧拉着我参观她的房子，听着她那些奇思妙想的创意。

好在到了傍晚，总算是看完了。出来的时候，她拿肩膀撞着我问：“怎么看你不高兴啊？”

“有吗？”我故意反问她，脸上强撑出一丝微笑。

“那你就说，这房子怎么样吧！”

“蛮好的，至少我买不起。”

“你！”她笑着白了我一眼。

其实跟何冰在一起，除去财富上的差距，我还是蛮开心的。

她性格单纯，总活在自己的小世界里，她有很多独特的想法，也不管你愿不愿意就说给你听。

这本是一种讨人厌的性格，可就因为她长得漂亮，还总能说出一些我根本就猜不到的奇思妙想，就显得她很可爱。

时间一转又过了四天，那时窑厂的第一条生产线，已经到了最后的组装阶段。该教的我都教了，良叔和磊磊也学得像模像样，所以我打算装完这条线后就离开。

“良叔，线路一定要仔细地看，接错任何一条，智能控制方面都会出故障！”我认真地嘱咐道。

“磊磊，赶紧打开手机录一下，好留个备份。”良叔不敢大意，忙指挥磊磊干活儿。

突然我感觉有道凉风从我脖颈刮过，紧跟着背后就传来了急促而愤怒的脚步声！

“给我打！”一声怒喝过后，突然有人踹了我一脚，当时我蹲在机器上，一个趔趄没站稳，身体瞬间斜着滚在了地上。

下一刻就是好几个人朝我打来，我来不及多想，几乎本能地抱住头，蜷缩了起来。

“嫂子，你这是干什么？有什么事能不能先说明白！”良叔大吼一声，紧跟着周围的工人把我护了起来。

“何……何妈？”看到竟然是何冰的母亲，我更是犯了傻。如今我连她家都不去了，又怎么得罪她了？无限的委屈袭来，我咬着牙问：“您这是干什么？”

“干什么？我们家户口本呢？赶紧给我拿出来！”

什么户口本？我这些天连她家门都没迈过，又怎么会拿她家的户口本呢?“何妈,我听不懂您的意思。”

她对着我怒目而视道:“听不懂? 你天天痴心妄想,今天不给你上上眼药,你欺负我们何家还没完了!”

良叔赶紧拦下,说:“嫂子,这里可是厂子,不准你胡来! 咱有事说事!”

“良子,你长能耐了? 不要忘了,这厂子可是我何家的,你算个啥?”何妈根本就不吃这套,连何叔都压不住她的脾气,更别说良叔一个外人。

“良叔,你让开吧。”我扶着机器站起来,甩了甩下巴上的血,又看向何妈问:“打我可以,先给我个理由。”

见我不卑不亢,何妈更是火冒三丈,跳脚指着我就骂道:“你是不是跟老何串通,骗着冰儿,瞒着我,把结婚证给领了?”

我皱着眉,这都哪儿跟哪儿啊? 我什么时候跟何冰领过结婚证? 我摇摇头,诚恳地看着她说:“从来没有这事儿!”

“不承认是吧? 好,今天当着大家的面,我就跟你掰扯掰扯!”说完,她愤愤地拿出手机,从里面调出一张购房合同的照片说:“你们连婚房都买好了,你再给我狡辩!”

她又猛地转头问:“良子,老何前几天是不是动了厂里的资金,买了套房子?”

良叔脸色异常难看,嘴巴动了动:“这……”

“那是何冰买的房,跟我有什么关系?”我此时红着眼,也来气了。他们家买房,我却挨打,没这么欺负人的。

“跟你有什么关系? 我让你再嘴硬!”一边说,何妈又从包里掏出一沓厚厚的请柬,狠狠砸在我脸上,“你们把结婚请柬都印好了,你好好看看,那上面是不是你跟何冰的名字!”

垂眼看着地上的请柬,那真的是我跟何冰结婚的喜帖,而且还是何叔亲手写的,我认识他的笔迹。

“你再犟啊? 再给我犟嘴啊?”何妈指向我的手指用力地颤抖着。

可是我压根儿就不知道这件事,我怎么就要跟何冰结婚了? 这么大的事情,又有谁通知了我? 长舒一口气,我缓缓转过身,说:“良叔,咱们继续,就剩最后这点活儿了,赶紧干完!”

我一刻也不想在何家待了，只期盼着组装完机器，头也不回地立马走人。

良叔和磊磊他们围上来，我再次攀上机器，把头伸进机器里，干起了活儿。

“你怎么不犟了？承认了是吧？想娶我们家何冰，你做梦去吧！”何妈见我不搭理她，气得要命！

我依旧充耳不闻，因为无论我再怎么解释，对方也不会听，还好活儿不多了，接完这些线路，剩下的外部组装，良叔跟磊磊就能完成。

“你没听见吗？”

“够了！阳阳可是在帮你家组装机器，还有完吗？”良叔猛地抬头，咬牙喊道。

“谁需要他帮忙？他们向家的人情，我们可欠不起！”何妈寸步不让，说：“他天天打我们家算盘。我家冰儿明明不喜欢他，可他就仗着老何，硬逼冰儿嫁给他！”

顿了一下，她缓口气又说：“嫁给你也行，可你有本事吗？就连婚房都得让我家掏钱！向阳，人有脸、树有皮！”

回想起何叔曾经对我家的恩情，想到何冰曾在我爹坟前，虔诚地磕过几个响头，我硬是把愤怒压回去。

“他二舅，还愣着干什么？这只是他的小伎俩，仗着自己会点儿东西，就总在老何面前显摆，让人觉得他多能似的！想娶咱家冰儿，门儿都没有！”

我抖着双手，强迫自己集中精力，对照着英文说明，继续安装。

这时候磊磊憋不住了。

“阳阳！你根本就不是他们说的那种人，从小到大，你从来都不占人便宜。他们凭什么这么污蔑你？你为什么不解释？”

我深深吸了口气，咬着酸胀的牙根儿道：“解释有用吗？如果解释有用，我爹就不会死。这些年下来，我也不会遭遇那么多不公正的待遇。最后两条线，你把手机端稳了。”

机器组装好了，何家往后也用不上我了。这一次，我们真的是彻底两清了！

我郑重说道："第一，我真不知道结婚的事。第二，我从没见过你家户口本，更没跟何冰领证！第三，那房子是何冰买的，跟我没关系！"

从机器上跳下来，我又说："你觉得你们家何冰好，你觉得我想攀高枝？实话告诉你，我压根儿就不稀罕！从现在起，我跟你们何家一刀两断。谁要是再敢骂我一句，那就别怪我翻脸无情！"

说完，我忍着腰间的剧痛，一瘸一拐地离开了窑厂。

夏末的微风吹拂着田野，正午的阳光照得我后背丝丝发热。

就这样吧。我本来就没奢望过何冰能嫁给我。即便是买了房子，写了请柬，那也只不过是何叔想完成当年的承诺而已。

他确实也说过，等厂子好转后，就安排我跟何冰结婚。他是个说到做到的人，所以即便再委屈，我也不怪他，他是好意。

回家后我简单收拾了几件衣物，掏出家里仅剩的钱，便准备离开这个让我伤透心的地方。

不经意间，我看到家里的相框上还挂着那张小时候我跟何冰的照片。思虑片刻，我还是带在了身上，因为这是我人生中，为数不多的美好回忆，尽管如今早已物是人非。

锁上大门，再回望一眼我破旧的家，眼眶酸涩间，我扭头离开了。

下一站许城，我必须要找付婕讨个说法。

第十五章

疾驰的火车在广袤的大地上穿行，身后的家乡也离我越来越远。

许城是一个我从未踏足过的地方，但年轻的心总是对未知充满期待，同样，也带着些许惶恐与不安。

何叔与何冰已经不知道多少次拨响我电话了，再次挂断后，我直接拔出手机卡，扔进了脚下的垃圾袋里。

何妈的言行让我彻底明白了我与何冰之间的差距。我想与自己的过去彻底了断。

第二天清晨，我走出了熙熙攘攘的许城火车站，举目四望，在穿梭的人流中，我迷失了方向。

好在我有过四年在外求学的经验，所以即便扑入城市的大潮中，我也具备一些简单的生存经验。

我先是找到一家网吧，从网上寻了一个住处，房租每月四百五十元，两室一厅的合租房，环境还可以，不过位置比较偏。

找好房子后，我又投了一些简历。那时我刚毕业，没有工作经验，简历也只是瞎投，只期待着先找份糊口的饭碗，毕竟我身上钱不多，交完房租，那更是捉襟见肘。

办完这些事情后，我就去买了张手机卡，然后按照房东交代的地址和路线，坐公交去了住处。

房东是个阿姨，人还不错，只不过房子的位置太偏，而且还是那种老楼。

“这位是林佳，上个月住进来的。”来到不大的客厅，房东指着坐在沙发上、手捧笔记本电脑、戴着黑框眼镜的一个男孩介绍；然后又指着我说：“林佳，这是你的室友向阳。”

说实话，我从未见过这么精致的男孩，一头乌黑短发，皮肤白得像牛奶，个子也不高，蛮瘦的，腕上还戴着一块电子表，穿着白色背心，一条黄色短裤。

我礼貌性地朝他伸手说：“你好，我是向阳。”

他捧着笔记本瞥了我一眼：“真土！”

我确实土，那年连个像样的行李箱都没有，大包袱还是父亲买饲料时，厂家赠送的。

见我有些尴尬，房东阿姨赶紧把我带回屋，简单介绍了一下里面的陈设。

房间还不错，一个老书桌，一张大床，两个小衣柜。房东阿姨挺细心，见我行李不多，她又从柜里拿出了被褥，她说是上个租客丢在这里不要的，后来她给洗了洗，我要是愿意用就暂时用着。

我点头表示感谢。她又带我去厨房、卫生间转了一圈，得知我是第一次来许城，还好心给我介绍附近哪里有小吃街，在哪儿吃饭干净便宜。

好歹是有了落脚的地方，我的心也踏实了一半。送走房东后，我肚子也饿了，刚准备出门寻些东西吃，这时候林佳道：“傻大个，你是出去吃饭吗？”

“怎么？要一起吗？我请客。”往后大家同住一起，尽管我没钱，但总归要结识一下室友。

“帮我带份脆笋炒饭，下楼往西就是小吃街。”他扔下这句话，转身就回了卧室。

这小子，他倒是不认生，这才第一次见面就使唤我跑腿！

任谁都没想到，我们如此平凡的一次见面却发生了太多故事，而林佳，更是成了我手下一员势不可挡的大将！

下楼来到小吃街，城里的饭价普遍偏贵，我溜达到了菜市，鱼肉蔬菜的价格倒还蛮公道的。

我从小就会做饭，家里也有厨房，现在手上还有一千多块钱，往后要是自己做着吃，怎么也能扛到发工资。

于是我买了一条鱼、一些蔬菜和肉，然后又去便利店买了些油盐酱醋。大包小包的拎回去，刚开门，林佳就穿着大拖鞋朝我迎了过来："脆笋炒饭呢？"

"哦，我忘买了，待会儿我做饭，你等着吃就行了。"我朝他笑道。

"谁爱吃你做的饭？我都饿死了，你不愿意买就明说！"

"要不我再下去给你买？"初次见面，我还是想与人为善。

"不吃了！气都气饱了！"说完，他咣当一声关上了卧室的门。

我也是无语了，多大点事啊，就生这么大的气，个子不高，穷毛病倒是不少。

我也懒得理他，坐了一夜火车，我自己都饿坏了，哪还有心思伺候别人？

我去厨房，先将所有厨具清洗了一遍，然后起锅烧饭，肉丝芹菜、红烧鲤鱼、糖醋排骨、西红柿鸡蛋汤，忙一个多小时，可口的饭菜总算是上桌了。

"出来吃点儿吧，饭都做好了。"我敲着他卧室的门道。

"我才不吃你做的饭，我有洁癖！"他在里面吼道。

"你爱吃不吃！"这回他真是把我激怒了，好心当驴肝肺的人，到哪儿都有。

我向阳做饭，不能说是一绝，但好歹也练了十几年。没妈的孩子就这样，家里大事干不了，但像做饭这样的琐事，在初中时就落在了我肩上。

大口吃着菜，扒着米饭，我又盘算着待会儿出去转转，看看能不能打听到关于付婕的消息。记得她家以前是在市场做蔬菜生意的，或许在这种地方会有一些讯息。

不大一会儿，林佳出来了，他应该是去上厕所的，可走到茶几前的时候，却愣住了，"这菜是你做的？"他难以置信道。

"难道是天上掉下来的？"我没好气地回了他一句。

"你可以啊！你不会是来许城应聘厨师的吧？"他也不管我是否同意，坐下来拿起筷子就吃。

我一边吃饭，一边旁敲侧击道："你今年多大了？"

他一愣，朝我翻了个白眼，说："问这个有意思吗？"

“那肯定！咱俩同住，怎么也得有个辈分吧？我今年二十二岁，腊月生人，应该比你大吧？往后见了我，得喊声‘向阳哥’。”我吃着饭笑说。

“我二十四岁，满意了吗？”他扶了扶眼镜道。

我当即质疑道：“胡说八道，你怎么可能比我大？拿你身份证我看看？”

他不屑一笑，直接从黄短裤里掏出钱包扔给我说：“自己看吧。”

我掏出他的身份证一看：林佳，男，汉族……

后来我才知道，他那张身份证是假的。

在住的地方待了三天，周围的几个菜市场，我也转遍了，却始终都没打听到关于付婕的任何消息。

同样令我好奇的，还有我的室友林佳。他几乎从不出门，除了吃饭上厕所，他就一直在卧室里猫着。因为好奇，我有次推了他的门，结果还没看到什么，就被他一拖鞋给轰了出来。

好在三天后，我投的简历有了消息。有几家公司通知我面试，但都不太理想。要么就是专业不对口，要么就是离我住的地方太远，工资普遍都不高。

最令我满意的是海兰达机械集团，公司总部在东平区，我一趟公交就能到，而且待遇不错，试用期就能领三千五百元，转正后保底五千元。

更重要的是，在离公司东面不远的地方，是许城最大的蔬菜批发集散地，这能极大地方便我寻找付婕的下落。

我去应聘的那天，人家技术部刚好招满了。

“领导，这份工作对我特别重要，能给我一个实习岗吗？要是我表现不好，您随时可以辞退。”那会儿我也犯了愁，晃悠快一星期了，要是再没工作，我就该挨饿了。

面试我的人打量着我的简历问：“你家是烟海市涞县的？”

我点点头，那人轻皱了下眉，又道：“我跟上面请示一下吧，咱们集团的董事长跟你是老乡。只要他开口，应该不差你这么个岗位。”

听到这话，我不由心中一喜，赶忙又问：“董事长家是哪个镇的？保不齐我认识。”

面试我的人沉思了片刻道：“这不清楚，好像是住县城。你等一下吧，我先问问再说。”随后他走了出去，打电话的时候，还替我说了几句好话：“是您老乡，学历也不错，正经本科机械研发专业的。行，明白！”

当对方回来的时候，我的心都跟着打起了鼓，也不知道咱这便宜老乡的身份到底好不好使。

“向阳啊，技术部和研发部确实已经满员了，而且你一个刚毕业的学生，就是进去了也起不了多大的作用。”

听到这话，我的心“咯噔”一下，可对方却话锋一转，突然又道：“董事长的意思是，让你先去信息部历练，表现好的话，将来完全可以转岗，所以就看你的意思了。”

“可以，我绝对努力工作！”这时候还讲什么专业对不对口，我穷得连下月的饭都已经没着落了。

公司所谓的信息部其实就是资料科！本来我以为自己无法胜任，连熬夜加班的打算都想好了，结果一入职才明白，这就是个养老部门。

我的顶头上司是个五十岁出头的大叔，大家都管他叫“马主任”，我还有两个美女同事，和我年龄相仿的叫姜雪，超级文静的女孩。

另一个叫苏梅，大家也管她叫苏姐，三十岁左右，一头红色波浪长发，隔老远都能闻到她身上那股香水味。

他们对我特别客气，甚至是照顾，主任更像我们的家长。

至于工作，那就更简单了。平时就是收发一些资料，把技术部和研发部的图纸什么的，进行归类存档。倒是主任老让我跑腿买茶叶，他一天能喝三壶水。

“姜雪，咱们部门一直都这么闲？”啥事儿都不干，让我有种浓浓的负罪感。

“你小点声，别让主任听见。”姜雪朝我眨眨眼，还给我塞了包开心果。

难道是我的认知有问题？我们乡下种地的农民，一年都挣不到两万块钱。我工资加奖金，一年竟然能拿五万多。

“向阳，明天有事儿吗？”姜雪问。

“咋啦？你有事儿？”

“陪我去逛家具城吧，我想买套沙发。”

我一愣，吃惊道：“你在许城有自己的房子？”

这时候，坐在对面正照镜子的苏姐，白了我俩一眼道：“小点声，没看主任正睡觉吗？”

我跟姜雪顿时噤若寒蝉，没想到这回姜雪约我，竟然是为了套我的底儿。

而董事长安插我这个老乡过来，更是有目的的，因为我们资料科出了内奸！

第十六章

周六清晨,我起得格外早,因为我和姜雪约好了,今天陪她去逛家具城。

刷牙洗漱,我还稍稍捯饬了一下自己的头发。毕竟去市里逛街,个人形象还是要注意的。

这时,我的室友林佳进来了,说:“大周末的,你起这么早干什么?”

“同事约我去市里,七点半在双门桥汇合。”我解释了一句,又拿刮胡刀剃着胡须道,“你看我这形象还行吧?”

林佳却双目呆滞地望着我,突然抬起白皙的胳膊指着外面说:“出去!”

我一愣:“干吗?”

“我要上厕所。”

“你上呗,我又不跟你抢。”

“我让你出去,听见没有?”

我也是生气了:“你有病吧? 都是老爷们儿,你上个厕所还怕看?”

林佳愤愤地盯着我,要不是比我矮一头,瞅他那样,都想上来揍我一顿了。

很多小事我都不愿去计较,可这个林佳,真的是太难缠了。那一身穷毛病撇开不说,我每天做饭,他都白吃白喝,却从来不跟我提钱的事。

放在以前,我也不想计较。可如今我工资还没发,兜里满打满算还有不到七百元,能不能撑到月底都还是个未知数! 可他昨晚还让我买咖啡,一盒三十多元钱,回来给他以后,他转身就进了卧室,也没说要给钱。

都说女人难缠,可林佳这种贪便宜的小人更难缠。他就瞅准了我脸皮薄,所以处处得寸进尺! 我也不想再惯他毛病了,直接走到马桶前,一把推开他说:“你上不上？不上我上!”

“你出去我再上!”他咬着牙,精致的脸蛋近乎狰狞道。

“爱上不上!”

我出了门,索性不再想他的事,我就感觉这小子太不正常了,天天窝在家里不出门,他的卧室也不让人进,整日也不知道他到底在忙活什么。

来到双门桥公交站,一下车我就看到了姜雪。七月初,天气还蛮热的,姜雪穿了件花格裙子,扎着丸子头,脚上是双白色帆布鞋,显得格外清纯、恬静。

“哎,你跟我去逛街,女朋友不会吃醋吧?”姜雪问。

“我光棍儿一条,哪儿有什么女朋友?”挠了挠头,我很憨厚地笑着,又说,“公交车来了,赶紧上车吧。”

姜雪恬淡一笑,两只眼睛眯成了豌豆的形状,跟我一起上了车。

双门桥离市区还很远,路上有些无聊,姜雪就把一只白色耳机塞进了我耳朵里。

“让青春吹动了你的长发,让它牵引你的梦,不知不觉这城市的历史,已记取了你的笑容……”这首歌叫《追梦人》,我曾在何冰的MP3里听到过这首歌。

伴着感伤的旋律,我抬头呆呆地望着窗外,那些高耸的楼宇反射着清晨的日光,一颗年轻的心对城市充满了好奇与向往。

我又想到了何冰,我明白何妈悔婚并非是何冰的主意,她甚至可能都不知道这件事。与我失联后,何冰会伤心吗？如今的何冰,又过得怎么样了?

可无论如何,我都不想再回头了。不管何冰是否喜欢我,她母亲都不会允许我们在一起,倒不如掐掉这个不切实际的念头,过好往后的人生。

“我刚来许城的时候也和你一样,看到什么都好奇。”旁边的姜雪,小声说,“所以我真的特别羡慕此刻的你。”

“什么意思?”我微微皱眉问。

“没什么,有感而发吧。”

我们逛家具城,让我彻底开了眼界。姜雪买了一套沙发花了三万五。

“姜雪,你们家是土豪啊?”她交钱的时候,我都惊呆了。

“没有,就是喜欢。我一个女孩子,平时开销也不大。倒是你们男生很辛苦，要赚钱买房、买车，还要准备结婚彩礼什么的吧。”收起小票，她特善解人意地说。

这话我可不信，又说：“你都在许城买房了，少说也得七八十万吧，还说没钱？”

她笑得更甜了，抬手打了我一下说：“哪有？我舅舅的房子，他家拆迁分了三套，就拿出一套暂时给我住着。”

原来是这样，我点了点头。吃过午饭，姜雪又请我看了电影，她是个相当不错的女孩，身材和长相自然不用说，关键还善解人意，说话轻声细语，给人一种特别舒适的感觉。

下午，我陪姜雪回家，帮她收拾了一下客厅，然后等沙发送到，安装完以后，都到晚上了。

楼下小饭店里，姜雪又请我吃了一顿，我也没拒绝，毕竟我没钱，能蹭一顿是一顿。

“来，向阳，再干一杯！”姜雪手里举起的，已经是第三杯白酒了。

“不能喝了，已经醉了。”我摆着手道。

“反正明天周日，又不用上班，今天我心情好，再喝点！”这个文静的小姑娘，竟然还蛮能喝的。

扛不住她劝酒，我又干了一杯，这时候姜雪笑盈盈地问我：“你跟咱董事长到底什么关系？”

她这话倒是把我问愣了，怎么突然之间就扯到董事长身上去了呢？搓了把麻木的脸，我疑惑道：“你问这个干什么？”

姜雪抿嘴一笑，又给我倒了杯酒说：“好奇呗！那天给你做入职报告，我发现你竟然跟咱董事长来自同一个地方。”

我摆手笑了笑，就把那天面试的事情给姜雪说了一遍：“就是碰巧，其实我连董事长的面都没见过，更没什么亲属关系。”

“真的只是碰巧？向阳，我看你是没喝到数，跟我耍心眼。”说完，她又开始举杯，我真的扛不住了，对着垃圾桶吐了起来。

再往后我就迷糊了，隐约记得姜雪把我扶回了她家。躺在床上的时候，她还在继续追问我，跟董事长到底有没有关系，我当时稀里糊涂，最后具体说了什么，已经完全不记得了。

第二天醒来，当我发现自己躺在姜雪家的时候，浑身都冒起了冷汗！好在我身上的衣服没脱，而且躺的是她家次卧，这才稍稍安下了心。

“你醒了啊？”走进客厅，姜雪已经穿衣打扮好了。

“那个……不好意思，我酒量不大好，昨晚真是麻烦你了。”

“没有啦，也怪我，昨晚跟你聊得投缘，就贪多了几杯。”姜雪抓起桌上的钥匙，把拎包挎在肩上又说：“我临时有点事，要不……”

我赶紧搓了搓脸说：“行，咱一起下楼，我也该回去了。”

她甜甜地笑着，往楼下走的时候，突然又想起了什么，忙对我说：“对了，主任明天晚上给他孙子摆满月酒，你提前准备个红包，别到时候来不及。”

之前在办公室，主任打电话的时候，确实提到过孙子的事，但没想到会摆酒宴，我稍显尴尬地问：“随多少啊？”

姜雪想了下说：“八百。”

我浑身上下连一毛硬币都算上满共也才七百多。可职场里的人情世故，你又不能不参与，尤其那还是我顶头上司。

走到楼下时，我想管姜雪借钱来着，但转念一想，同事之间借钱不好，尤其人家还是个女孩，我只好又把话生生咽了回去。

失了魂般坐公交回去，我先去买了点菜，都是挑剩下的小土豆、黄叶的菠菜什么的。虽然只花了七块钱，可我还是心疼得要命。在乡下还好，没钱可以在地里拔菜，可在城市里生存，一分钱都能难倒英雄汉。

做好饭后刚上桌，林佳就跟个大爷似的，坐下来动起了筷子：“今天这菜怎么这么素？而且就炒了这么点儿，喂苍蝇啊？”

他不说话我还不来气，天天白吃白喝，还挑肥拣瘦，最关键的，我正愁明天份子钱拿不出来呢？

“谁说要给你吃了？你把筷子放下！”红着眼，我朝他凶道。

“昨天跟我抢厕所的账，我还没跟你算呢！”他把筷子一扔，竟然跟我发起了脾气。

我组织了半天语言，才愤愤地开口道："林佳，我先说明，咱不是小气的人！可有时候，你是不是也太过分了？"

他扶了扶眼镜，疑惑道："我怎么过分了？"

"好，那我可说了！我天天做饭给你吃，你不领情就罢了，至少得给我买菜的钱吧？还有，你隔三岔五让我捎咖啡，带饮料，满打满算也一二百了，你跟我提过钱吗？"

说这话的时候，我的脸火辣辣的。想我向阳，从不斤斤计较这些，可英雄末路，也得为柴米油盐发愁。

"你就为这事儿生气？那才几个钱？你真是小气鬼！"他竟然直接白了我一眼，动筷子吃了起来。

我真是被他气坏了，抬手一把将筷子夺下来，满腹委屈地朝他吼道："林佳！我现在兜里就剩七百块钱了，明天主任办酒席，我还要随礼，你站在我的角度想想行吗？我不容易，真的不容易。"

说完，不知道是羞愧还是难过，我的眼圈都红了！本以为我向阳堂堂大丈夫，到哪儿还没个容身之处？可现实却狠狠给了我一巴掌。

见我抱头不语，林佳二话不说，穿着拖鞋直接回了卧室，还"咣当"一下把门关上了！

我真是被气笑了，这遇到的都是些什么人啊？难道老天就总要这样折磨我？

然而下一刻，林佳卧室的门，"咣当"又开了，他走到我面前，说："拿着，这是我一个月的伙食费。往后早餐和晚饭，你全包。"

我缓缓抬起头，眼眶里还含着泪，当时真以为自己看错了，因为林佳手里拿了厚厚的一沓百元大钞！

"不是……你……犯不上跟我置气，拿一千给我就行。我也不是小气，就是遇上事儿了，等发了工资，这一千我再还你。"当时我真的以为，林佳是跟我置气，故意拿钱出来损我。

可他却把钱塞进我手里，挠了挠短发说："你怎么还哭了？能用钱解决的，都不是事儿！赶紧拿着，我压根就不缺这点儿。"

我怎么可能拿？赶忙把钱放到桌上，我推脱着不要，还自言自语解释，说先借他一千，回头等发工资就还。

可林佳二话不说，直接又进了卧室，片刻后，他拎着一个黑背包走出来，往我面前一扔，说：“你拉开看看。”

我抬头疑惑地看着他，然后低头拉开背包，下一秒，我感觉脑壳都要炸了！

整整一背包全是钱！从里面掏出一沓，我撮了半天也没发现有一张是假的。

这个林佳到底是什么来头？

第十七章

于是我看林佳的眼神完全变了。一个从不出门的小伙儿,竟然随身带了这么多现金,却住在一个每月房租四百五十元的偏僻老楼里。

我觉得只要是个正常人都会和我想的一样,他肯定是谋了不义之财,然后躲藏到了这里!“林佳,你就那么信任我?”我开始试探他。

他反倒惊讶地看了我一眼,又似是想到了什么,淡淡一笑说:“我差点忘了,在你们那儿,这能算是笔巨款吧?”

这么一大笔钱,你说能不算巨款?我真的有点乱了,同时还多了几分戒备,但看他瘦胳膊瘦腿儿的,又似乎对我没什么威胁。

“林佳,说老实话,你觉得我这人怎样?”

“开始有点土,看着碍眼,但看习惯了也就那样吧。傻大个儿,你心眼儿倒是不错,饭做得也挺好吃,以后遇到困难就吱声,别磨磨唧唧不敢说。今天你上来就甩脸子,我还以为自己怎么着你了呢,原来就是钱的事。”他不屑地看了我一眼,又大大咧咧坐下来,吃起了饭。

这小子心也太大了,一大包钱扔地上,他就不怕我起歹心?我继续试探道:“你把这么多钱亮出来,就不怕我给偷花了?”

他竟然摆摆手,吃着蒜蓉菠菜说:“随便花,我正愁没地方花呢。”

我的心再次“咯噔”一下,看来我猜得不错,这小子绝不是干正经事儿的人。

“林佳,你能告诉我,你究竟是干什么的吗?”

“不能!这可关乎我的安全问题,对谁都不能说,你也不例外。”

我艰难地耸动着喉咙，看来真的是遇上硬茬了，但回想这些天的相处，林佳虽然小毛病不少，可也没什么坏心眼儿啊？洗发露、香皂、手纸，他都由着我用，网费也是他交的，看我没网，还让我接了根网线。

于是我苦口婆心道：“林佳，天网恢恢、疏而不漏，坦白从宽、抗拒从严。”

“你有病吧！”他白了我一眼，完全不慌，还饶有滋味地吃着菜。

“老实说，你到底犯了什么事？你要信得过我，咱们就一起想主意。你老这么躲着，始终不是个办法吧？”我继续劝道。

这下林佳生气了，他把筷子一拍，两手交叉在胸前，坐直身子冷冷地看着我道：“哟，我刚听明白，原来你把我当成犯罪嫌疑人了啊！”

这还用问吗？我继续说：“这钱我不能替你销赃，真要沾上了，我也得跟着倒霉。”

林佳没绷住，竟然笑了起来，他上下打量着我，饶有兴致道：“你是不是想报警抓我？”

“那得看你犯了什么事，有没有伤天害理，愿不愿意把实情告诉我。”

“不用那么麻烦，110是吧？我替你打，咱直接让警察来，不就完了吗？”说完，他真的拿起电话就打：“喂，110吗？”

我吓得顿时一个激灵，赶忙抢下电话，挂断后才说：“你疯了吧？就不为自己想想后路？”

他对着我的手拍了一下，又把电话抢过去说：“你真是个土包子！我要真犯了罪，敢打电话报警吗？还有，不要拿你的世界观去衡量别人的一切。”

说完，他又吃了两口菜，把筷子一扔，指着桌上的钱问：“这钱你到底用不用？”

“不用，不义之财坚决不用！”我是个相当有原则的人。

“不用拉倒，饿死你得了。”

说完，他拎着黑包，转身又进了卧室。

周一清晨，我洗漱完之后，敲着林佳的房门说：“林佳，起了吗？”

“干吗？”他带着没睡醒的声音问。

“借我八百块钱呗？”

不大会儿工夫，卧室的门被打开了一下，我猛一激灵，以为又是他丢的拖鞋。

“开门自己捡，顺带给我买份早饭上来。”

我低头看是林佳那个黑背包，从里面抽出三千块钱，这绝对够我坚持到月底了，然后我把黑背包又推进去说：“我就拿了三千，剩下的放了回去，你点点。”

给林佳买完早饭，我就跑去上班了。我们资料科还是那样，主任喝茶看报纸，苏姐拿着镜子臭美，我和姜雪就窝在办公桌里，吃她带来的零食。

这样的日子对别人来说是享受，可对我来说却是煎熬，总不能一辈子就这么混下去吧？

我好歹念了四年书，而且比所有同学都努力，曾经我总期盼着踏入社会，放开手脚大展宏图，结果却没想到自己竟一脚进了养老院。

“主任，这些资料图纸什么的，我能看吗？”起身走到主任桌前，我试探性地问。

“主任，主任？”我拍拍他肩膀。

“嗯？哦，下班了啊？”主任赶紧放下挡在脸上的报纸，起身就要收拾东西走人。

“这才上午九点，我是问您这些资料图纸什么的，我能看看吗？”我尴尬地看着他笑问。

主任一愣，随即不太开心道：“你不是闲的吗？这些东西有什么好看的？书架上有得是报纸，你拿着看不就完了吗？”

我摇头腼腆地解释说：“主任是这样，我专业就是学机械的，尤其咱们信息部有这么多资料图纸，我看着眼馋，想提升提升自己的技能。”

听我这样说，主任倒是眼前一亮，指着周围的资料柜说：“看，随便看！当然，保险箱里的核心技术除外。”说完，他还瞥了两眼苏姐和姜雪，“看看人家向阳，多有上进心，再看看你们俩，唉……”

我很感激那段在资料科的岁月，因为那为我积累了很多前沿专业的技术和构想。有句话说得好：是金子到哪里都会发光。埋怨工作环境不好，那只能说明我们努力得还不够。

入职这么久,今天却是我过得最充实的一天!

海兰达集团作为业界精密器械领域的佼佼者,的确不是盖的。每一款器械的研发都有理论、图纸和实践报告。虽然我看到的资料都是淘汰的技术,但这也是集团斥巨资一点点摸索积累起来的。

再瞅瞅我们主任,还有那俩同事,他们守着如此巨大的宝库,竟视若废纸,简直就是暴殄天物!

快下班的时候,姜雪碰了碰我的胳膊,问:“红包带了吗?”

“哦,钱我带了,就是家里没红包。”放下手里的资料,我赶紧把钱拿了出来。

“咱放一起吧。”说完,姜雪把我的钱全都塞到了她的红包里,然后腼腆地走到主任身边,摇了摇他的肩膀道:“主任!”

“哦,下班了吗?”主任再次从梦中醒来。五十多岁的男人一般觉都很少,但我们主任却极其反常,要是没人找,他能睡一天。

姜雪笑眯眯地把红包递上去说:“我跟向阳的红包,钱不多,一人八百。”

主任当即推脱道:“一个部门的,还随什么份子啊?晚上过去喝酒就行了,钱不能收。”

“不收哪儿好意思去?这是我们的心意,您赶紧拿着吧。”姜雪善解人意地说。

“行,晚上你们仨都去,待会儿坐我车。”收下红包,主任笑道。

苏姐却把手里的镜子一扣,起身拎着包说:“我晚上有急事,就不过去了,祝你们吃得开心。”她平时挺给主任面子的,今天却有些反常。

主任也没说别的,只是笑着跟苏梅挥了挥手:“理解,忙你的去吧。”

下班后,我们坐上主任的帕萨特,直接去了市里的一家酒店。酒店不算豪华,但也上得了台面。

姜雪爱吃糖,我则跑到西面大阳台,繁华都市尽收眼底,红色夕阳挂在天边,我脑海里瞬间思绪万千,有些想父亲,也有那么一些想念何冰,但更重要的,我在思索林佳的身份。

如果他是个土豪,又为什么会蜗居在这种穷乡僻壤的地方?

不一会儿,客人们都到了,姜雪跑来喊我入席,我才将思绪完全收回来。

像我们这种小员工,基本都在宴会厅的最后排,我们主任敬酒都不往后面凑,所以我们桌上也没什么规矩,该吃吃、该喝喝,姜雪问我喝不喝酒,倒是把我吓得一哆嗦。

见我不喝,她也没喝,后来主任找到了我们,姜雪这才赶紧把酒倒上。

“董事长过来了,你俩跟我一起,代表咱们部门过去敬个酒。”主任面色急切地说。

我跟姜雪哪儿敢怠慢?再说了,我早就想见见这位把我安排到信息部的老乡了,若是趁这个机会让董事长把我调到研发部,那就更好了。

端着酒杯来到最前排,主任忙介绍说:“董事长,这是我们部门的俩崽子,尤其这位还是您老乡呢!”

我没看到董事长的正脸,只看他一身西装,梳着大背头,侧脸对着主任说:“老乡?什么老乡?我老乡有几百万,不能谁敬酒我都喝吧?”

“瞧您说的,我们这是代表信息部来给您敬酒的。”主任赶忙解释道。

这时董事长才转过头,上下打量了我们一眼道:“哪个是我老乡?”

我赶紧端着酒杯说:“董事长,我叫向阳,也是涞县的。”

“到了公司就好好干,在咱们这里就没有‘老乡’这一说!而且我最烦的就是公司内部攀关系!”说完,他连杯都没跟我碰就自己喝了进去。

那是种被无视的感觉,你要没本事,别人连正眼都不瞧你。他放下酒杯,又指着主任说:“老马,不要因为谁是我老乡就特殊照顾,表现要是不好,该开除开除,该辞退辞退,不用给任何人面子。”

主任赶紧点头道:“瞧您说的,向阳表现还不错。”

“那样最好!”他一甩袖子,竟完全不搭理我们了。

“还愣着干什么?董事长都干了,你们还不赶紧?”主任忙着打圆场道。

我双目如刀,狠狠瞪了一眼董事长的后脑勺。今天你瞧不起我,明天我绝对会让你求我!想到这些,我猛地把白酒咽了下去。

我憋着一口气,热脸贴冷屁股的滋味很难受!以至于往后的时间里,我拼了命地学习，一个月下来，我把资料科能看的文件全都看了个遍。

也就是从宴会那晚起，主任对我的态度开始改变，有种明里暗里给我穿小鞋的感觉。

要么嫌我买的茶叶难喝，要么嫌我送资料不够麻利。其实茶叶还是原来的茶叶，跑腿还是那么短的时间。有次我把研发一科的资料送到了研发二科，主任对着我就破口大骂："能干就干，不能干马上滚！"

我要不是为了混到月底拿工资，早就走人了，谁受这窝囊气？

苏姐一直对我不冷不热，主任骂我，她还老在一旁讥笑，也只有姜雪能安慰我两句，让我别往心里去。

"姜雪，主任对我怎么突然就跟变了个人似的？"那天主任和苏姐不在，我问姜雪。

"谁让你身在曹营心在汉的？咱们是信息部，你却天天向往研发部，哪个领导能看下去？"

"可我没说要去研发部啊？"这种话，我在谁面前都没提过。

"还用说吗？你天天对着图纸研究，谁看不出来？"姜雪噘着嘴道。

我硬挠着头皮道："那我总得干点什么吧！难道天天闲着，主任就开心？他之前不是挺鼓励我加强学习的吗？"

姜雪却白了我一眼道："领导的话你也信！我可听说了，主任下月就辞你。与其被他撵走，你还不如明天拿了工资，主动辞职！"

"这样的工作不干也罢！"我咬了咬牙，感激地看着姜雪说："听你的，明天发完工资我就辞！"

当晚下了班，我就开始提前收拾东西，弄好之后，天已经黑了。

望着窗外的夜色，我无限感伤，没想到我的第一份工作，竟是以这样的方式收场。

正当我要离开时，兜里的电话响了起来："是向阳吧？"

"您是哪位？"我疑惑地问。

"来楼下车里，董事长要见你。"说完，对方就把电话挂了。

第十八章

我站在原地愣了半晌，董事长要见我？这怎么可能呢？我们满共才碰过一次面，还被他狠狠地羞辱了一顿。我可以断定，董事长连我名字都不知道。

于是我权当这是个恶作剧，根本就没理会。

片刻后，我的手机又响了起来，还是刚才那个号码，本来我心情就烦躁，接起电话后，我瞪着眼就一顿怒吼：“还有完吗？开这种低级玩笑，有意思？”

“你架子挺大啊？还用我亲自上楼去请？”我再次一愣，这就是董事长的声音，因为上次他对我的无视，所以我对这个声音记得尤为清楚。

“你……你真是董事长？”

“马上下来，我找你有事。”说完，对方果断挂了电话。

于是我下了楼，倒没显得多着急，毕竟都是要走的人了，他将来也不再是我的领导，所以我完全没必要继续对他摇尾乞怜。

刚出一楼大厅，一辆黑色奔驰就迎了过来，后车窗缓缓下摇，董事长面色沉稳地给我使了个眼色：“上车吧。”

当时我真是一脸发蒙地上了车，坐到后排，我也没什么好心情，倒是董事长笑了：“小老乡，还在为上次宴会的事生我的气？”

“哪儿敢，您可是我的衣食父母。”

“众目睽睽之下，你都敢拿眼瞪我后脑勺，你还有什么不敢的？”他笑道。

说实话，我对这个老乡并不感冒！他但凡念及一点老乡情，也不会让我来信息部，更不会在宴会上，当着那么多人的面让我下不来台。

董事长却哈哈一笑，用力压住我肩膀说：“年轻人有骨气、有血性，这是好事！任何能干成大事的人，都必须要具备这种傲骨。向阳是吧，我很看好你。”

这话说得相当客气，换作一般人，早就飘了。可对我这种吃了上顿没下顿的人来说，还谈什么理想。

“工作还满意吗？”他继续问。

“明天就准备辞职。”我毫不掩饰道。

“辞职？嫌薪水少？还是遇到难处了？咱可是老乡，你有话尽管说。”

我不屑一笑道：“也不知道是谁跟我们主任拍着胸脯说，该辞退辞退，该开除开除，不用看谁的面子。”

董事长眉头微微一皱，面色阴沉道：“老马要辞了你？是什么原因？”

“没有任何原因，就是看着我碍眼。董事长啊，临走前我好心提醒您一句，信息部已经烂到根儿了。您要有时间就好好整顿一下吧。”

他眉毛再次一抖，却没有接我的话，只是仰头长长舒了口气，无比感慨道：“看来这潭水不是一般的浑啊！”

我压根儿就听不明白他到底在说什么，只是疑惑地问：“您找我什么事？别跟我说是联络老乡情，您没那个闲工夫。”

“你年纪不大，倒挺老成。看来我让你进信息部，没有看走眼。”他岔开话题又说，“你住三元屯是吧，前面就到了。找个地方，咱喝两杯？”

“您有事儿就说，我一个小员工，还没资格跟您对饮。”这些当老板的，说话云里雾里，一点也不痛快。可他却笑着没说话，而是让司机把车停在了小吃街。

初秋时节，夜晚依旧有些炎热，很多露天烧烤的商贩叫卖，把小吃街搞得格外热闹。下车后，董事长找了个较偏僻的露天烧烤，点了一大堆羊肉串，要了两杯扎啤。

我本以为像他这种级别的人物，根本就不会吃这些街边食品，可他却闷了口冰凉的扎啤，荡气回肠地喊了声：“爽！”

虽然他放得开，可我依旧不敢掉以轻心，董事长专车送我回家，还拉下架子陪我喝酒，这里面一定有事。

“说吧，到底什么事？”我开门见山道。

“向阳，你不能辞职！”他放下酒杯看着我，神色严肃道。

“开玩笑，我就是不辞职，马主任下个月也要开了我。”我不屑地端起啤酒说。

“他开不了你！不管正式员工还是实习生，部门主任都无权开人。我只要不让人事部通过，你就走不了。”

我冷冷一笑道：“你不让我走，我就不走？马主任天天给我穿小鞋，谁能受得了这种窝囊气？留下来对我有什么好处？”

他当即道：“你想要什么好处？”

这就有意思了，我向阳不傻，弦外之音岂能听不出来？

“先说让我干什么吧！”我懒得跟他绕弯子，天下攘攘，皆为利往，没什么老乡可言。

“咱们公司的对头，辉越集团最近研发了一款机器，这机器跟咱们公司斥巨资研发的一模一样！最蹊跷的是，他们的发布会比咱们还早了一天！”

“您的意思是公司的核心技术外泄，被人提前卖给了辉越集团？”我当即一愣，这种事可是要坐牢的！

提起这茬，董事长宋楚国脸色都变了，他狠狠咬着牙说：“我今天就把话撂这儿，辉越集团的技术用的就是咱海兰达的！但我目前摸不清到底是研发部泄的密，还是你们信息部！因为整个集团除了我之外，也只有你们这两个部门能接触内容。”

听到这话，我仿佛一下子全明白了。从我面试的那一刻起，宋楚国就已经想好了我这颗棋子的用处。我既是新来的，又是老乡，于情于理，我都比其他人更值得信任。

“所以那天在宴会上，您故意无视我，就是为了打消马主任的戒心？”

“你小子，一点就透！宋叔在这里，借酒给你赔罪了。”说完，他灌了一大口扎啤，又看着我道：“向阳，你愿意帮我吗？这件事尤为重要，甚至关系到整个公司的命运。”

“我能得到什么好处？”

“你想要什么好处？钱还是公司职位？”他盯着我问。

我思虑片刻说：“动用您的关系，帮我找一个叫付婕的女人，她应该就在许城。”

听到我提的条件，宋楚国嘴里的酒差点没喷出来！

他用力把酒咽下去，又拿餐巾纸擦了擦嘴说：“向阳，跟我提条件的机会可就这么一次！只要你帮我揪出内奸，找到辉越集团私下买卖核心技术的证据，我可以给你这个年纪想要的一切！”

“我就要找那个女人，而且必须要找到！”抓起啤酒，我猛灌了一口。

“她和你是什么关系？很重要吗？”宋楚国满脸疑惑地问。

“她骗了我家十六万彩礼，我要讨个说法。”

宋楚国一愣，当即大笑道：“才十六万啊？宋叔不欺负你，只要帮我拿到证据，我给你五十万。”

我猛地把杯子拍在桌上说：“这是钱的事儿吗？这是原则，是规矩！甭扯那些没用的，您就说能不能找到吧，要是不能，咱就没必要往下谈了！”

那一刻，宋楚国看我的眼光似乎多了一丝欣赏：“小老乡，我再给你重申一遍，五十万佣金，外加三十万年薪的研发部高级职员，要知道在你这个年纪，做梦都得不到这些。”

“你也给我听好了，人的原则和底线是金钱收买不了的。既然你帮不了我，那我也不必帮你。”说完，我起身就要走。

“等等！”他声音干脆地叫住我，沉吟片刻说：“我不确定是否一定能帮你找到这个人，但我会尽全力查一下她的下落。这个回答，你满意吗？”

当然，如果他一口答应定能找到付婕，我反而不信，只会觉得他急功近利。“成交！如果内奸出在信息部，我会给你一个满意的答复。”

正事儿谈完以后，我心里的石头也算是落下了。很早我就发现，单凭我自己的能力在偌大的许城找一个人，无异于大海捞针，但要有宋楚国帮忙的话，那希望明显多了几分。

吃过饭后，我还打包了三十根羊肉串，大佬请客，便宜该占还是要占的，毕竟家里那个小祖宗还等着我喂呢。

第十九章

来到海兰达大厦的时候,已经九点过半了,这些日子以来,马主任总阴阳怪气地给我穿小鞋,看来今天这顿也是必不可少了。

推门刚进办公室,一股肃杀之气迎面扑来。主任端坐在沙发中间,眼神阴沉地盯着我;苏姐手里剥着橘子,笑盈盈地看着我;姜雪站在一旁的打印机前,焦急地朝我使眼色。

眼前的一幕,像极了“三堂会审”!

“几点了?你怎么不等下了班再来?”主任端起茶杯,吹着茶叶沫子,不紧不慢地问。

“是这样,来的时候堵车……”

“你是不是还顺带着,扶老太太过马路了?”苏姐诡异地笑道。

我赶紧又说:“那倒没有,就是在公交车上遇到了一个扒手,我见义勇为……”

“够了!”主任把茶杯用力往桌上一拍,面色冰冷地看着我说:“工资已经到账了,你自行离职吧。”

来的时候太着急,我还没来得及看手机,他这么一说,我掏出手机一看,工资确实已经发到了卡上。

收起手机,我脸上带着笑容,臊眉耷眼地看着他道:“主任,不就是迟到了一会儿吗,不至于。”

“谁告诉你不至于的?向阳,上个月你的表现欠佳,所以我劝你还是主动离职比较好,免得咱们伤了和气。”

“主任，您这话就不对了。我怎么表现欠佳？要我离职也可以，您总得把罪状列出来吧！”我瞬间就不笑了，既然确定了对方是敌人，那一再地忍让，只会让对方得寸进尺。

“你上班期间不务正业，天天弄些跟部门工作无关的事情，难道这还不够吗？”他手猛地一拍桌子，旁边的苏姐笑得更甚了。

我简单组织了一下语言道：“什么叫‘不务正业’？我天天看资料和图纸，那是为了更好地给资料分类，更好地服务其他部门。如果真有不务正业，那也是您使唤我天天下去买茶叶！”

“你……”他当即没了脾气，这时候苏姐却说：“向阳，别置气了，既然主任看不上你，那你留下来还有什么意思？不是找气受吗？”

“苏姐，佛争一炷香，人争一口气。我没犯任何错误，要是就这么走了，反倒是变相承认自己有错！主任要真有能耐，就去人事部，给我领一张辞退信。”说完，我转身回坐在了工位上，懒得再搭理他们。

“好，很好！向阳，你要是这么个态度的话，那以后就别怪我不客气了。”马主任气得头顶上的几根毛都颤了起来。

我冷笑一声，咱可是有尚方宝剑的，董事长都罩着我，你能把我怎么样！

话虽这样说，但我还是更加小心了。苦难的生活，让我学会了比常人更加敏锐地观察。

而对方也不简单，主任是老狐狸，别看他平时瞌睡连天，但论起隐忍和诡计，那也是手到擒来。

当天下午，他就开始给我安排活儿，大到制作资料存储目录，小到下楼扛水、买茶叶，总之就是不让我闲着。我但凡露出一丝不乐意，他就以权压人，说我不按领导指挥办事，消极怠工。

那天下了班，姜雪跟我坐同一趟公交车，路上她同情地看着我说：“向阳，主任真的太过分了，我都看不下去了！实在不行，你辞职算了。我有个同学在辉越集团人事部，回头我给你举荐一下，你到那里工作绝对比这边强！”

辉越集团？一阵冷汗滑过，这不就是窃取公司机密的对手吗？掩藏住脸上的震惊，我故作妥协地问：“你那同学好使吗？别回头我辞了职，人家再不要我。”

“绝对好使，他是人力资源部的主管，推荐你还是没问题的。”姜雪赶紧补充道。

“我再考虑考虑吧，要真扛不住了，我就托你帮忙。”

其实我从前几天就开始怀疑姜雪是内奸了！这还是源于她的那套房子，以及她花钱大手大脚的习惯。

那天我上厕所的时候，听到姜雪在外面给她舅舅打电话，当时姜雪说的是方言，但绝不是许城方言，如果她舅舅是许城人，那为什么姜雪不说许城话呢？即便不会许城话，那也得说普通话吧？

从这点我断定，姜雪的舅舅不是许城人，拆迁分房子的事肯定也是假的。而她一个年轻弱女子，月工资不到四千元，又怎么可能在许城买房呢？只有窃取、售卖公司机密，才能在短期内获取暴利！

但内奸绝不止姜雪一个人，我可以断定主任也有问题。甚至我们部门的三个人都有问题。不然的话，他们排挤我干什么？还不是嫌我碍事？

日子就这么一天天过着，或许是我高估了主任的能力，他除了给我穿小鞋，想逼走我以外，倒没给我太大的惊喜。

倒是那天，我给他送资料的时候，刚走到他办公桌前，他猛地就把自己的笔记本合上了，那样子就跟做贼心虚似的。

“主任，研究什么呢？还怕我偷看啊！”我故作玩笑地问。

“你……谁让你不打报告就过来的？”他脑门儿的汗都出来了。

“您又没睡觉，打报告就不必了吧！”

“行了，把东西放这儿，下楼扛两桶水上来！”他紧张道。

从那天起，主任的那个笔记本电脑竟然再也没出现过，我估计他是心虚了，那里面肯定藏着不可告人的秘密。

而后来帮我揭开这个秘密的人，竟然是林佳。

虽然在公司天天受窝囊气，但只要下班回家，我就会有一种说不出的归属感。

可能在外漂泊的人都需要心灵的慰藉吧。每次从公司出来，我都知道家里有个人在等我做饭，等我抢厕所，等我拌嘴吵架。

“你回来啦？今晚做什么好吃的？”他还是那副大爷做派，靠在沙发上啃着苹果，腿上放着笔记本电脑，乍一看像个自由作家。

“做个糖醋里脊，再弄个红烧鱼，看你瘦得跟竿儿似的，得长长肉了！”我一边摘下背包，一边又说：“别天天抱个电脑，那眼镜片都能当防弹玻璃了，再看下去迟早得瞎！”

“做你的饭去，啰里吧嗦的！”说完，他还不忘拿苹果核砸我一下。

我一边做饭，一边好奇，林佳天天抱个电脑，也没见他打游戏，更不追电视剧，他到底在搞什么？

吃饭的时候，我趁他不注意，顺手就敲开了他的电脑，林佳竟然怒了，我没想到他的反应会那么大！“傻大个，动我电脑干什么？”

我赶紧解释：“干吃饭没意思，我不就想着拿你电脑放个电视剧看看吗？”说完，我还多瞟了两眼，他的电脑上竟然全是编码，密密麻麻的，让人看着都眼晕。

“拿你电脑看，别动我东西！”他气得直接撞了我一下，拿起电脑就回了屋，好半晌才出来。

我似乎有些明白林佳到底是干吗的了，于是我笑道：“行啊，看不出来，你还是个搞IT的啊？那些钱是不是你编程序挣的？”

他呆呆地看着我，轻笑了一声说：“算你猜对了！确实是开发软件分到手的钱。”

于是我发自内心开始羡慕他了。人林佳多优秀，天天都不用出门，在家就能办公，而且开发一个软件就能分几十万！再看看自己，拿着三千五百元的工资，却干着世上最憋屈的活儿。当年我怎么就没选个计算机呢？

“林佳，你一定听说过黑客吧？”

“你提这个干什么？有病吧！”他竟然紧张了起来。

“是这样，我听说黑客能在千里之外，入侵别人的电脑。你作为IT界的精英，有黑客厉害吗？你也能入侵别人电脑吗？”

听到这话，林佳竟然抬脚就踹我，还骂骂咧咧道：“你到底想表达什么，有话就明说！”

我又触碰他哪根神经了？至于这么一惊一乍吗？我挪了挪身子，尽量心平气和道：“我们主任电脑里有不可告人的秘密。我要是拿不到那个秘密，估计就要失业了，所以我就想问你，能不能帮我入侵他的电脑，找到里面的东西？”

林佳又木木地看着我，过了好半晌才开口道：“入侵别人电脑犯法，我可不帮你干。”

“这么说你能办到？看不出来啊！”于是我又添油加醋说：“你也知道，我们主任平时没少欺负我，咱俩作为一家人，你是不是应该帮我？”

“谁是你家人？少往自己脸上贴金！”他直接给我来了个大白眼。

“那如果我们主任本身就是个罪犯呢？实话跟你说，这事儿是我们老板授意让我这么做的！所以即便出了事，也牵扯不到你。林佳，咱这是惩恶扬善、替天行道，你务必要帮我！”

林佳拿起筷子夹着鱼说：“如果我不帮你，你是不是要说，往后就不给我做饭了？”

“那还用说吗？你都见死不救，我凭什么再伺候你？搞不好我下月就搬走，你自己在这儿窝着吧！回头房东阿姨再给你介绍个抠脚大汉进来，有你受的！”我当即威胁道。

“瞧你那样儿！入侵电脑这种事对我来说小菜一碟，但前提是……”他顿了一下，又看着我说，“必须得先往你主任电脑里植入病毒。”

我微微点头，反复思考了片刻道：“没问题，这事儿交给我。”

第二天清早，林佳就给了我一个U盘，并嘱咐我说，只要对方插入电脑，点开U盘，他就能神不知鬼不觉地把对方电脑扒个精光。

拿到U盘后，我小心翼翼地放进背包，接下来要做的，就是让我们主任用这个U盘。

“向阳，资料目录的事情，你到底搞得怎么样了？这都多少天了？你还想不想干了？”大上午的，主任就开始找碴儿。那么多的资料，即便我了然于胸，也不是一下子能赶出来的。

“主任，明天中午，我一定能做出来！”我赶紧保证道。

他却喝着茶，说：“还明天中午，技术部那边等着要呢！今天你要是完不成，耽误了技术部明天的工作，那就等着卷铺盖走人吧！”

他还真是任何时候都不放过排挤我。于是我加班加点，连中午都没敢休息，花了五分钟吃完饭，就着急忙慌跑上来了。

回到座位上，我还不忘检查周围，看看我的东西有没有被人动过，生怕他们给我使坏。

终于熬到下班，我算是把工作完成了，掏出U盘拷贝好，眼看主任要走，我赶紧冲上前说：“主任，资料目录做好了，您检查一下吧。”

“这都下班了，明天再说！”他很不开心地冷哼道。

“明天一早，技术部不是等着要吗？要不您晚上费费心，帮我校验一遍？”我不露声色道。

“真是费劲！”说完，他一把夺过我的U盘，头也不回地就朝外走。

看着他离去的背影，这下我算是放心了。让我意想不到的是，那晚回家，我竟然跟林佳一起看了一场我们主任老当益壮的大戏！

第二十章

那晚回家，我去菜市场买了很多菜。林佳爱吃鱼，我挑最大的买；他爱喝水果饮料，我直接提了一箱。

总之，只要林佳这次能帮上我的忙，能拿到主任私下泄密的证据，我就是对他再好也不为过。

“你抢银行啦？平时那么抠，这回怎么买这么多东西！”见我大包小包提着东西回来，林佳赶紧放下电脑，笑眯眯地跑过来，从我手里接过东西，又问：“都买的什么啊？”

“都是你爱吃的！”

我赶忙又问：“怎么样了？我们主任的电脑里有见不得人的东西吗？”

林佳回坐到沙发上，抓起饮料喝着说：“挺干净的，没什么东西啊？都是些办公资料，还有毕业论文什么的。”

毕业论文？他怎么可能还存有毕业论文？我赶紧让林佳打开电脑，想一探究竟，结果他捯饬半天，调出一段录屏视频，我才发现他入侵的是我的电脑。

“你搞错了，这是我的电脑！”今天下班的时候，我确实拿U盘从自己电脑里拷贝了资料。

“我哪儿知道是谁的电脑？反正这几天，激活U盘病毒的就这么一台。”林佳直接给了我个大白眼。

“看来我们主任还没有用我给他的U盘。”摇头叹了口气，很多事情也急不来，我起身提着菜说：“先做饭吃饭吧，等等再说。”

接着我就去厨房做饭，菜上桌的时候都已经晚上八点多了，可林佳的电脑依旧没有反应，倒是把我急得不行。

吃完饭，刷了碗，都到九点了，林佳这边竟然还没有动静，主任不会是把这事儿给忘了吧！

于是我掏出电话，直接给他打了过去，说："主任，您睡了吗？"我小心翼翼地问。

"向阳，这都几点了？"他态度相当不好。

"是这样，我就是想问问那份资料目录您检查了没有？毕竟明天技术部等着要，万一出了问题，您作为领导要没检查出来，耽误了技术部的事……"

"行行，我马上就看，挂了！"他不耐烦地就把电话挂了。

一旁的林佳盘腿坐在沙发上，一边吃零食，一边笑着说："你们主任还挺自律的，大晚上了还不忘健身。"

我收起电话问："你怎么知道他在健身？"

"喘那么大的粗气，不健身还能打呼噜啊？"

我俩正聊着，林佳沙发上的电脑突然就有了反应。他赶紧把电脑抱起来，那花里胡哨的操作，我愣是一下也没看懂，总之最后林佳进入了一个电脑操作界面，可不就是我们主任的电脑吗？

"哟，你们主任不简单，竟然还会文件加密？"林佳很蔑视地笑着，然后又是一阵"噼里啪啦"的操作，之前被加密的文件仅用了两分钟，就被林佳给破解了。

"这也太疯狂了吧！他从前年开始，就跟这个辉越集团有来往？"林佳点开一份表格，那里面清楚罗列着马主任跟辉越集团每一笔的技术交易信息。

我也有点懵了，但还是压住内心的惊骇，让林佳继续往下翻，更吃惊的还在后面，因为有几张合同照片上，竟然还写着我们公司一个副总的名字：苏小民！

林佳道："你们主任是傻吧，这种资料，他不赶紧销毁，还留着干什么！万一真传出去，那可是要坐牢的！"

我皱眉摇头说："你刚才没看见那个表格吗？他们跟辉越集团一般都是

年底结账。如果没有账本记录，他怎么知道将来要结算多少钱？内部怎么分赃？还有这个苏小民，是我们公司很有实力的副总，主任要是不留下证据，万一事情败露，苏小民把他推出去背锅，他可是要承担所有责任的。”

“你们这是什么公司啊？”林佳吃惊地喝了口饮料。

我没接话，转而又继续说：“你再找找，看看还有没有其他证据。我们部门还有苏梅和姜雪，看看她俩有没有牵连？”

林佳点头，继续又帮我查找，但翻遍了所有文件也没查出她俩的证据。或许是我多疑了吧，毕竟主任欺负我的时候，她俩并没有帮腔，尤其姜雪，暗地里还替我抱不平，或许她真是为我着想吧。

“我想看看你嘴里那个十恶不赦的主任到底长什么样，你不介意吧？”林佳好奇地看着我问。

“我又没他照片，怎么给你看？”

“他的笔记本有摄像头，我可以悄悄打开。”林佳眼神明亮道。

“这……合适吗？毕竟他在家休息。”我犹豫道。

“有什么不合适的？我真的特别好奇，他到底长什么样！”

我抿了抿嘴，随即点头道：“那就看看吧，估计他正坐在电脑前，绞尽脑汁想从我工作上挑毛病呢！”

林佳兴奋地脖子一缩，接着又是一顿操作，下一刻，屏幕上弹出一个窗口，我看到了主任的大脸盘子！

但更让我惊讶的是，苏梅姐竟然也在旁边，两人都衣冠不整。

“林佳，帮我把视频截个图！你想想，主任电脑里有这么多机密，可他却敢当着苏梅的面打开，这意味着什么？”

林佳一愣：“你的意思是，这个叫苏梅的女人也是这起事件的参与者？”

我自信地点头道：“肯定有关系！”

我让林佳把所有资料都拷贝了出来，这可是实打实的证据，尤其他们近期的交易都有秘密合同，上面的签字和印章可做不了假。

弄完这些后，我又赶紧把自己的电脑从书包里拿出来道：“你赶紧把我电脑里的病毒给解了！”

林佳一愣，笑说："干吗啊，难道你也有见不得人的东西？"

"我没有！"

"那你怕什么？"

第二天一早，我先去楼下打印店，把所有证据都打了出来。回头找个机会，我将这些东西交给董事长，我的任务也算完成了！剩下的就看董事长何时能帮我查到付婕的下落了。

资料不多，但也不少。我怕主任趁我不在的时候，翻我东西，于是就把证据直接揣在了身上。多年的磨难告诉我，谨小慎微肯定没错，因为坏人的手段，总是防不胜防。

来到公司后，马主任上来就管我要资料目录，亏得我昨晚熬夜，按照他的要求重改了一遍，不然的话，又不知道他怎么挤对我。

琢磨了半天，他也没挑到我的错，于是又拉着脸道："没看没水了吗？赶紧下楼扛两桶！"

他就会用这招对付我，我也习惯了。下楼把水扛上来，他又骂我没用，说扛个水还这么慢，这么大个子，白糟蹋粮食。

我完全不想跟他一般见识，过了今天，他就蹦跶不起来了，可还不等我喘口气，他又拍给我二百块钱，让我下楼买茶叶。

我愣了一下，因为平时他都是给我一百，买七十八元的那种绿茶，怎么今天突然给二百了呢？

我没想那么多，到楼下烟酒茶行，就按老规矩，给他买了两盒绿茶，可回到办公室，他当时就怒了"你脑子是不是有问题？我给你二百元是让你给我买一百六十八元的那种！"

如果不是跟董事长有约，任何人都不可能忍受这种窝囊气，早辞职不干了。

"那您提前也没说啊？"泥人还有三分火，我当即反问道。

"你什么事都得等我交代明白？自己就不能动脑子，好好想想吗？"

"如果我买了一百六十八元的茶叶，您肯定又会骂我为什么买那么贵的，为什么七十八元的不能买两份！想找碴儿就明说，反正都是你的理。"那一刻，我也憋不住了，反正东西已经拿到手，我用不着再惯他毛病！

听我竟然敢还嘴，他气得直接站起来，道："你……你……很好，大家都听见了吧？我这就去人事部，给你领辞退信！苏梅、姜雪，回头人事部来核查，别忘了给我做个公证！"说完，他咬牙就要走。

我却不屑地笑道："主任，我手机里可都录着音呢，是非对错可不是你一言堂说了算的！"掏出手机，我朝他扬了扬，继续又冷笑道，"买茶叶算是工作吗？因为买茶叶辱骂下属，咱俩到底谁错了？"

他猛地回头，这时候苏梅姐赶紧站出来劝，姜雪也往后拉着我，主任有了台阶，这才咬牙点头道："好，很好！我还真是小看你了。今天我就把话撂这儿，看看咱谁能笑到最后！"

这场冲突过后，主任竟然老实了，整个上午都没再吭一声。

中午吃过饭，我早早地就回了办公室。主任估计不知道憋什么坏主意呢！为了自身安全，我当即把电话打给了董事长的秘书。

可电话接通后，秘书却说，董事长正在外面陪客户，暂时回不了公司，让我有什么事等下午再说。

于是我把急切的心情按下，转身到饮水机前接了杯水，刚喝了没两口，林佳的电话竟然给我打来了。

那时候办公室里其他人都还没来，我就赶紧把门关上，接起电话问："林佳，你怎么了？"

电话那头，林佳嘻嘻笑着道："我看着你呢！"

"哪儿？你来我们公司……"

"你的电脑摄像头！"

"你有意思吗？今晚回去，你赶紧给我把病毒删了！"我真是被他气坏了。

"你还是感谢这个病毒吧，要不是它，往后你可要蹲大牢！"林佳得意地笑着。

下午的时候，主任竟然跟换了个人似的，非但不生气，嘴里还哼着花鼓戏小曲儿。

我就好奇地问："主任，您不生我气了？"

他摆摆手,慵懒地靠在皮椅上说:“莫生气,莫生气,气出病来无人替!向阳啊,上午的事情,我做得确实有些欠妥,看在我是领导的份儿上就算了吧!”

事出反常必有妖,我只是冷笑了一下,就埋头看起了资料。他马光明那么小心眼的人,能跟我低头?

那天刚一下班,我就遭遇了晴天霹雳!这个老狐狸太狠了,他竟然想把我往死里整!

第二十一章

那天下班的氛围异常不对，正常情况下，主任一到点儿，跑得比兔子还快；苏梅更是火急火燎，忙着收拾她一桌子的化妆品。

可当我跟姜雪收拾东西离开的时候，那俩人竟然按兵不动，主任慢悠悠地喝着茶，苏梅捧着手机，不知道在跟谁聊天，乐得前仰后合。

“看什么呢？走吧。”姜雪拉着我，迈步朝门外走。

“姜雪，你没发现有什么不对吗？主任和苏姐平时那么着急下班，可今天……”

到了走廊，姜雪噘着嘴巴，很可爱地看着我说：“你魔怔了吧，管他们干什么？还嫌主任不够欺负你呀？”

我挠了挠头，跟姜雪一起进了电梯。那时候赶上下班，到处都是人，出电梯进了一楼大厅，姜雪才小声说：“向阳，主任一下午没吱声，说不准又想办法对付你呢。那事儿你考虑得怎么样了？辉越那头，我都跟老同学打好招呼了。”

如今看来，姜雪是清白的，所以我对这个姑娘更是生出了几分好感：“太谢谢你了，不过我这边还是再等等吧。真要是走投无路，我绝对不跟你客气。”

姜雪张着粉唇还想说什么，可迎面的一群保安却直冲冲朝我们围了过来。是的，虽然大厅里人潮奔涌，但明显他们是冲我们来的。

“姜雪，这位是向阳吧？”那保安认识姜雪。

“刘哥，怎么了？”姜雪满脸疑惑道。

“我刚接到电话，你们主任说信息部的保险箱里少了点东西，所以还请你俩配合一下，我们要例行检查。”

保安刘哥刚说完，马主任和苏梅就气喘吁吁追上来了，马主任高声大喊道：“给我拦住他们！这两个人里，肯定有一个是内奸！”

听到这话，姜雪都懵了，那小手因为害怕，不自觉地抓住我的胳膊，腿都跟着颤抖了起来。

马主任这一喊不要紧，那些下班的员工瞬间一窝蜂地涌过来，直接将我俩包围了起来。

“马……马主任，您今天这是怎么了？什么意思？”姜雪哪儿见过这场面，牙齿都跟着打起了战。

“什么意思？我刚刚才发现，我抽屉里保险柜的钥匙被人动过！而且保险箱里，公司最机要的一份文件不见了！老实交代，到底是谁偷的？”他紧咬着牙，瞪着布满血丝的眼球，恨不得把我俩给吃了。

“马主任，你不要血口喷人！我跟向阳整整一天，不都在您眼皮底下吗？”

马主任却冷哼道：“中午吃饭的时候，咱们可没在一起！今天当着大家的面，谁偷的就赶紧拿出来，不然这事儿把警察招来，可就别怪我不念旧情了！”

姜雪越听越气，手紧紧抓着我的胳膊，刚要出口辩驳，这时候另一批人也赶到了。那是公司高层人员，领头的副总正是有着“铁面无私”称号的苏小民！

“老马，下班期间，你站在这里嚷嚷什么呢？也不注意影响！”苏小民个子不高，倒是跟苏梅有三分像，一副金框眼镜后面是双冷静犀利的眼睛。

“苏总，您来得正好，我们信息部出了贼，公司的核心技术少了一份！”马主任愤愤地咬着牙，可眼睛却死盯着我，明显是冲我来的。

掏出手机，我立刻发了条短信道：“遇到麻烦了，速来一楼大厅，快！”这是我发给董事长秘书的，而且连用了三个感叹号。

听到马主任的怒喝，苏小民当即脸色大变，他没有冲我们，而是朝马主任训斥道：“你这个主任是怎么当的，怎么连这点事都办不明白？”

马主任深深吸了口气，大义凛然道："苏总，这确实是我的失职，将来公司愿打愿罚，我都认了！但现在最紧急的，就是赶紧把内奸揪出来，把资料还回去！"

一个马主任还不够，苏梅也立刻站出来说："叔……"

苏小民一瞪眼："什么叔？叫苏总！董事长说了，公司里禁止攀亲戚！"

他这话一出，周围人瞬间交口称赞，连夸苏小民刚正不阿，自己的侄女非但不提拔，还禁止在众人面前认亲，绝对是个好领导。

苏梅赶忙改口道："是，苏总！刚才我跟马主任都已经相互查验了，我们都没有公司的那份文件，所以我们怀疑东西就在这俩人身上，今晚绝不能让他们带出公司！"

听到这话，苏小民冷冷地瞪了马主任一眼，说："回头我再处理你！"说完，他转头看向我们道："年纪都不大，怎么能干这种糊涂事？在给集团公司造成损失之前，我劝你们赶紧把东西拿出来，争取宽大处理！"

身旁的姜雪猛地把包扔在地上说："你们太欺负人了，查吧，使劲查！要是没有，你们必须得给我道歉！"

"翻翻看！"苏小民立刻给保安使了个眼色。

随即姜雪包里的东西就被倒了出来，钥匙、公交卡、钱包，还有半袋子开心果，全都撒在了地上。

"身上还要搜吗？"姜雪又把外套脱掉，狠狠摔在了地上。

苏小民皱了皱眉，把目光盯向我道："你呢？还不赶紧把包拿下来？"

他们狼狈为奸，贼喊捉贼，没想到在众人面前，竟然还演得这么真！手攥着书包，我盯着他们道："查我包可以，但要是查不出来东西，你们该怎么办？"

听到这话，马主任顿时底气十足道："姜雪身上没有，那肯定就在你那里！要是查不出来，往后我跟你姓！向阳，你是自己把包打开，还是让我亲自动手？"

我真的被他气笑了，好一个狡猾的老阴狗，蛰伏了那么多天，就是在这里等我呢！窃取公司机密，一旦罪名坐实，我就不单单是被开除那么简单了，那是要坐牢的！

“马主任，您真的确定要在大庭广众之下，搜查我的包？”

“没有任何时候比现在更确定了！”

那一刻，几乎所有人的目光全都盯在了我身上！

他们时机找得真准啊，众目睽睽之下，若是从我包里搜出那份机密文件，我就是浑身长满嘴也不可能解释清楚了。

这时候苏小民面色极为冷峻地看向保安道：“还愣着干什么？把他的包抢下来，看看那里面到底装着什么见不得人的东西！”

“干什么，干什么？要翻天了是不是？”不等保安动手，另一波人又来了，这次是董事长宋楚国，他声音洪亮地拨开众人，朝我们这边走了过来。

“董事长，您来得正好，我们信息部的向阳，也就是您的老乡，竟然窃取公司机密文件，还拒绝保安检查！要我说，像这种人，就应该送进警局法办！”马主任可算是找到狠狠栽赃我的机会了，那每一个字都是从牙缝里咬出来的。

听到这话，董事长不露声色地看了我一眼，既有同情，也有失望，他应该不会相信我窃取机密，但无疑，我失败了。

深吸一口气，董事长眼神犀利地望着周围道：“有什么好看的？还不赶紧散了？你们几个到我办公室里再说！”明显的，董事长要保我，这事儿想私下里解决。

可苏小民却不愿意了，他立刻站出来说：“董事长，这可是关乎公司命运的大事，咱们海兰达的每一位员工都有权知道真相！这个事儿，当着大家的面解决才能服众啊！”

“苏总，一个小员工，用得着闹这么大吗？”董事长皱眉道。

“员工虽小，但事情可是大事！您总是三令五申，杜绝公司内部攀关系，您不会因为他是您老乡就下不了这个狠手吧？”苏小民明显有逼迫的意思。

听到这些，董事长微微舒了口气，脸上却依旧公事公办的样子，抬头看着我问：“你叫……向阳是吧？老实交代，你的背包里是不是藏着见不得人的东西？”

环顾四周，我微微点头说：“没错，确实见不得人！”

董事长脸色猛地一变，抬手指着我又道：“那还不赶紧拿出来公之于众？”

“董事长，我不知道这件事一旦公布，会不会给公司带来负面影响。所以……咱们还是私下谈比较好。”看着他，我不卑不亢道。

“拿来吧！”不知何时，马主任竟然溜到了我身后，一把夺过我的背包，扯开了拉链！

他手法娴熟地抓起里面的文件，连看都不看，直接往地上一摔说：“大家看到了吧！他就是贼，就是内奸！如今铁证如山，我看你还怎么狡辩！”

下一刻，整个大厅里，几乎所有人都倒吸了一口凉气，随即瞪大了眼睛。

压在资料最上面的，是两张A4纸打印的截图，都是他和苏梅的照片。

董事长的喉咙耸动了一下，苏小民的眼镜吓得差点没掉下来！至于苏梅，已经石化了，愣在原地一动不动，马主任还高兴道：“大家都看看，好好看看，这可是核心机密，真弄到法院，少说要判六年！”

本来他就是截图上的主角，这么一嚷嚷，那更是吸引住了所有人的眼球。“法网恢恢，疏而不漏，我马光明管辖的信息部，又岂是藏污纳垢的地方？所有见不得人的事，我都要当面公之于众！”

“哎呀，的确是藏污纳垢！”

“信息部的关系真乱，怎么会有这种事？”

听到众人的议论，他简直得意死了，就那么高昂着脑袋，全把自己当成了大义灭亲、维护集团利益的英雄了。

“够了！马光明，你真的够了！”旁边的苏小民憋着酱紫色的脸，张嘴高声怒喝，几乎都要把嗓子吼破了！

这时候董事长弯腰，拨开那两张照片，把底下的一沓资料拿起来，面色阴沉地看了起来。

“马光明！你这个挨千刀的，你这是要作死啊！”震惊中的苏梅到了这时候才缓过来，抱头痛哭了起来。

“什么意思？怎么都冲我……”马主任话没说完，眼神就落到了地上那两张不算大，但足以给他强烈冲击的照片！“这是污蔑，是栽赃陷害！”他当即跳脚，吓得头发都乱了。

董事长站在原地一言不发，就紧盯着手里的证据，逐篇翻阅。

气急败坏的马光明已经完全失了方寸，刚才的趾高气扬瞬间化作一腔怒火，张嘴就朝我喷来：“向阳！这些东西，你是从哪里弄的？我要告你污蔑诽谤，我要……”

我冷冷地看着他说：“马主任，你不是说，你的抽屉被人动了吗？我承认是我动了你抽屉，但我没窃取公司机密，而是拿到了这两张照片，还有董事长手里的资料。”

“假的，都是假的！董事长，您可千万不要相信一个实习生给您的东西！”马光明不傻，我既然敢大方承认，他肯定就已经猜到，董事长手里的资料绝不是核心文件，但极有可能是对他不利的东西。

听到这话，董事长紧攥着手里的文件，抬眼猛地朝他瞪道：“假的？你跟辉越集团的这份合同协议难道也是假的？上面的亲笔签字、公章、私人章、骑缝章，难道也是假的？用不用我拿到鉴定机构去做个鉴定？”

顿了一下，董事长的脸色已经沉凝如水了：“前年开始，你们就开始出卖公司利益。这表格里的每一项技术，我都能跟辉越集团的机器对上号！我说它一个小公司，为什么这两年的发展势头竟如此迅猛，原来问题就出在你们身上！”

说完，保安把马主任给围起来了。这时候董事长缓缓转头，眼睛死死地盯着苏小民道：“小民，你摸着良心问问，我宋楚国这些年对你到底怎么样？你为什么要出卖我？”

第二十二章

在董事长一声质问过后，周围突然就静了下来。

因为事情的性质变了，现在的战火已经烧到了公司高层，烧到了素以“铁面无私、大义灭亲”著称的公司副总苏小民身上。

苏小民不是马主任，尤其他就站在董事长旁边，那些文件他也看到了，在无法辩解的事实面前，聪明人都不会选择去做无谓的挣扎。

他只是落寞地抬起头，眼神极为不解地看着马主任道：“像这样的东西，你打印它干什么？你带到公司里又想干什么？好日子过够了？”

“苏……苏总，我没有！东西都在我电脑里藏着，这些日子以来，我也从没带那台电脑来过公司。”马主任真的是百口莫辩。

“这么说，你们都承认了是吧。不管这些东西到底是怎么来的，但你们给公司造成的巨大损失，已经成了不争的事实！”董事长紧抓着材料，抬头看向苏小民道：“念在你跟了我多年的份儿上，我给你两条路。”

苏小民倒也算条汉子，自始至终，他都没反驳一句，看来董事长的确对他有恩，而他心里肯定也有愧疚。

董事长深吸一口气道：“第一，跟我去董事会，把所有事情的来龙去脉全部交代清楚，然后把所得赃款如数奉还给集团公司，这样的话，我会尽量网开一面。至于第二条路，那就是让警方介入了。”

“第一条！我们选第一条！”不等苏小民开口，苏梅倒先从地上爬起来，口不择言地答应道。

“小王，马上召集董事开会，务必在五分钟内到场。”说完，他又转头看向我说："小兄弟，这次你为集团可立了大功了！先回家吧，该奖肯定要奖，等通知就行了。"

看来这里已经没我事了，而且从董事长的表情判断，他对我这次的行动极为满意。

于是我帮着姜雪把地上的东西收起来，并排走出了公司大厅。

上了公交以后，姜雪都乐死了，她满眼崇拜地看着我说："向阳，你可真是太厉害了！你是怎么知道马主任要栽赃你的？还有他的那些黑料，你是怎么搞到手的？"

这多亏了林佳！中午的时候，他悄悄入侵我的电脑，想看我在干吗？可有的时候，事情往往就是那么巧！当时我去吃饭了，人不在工位上，林佳等了半天见不到我，他本想关掉摄像头。

就在这时，他看到了马主任还有苏梅，两人鬼鬼祟祟地往我书包里塞东西。因此林佳才给我打了电话，让我看看包里是什么，别被人陷害了。

结果我拉开包一看，可不就是公司的核心技术文件嘛！当时我头皮都要炸了，还是林佳安慰我，让我不要慌。于是我就把技术文件重新塞回了主任的柜子里，然后将他们那些肮脏的证据放进了自己包里。

我猜到他们肯定会污蔑我，所以我也想借此反击，将他们的事公之于众，所以才有了刚才楼下大厅的一幕。

"快说啊，你到底是怎么办到的？"姜雪不依不饶地问我。

"你别把我想得太神了，这次纯粹就是走运！上午跟主任吵完架，我不是窝火吗？于是吃完饭，我从楼下抓了只癞蛤蟆，想放到主任抽屉里恶心他！结果没想到，竟然发现了他抽屉里的东西。"

姜雪吃惊地张着嘴巴："你……你真的假的？"

我点头说："用得着骗你吗？于是我就拿了主任那些见不得人的资料，想着以后他要是再找我碴儿，我就拿这些威胁他！结果我拉开书包，想把东西藏起来的时候，碰巧又看到，有人往我包里放了公司机密文件！"

顿了一下，我声情并茂道："你不知道，我当时都吓傻了！赶紧就把机密文件拿出来，又放回了主任柜子里。"

“我的天，向阳，你真是命大！要不然的话，你真是跳进黄河都洗不清了！”姜雪咧着嘴，被我骗得一愣一愣的，“那个癞蛤蟆呢？”她又问。

“我放你抽屉里了。”

“啊？你、你……”

“逗你的，放生了。”我抿嘴一乐。

回到家后，我又买了很多菜，林佳这回帮了我这么大的忙，我一定要好好对他。

“怎么样？搞定了吗？”

“林佳，我真不知道该对你说什么好了！大恩不言谢，往后要是有机会，我一定报答！”一边说，我扬了扬手里的菜，又说：“今晚我做大餐，咱吃个够！”

很多时候，人的感情就是这么建立的。你帮我，我帮你，彼此慢慢熟悉，就会少很多矛盾与争吵。

得到我的感谢后，林佳竟然懂事了许多，都知道进厨房帮我择菜了。虽然他心是好的，但动作却不敢恭维，半斤的大土豆，他拿菜刀，硬是给削得还剩下不到二两。

饱餐过后，我俩就躺在沙发上，他一脸满足道：“这下好了，你帮了公司大忙，得到董事长的赏识，将来你这个土老帽，估计要升职加薪了！”

“你可拉倒吧！老板的确给我开过天价，但我没要，只是让他帮我办件事。”我枕着手说。

“办什么事啊？”他侧脸好奇地问。

“找个人。”

“什么人？”

我还没来得及回答，旁边的电话响了起来，是秘书小王打来的。

接起电话，我赶紧问：“王秘书，您有事？”

电话那头却传来了董事长的笑声：“小老乡，我车已经到三元屯小吃街了，你现在下楼吧，我想跟你好好聊聊。”

听到这话，我立刻从沙发上站起来问：“董事长，您交代的事，我办好了，那我的事……”

他呵呵一笑说:“先下来,咱们见面再说吧。”

来到楼下小吃街,我还是在老地方,看到了董事长的车。

当时他跟王秘书已经吃上了,我拉着凳子坐下来,王秘书还推给我一杯扎啤,顺带着朝我竖了竖大拇指。

“向阳啊,今天这事儿干得漂亮！绝地翻盘,杀伐果断,就连我这个老板,都差点儿被你给蒙进去。”董事长端起扎啤,我碰了一下,异常爽快地闷了一大口。

“苏小民和马光明他们到底是怎么回事?”我陪他喝了一口,带着疑惑问。

董事长摆摆手,说:“两年前,苏小民在外面养了个情人,还给他生了个儿子,这事儿被辉越集团盯上了,就拿这事威胁他。”

原来是这样,不然就以苏小民在公司的地位和收入,犯不上以身涉险。

董事长仰头望着满天繁星又说:“以前马光明也是对我忠心不二,不然我也不可能把信息部这么重要的岗位交给他。”

“苏小民让自己的侄女一步步诱导他进了这个旋涡?”

“没错！苏梅纯粹是为了钱。你和她是同事,应该了解那个女人,文化程度不高,却极度爱慕虚荣。社会上总有这种人,把钱看得比命都重要。”

我再次点头,事情若是这样,那一切就都不难理解了。

董事长朝我举杯,我再次跟他碰了一下,但心里还是有别的疑惑,便开口问:“董事长,在我来公司之前,咱们没见过面吧?”

他微微一笑,理了理大背头,靠在椅背上看着我道:“自然是没见过,为什么这么问?”

“既然咱们见都没见过,您为什么就那么相信我的能力呢? 仅仅只是因为我是您老乡? 您知道的,我可刚毕业,正常情况下,让一个毕业生去做卧底,那八成能把事情搅黄。作为一个老板,把这么艰巨的任务交给我,就不怕我露馅儿?”

他却立刻摆手说:“向阳,你相信缘分吗?”

我绷不住笑道:“缘分可证明不了一个人的能力,更何况当初我进信息部的时候,咱们并未见过面。而现在的事实证明,从我面试的那一刻起,您就已经对我有了安排。”

他再次一笑，很满意地点头说：“你果然心思缜密，有着超出同龄人的成熟。这样吧，我给你提个人，你一定认识。”

“谁？”我再次疑惑了起来。

“你的高中班主任叫什么名字？”

“她……她叫宋楚英，宋楚英？难道……”

我猛一激灵，宋楚英、宋楚国，家都在涞县县城住，可他跟我班主任长得并不像啊？

董事长端着啤酒笑道：“我妹妹是继母带来的，但关系还算融洽，只是平时不怎么联系。她知道我在外面不容易，有事也不愿麻烦我。”

“我们宋老师在您面前提过我？”我依旧不解，毕竟我和宋老师已经四年没见过面了，而且当初最后一次通话，还是我拒绝上大学的事。她现在又怎么知道我来了许城呢？

“那年春节回家，妹妹无意间提到了一位她的得意学生。说那孩子并不是最聪明的，但却是最努力的一个！他从高一时的几百名，一跃成了高考时的全校第二，几乎震惊了整个学校！但可惜他家里太穷，竟然在填报志愿时辍学了。”

顿了一下，他继续又说：“妹妹还说，那孩子特别懂得隐忍，当时班里有个女同学复读机丢了，所有人都怀疑是那男孩偷的，可那男孩却一语未发，还省吃俭用给那女孩买了个新的。”

提到这茬儿，我鼻子都酸了。那是高二时发生的事，我生活费每月就一百，为了还那笔钱，我每天只花一块钱，吃四个干馒头，愣是被人指着脊梁骨骂了两个多月才凑齐一百二十元，给阿媚买了个新的。

董事长一笑，看着我赞赏道：“真是个人才啊！你竟然能从一个女同学的歌声里，判断出就是她偷了复读机！当时楚英给我讲这个事儿的时候，我都震惊了！”

我腼腆地低头，其实这事儿也简单。当初大家之所以怀疑我，是因为我和阿媚是同桌，还经常和阿媚一起听英文歌。见财起意这种事，大家很容易安排到我这种学生身上。

后来我攒钱还了阿媚新的复读机以后，这事儿就算平了，而那个真正偷东西的人，也放松了警惕，本以为把东西藏在家里就没事了，可她却忽略了一点，阿媚的那盘磁带，当时在我们县城是买不到的。

磁带是《西城男孩》的专辑，当时西城男孩的歌声还远没有刮到我们那个狭小的县城。阿媚的这盘磁带，还是她在省城念大学的哥哥买来送给她的，里面的歌曲，全校估计也就阿媚会唱几句。

可偏偏班里的另一个女孩，在一次体育课上，无意间哼起了歌，而且不只是一首，竟然还有别的！

别人可能不会注意这些，可我却被硬生生污蔑了两个多月，本就性格敏感的我，又怎能不往心里去呢？而且那女孩是班里出了名的贫困生，从正常人的角度来看，她几乎不可能买到这个磁带。

于是趁着放假，我找到了她家的门，又趁她出门办事的时候，进了她家里。

她是跟爷爷奶奶生活的，家里就一间茅屋，两张床铺，连个电视机都没有。倒是一张老旧的写字台上放着一款复读机，可不就是阿媚那台嘛！

第二十三章

她爷爷奶奶对我相当热情,当时就激动地拉着我的手,问我她在学校怎么样?听不听话?学习好不好?有没有人欺负她?

我不知道该怎么回答,面对两个年过花甲的老人,看着他们对自己的孙女那热切而期盼的眼神,我无法告诉他们,她是个偷东西的贼。

当她回来,看我正坐在堂屋那个老旧的写字台前,跟她爷爷奶奶说话时,她手里的那袋白面馒头,“啪嗒”一声掉在了地上。

“楠楠,赶紧陪你同学说话,我们去做饭,待会儿在家里吃。”她爷爷不舍地松开我的手,拉着老伴就去了外面。

我则站起身,抓着阿媚的复读机,无比酸涩地盯着她问:“当别人戳着我脊梁骨骂的时候,你的良心就不痛吗?”

楠楠麻木地站在原地,因为一条腿有毛病,她斜着肩膀,歪着脑袋,可眼睛里却蒙上了一层水雾,宛如电影里的慢动作般,一滴一滴落了下来。

“这件事你知我知,永远不要再让第三个人知道!还有,不要再哼那几首英文歌了,否则阿媚早晚能听出来。”说完,我抓起书包就走了。

谁的青春不会犯错,谁年少时不爱脸面?一个女孩子,本就因为腿瘸而遭人讥讽,我不能再为了自己的声誉,而给这颗脆弱的心灵狠狠扎一把刀了。

本以为我自己扛下了所有,却不曾想开学那天,楠楠主动把这事儿告诉了班主任。

狭小无人的楼道里,班主任问清缘由后,左右为难地看着我,想听听我的打算。毕竟那时候,我已经成了同学眼中的贼,很需要去为自己正名。

但我毅然拒绝了,不为别的,就因为我是个爷们儿,我四肢健全,哪怕天塌了,我还有两只脚撑着。

楠楠哭着说,下个月她会把复读机还给我,我再次拒绝了,只跟她说了一句:“你比我更需要歌声,需要温暖人心的旋律。”

无限的往事划过心头,我那不堪回首的青春,似乎也曾奏响过那么几次动人心弦的旋律。

这时候董事长再次举杯,打破了我的思绪:“隐忍而不发,嫉恶但不仇恨。一个人的本事,一颗心的善良,或许仅用一件微不足道的小事就可以诠释得明明白白!更何况你当时才十六岁啊!有这种能耐的人,我能不信任吗?”

我也端起酒杯,跟他碰了下说:“您过奖了,本就是一件小事,没您说得那么大无畏。”

“向阳!这个名字在三年前就给了我足够的震撼!楚英说你交不起学费时,我当时就想资助你,可她却说晚了,你都辍学一年了,大学不可能再重新录取。”

董事长放下酒杯,长长叹了口气,道:“虽然遗憾,但我心里清楚,像你这样的男人,压是压不住的!即便不通过大学,将来你照样能成功,但我怎么也没想到,缘分竟然奇迹般地把你的简历送到了我的邮箱。果真应了那句话:念念不忘,必有回响。”

“我的简历不是投在人事部吗?”看着他,我微微疑惑道。

“你投的简历可是研发部的岗位。研发是公司核心,每一份招聘简历,我都会提前亲自过目。那天看到你的简历,我都震惊得说不出话了,赶紧打电话去跟楚英求证,问你是否念了大学。”

说到这里,董事长靠在椅背上,满意地笑着说:“楚英说她也不清楚,估计是没念。可你不要忘了,当年是楚英亲手帮你填的志愿和专业,所以无论名字、地址,乃至你毕业的院校专业,都跟楚英嘴里的完全吻合。因此,我让你去信息部,还算是一拍脑袋乱做的决定吗?”

听到这里,我也禁不住一声感叹,真是有缘千里来相会,无缘对面不相识啊!人生往往就是这么奇妙,不然也就不会有“运气”这么一说了。

“快讲讲,你最后又是怎么念的大学?”他似乎来了兴致,而这一刻,我才真正把他当作老乡。

“我爸将家里的鱼塘抵押,从银行借了钱。他为了省十块钱的车费,愣是骑着自行车去市里火车站,给我买了张卧铺票。回来的时候,都累倒在了村头的泥沟里。”再次提起父亲,他在我脑海里依旧那么鲜活,却又那么让人感伤。

“老人家还好吧? 向阳,年底回老家,一定要好好孝顺你爸。等你做了父亲就明白了,男人之所以苟活于世,就是为了咬牙撑起一个家,给子女撑起一片天! 若不是有这个信念挺着,在如此大的社会压力下,百分之九十的男人都会垮掉!”

“没机会了! 人没了!”我把酒杯往桌上一放,泪水瞬间爬满了脸颊:“宋楚国,我让你找的人呢? 一个月下来,总归有消息了吧!”

他明显还没找到付婕,便赶忙岔开话题道:“好好的,人怎么就没了呢?”

我用力抹了把眼泪,说:“父亲后来搞鱼塘,没白天没黑夜,给我攒了十六万块钱,想留给我成家! 可彩礼却被那个叫付婕的女人骗了,后来又发生了一些事,我爹一着急就走了。”

听到这里,宋楚国手里的酒杯一抖,顿时倒吸了一口凉气道:“明白了,难怪我给你那么优厚的条件,你眼都不眨一下,原来是这样啊!”

“我只想找到她,钱我也不打算追回来,就想揪住她到我爹坟前,下跪认错! 这是生命的尊严,我要给我爹挣回这份尊严!”咬着牙,我狠狠说道。

“爷们儿! 就冲这一点,你是个让人值得敬佩的汉子!”董事长举起酒杯,眼神凝重地看着我,又说:“再给我点时间,向阳,不出半年,我一定给你个满意的交代!”

我扬了扬手里的杯子,只要他帮我继续查,这事儿就还有希望。闷下杯里的酒后,他继续说:“明天去公司,我先给你转正! 三个月后,我再找机会提拔你做信息部主任。你安心在公司上班,其余的事情交给我来做。”

得到宋楚国的保证,我的心算是踏实了,而且有份稳定的工作,我也能在这城市里活下去,算是一举两得。

只是那晚吃过饭，临上车的时候，宋楚国突然又想起了什么，转身拍着我的肩膀道："对了，信息部的主任职位相当于部长级，虽然你之前给公司立了大功，但在工作上却没有拿得出手的成绩，所以……"

我摇头一笑说："不行就算了，这个不用勉强。我对职位升迁也没有太大的期望。"

宋楚国却摇着头，很严肃地朝我训斥道："既然是公司员工，就要时刻保持上进心！还有，虽然马光明倒下了，将来你就能保证没有张光明、李光明？刚才就有人打电话，开始给我推举新的主任了。这些人，心都毒着呢！你才是我的心腹，明白吗？"

我做了主任，宋楚国就能绝对信任？出了马光明这档子事，宋楚国将来绝不会再信任任何人。

于是我想了片刻说："董事长，既然这是您的心病，那就得下一剂猛药！您看这样子行不行？"上前一步，我简单讲述了一下我的计划。

听我说完，宋楚国顿时眼睛一亮，进而眼角的褶子都跟着笑了出来："好啊，你这个臭小子，竟然能一再地给我创造惊喜。我要是有你这么个儿子，半夜做梦都能笑醒！"

"那您是同意了？"我赶紧问。

"先给我写一份书面报告，要详细到每一个步骤！毕竟事关重大，这事儿必须董事会表决才行。向阳啊，踏踏实实干，这事儿真要成了，到时我提拔你当助理，估计不会再有反对意见！"说完，他用力拍了拍我的肩膀，随即就进了车里。

说实话，我也开心得不得了，因为我所提的建议是个一举多得的好事，对公司、对我、对林佳，都有着莫大的好处。

临回家前，我又买了个冰镇西瓜。

进门后，林佳已经回屋了，我先去厨房把西瓜切好，然后端到客厅茶几上，才喊道："林佳，睡了没？"

"快睡了，你想干吗？"

"出来，跟你商量个事儿，我还买了西瓜，冰镇的。"

听见有好吃的，林佳自然当仁不让。

大块西瓜拿起来，他大快朵颐地咬了一口，美美地瞥着我说：“无事献殷勤，非奸即盗！”

我也啃着西瓜，学着林佳的模样，把腿盘在沙发上说：“哎，你这天天不出门，能接到活儿啊？”

“什么意思？”他疑惑地看着我。

“我是说，这段日子，你赚到钱了吗？”

林佳抿嘴一笑，吐着西瓜籽说：“你还真能操闲心，我是缺钱的人吗？”

他这话就不对了，我就反驳道：“知道你有钱，可天天不出门，你总有坐吃山空的一天吧？再说现在，许城房价涨得那么厉害，你那六十万连套房子都买不了，总得为以后想想吧？”

“你有事儿就说！最烦你婆婆妈妈、绕来绕去的。”

“是这样，你之前帮了我大忙，所以我想报答你。”

“不是已经报答了吗？做了那么多好吃的。”

我赶紧摆手道：“你少瞧不起人，那算什么报答？是这样，我们公司有个活儿，我想承包给你干，价钱你随便开，只要不过分就行。”

他竟然当时就急了，骂我得寸进尺，又拉着他当苦力。还说从小到大，只有他花钱雇别人干活儿，还从没人敢花钱雇他干活儿。

他这种吹牛的性格，我早就习惯了，所以也不想跟他一般见识，就继续放低姿态说：“就当是帮我，行了吧？”

“这不就完了吗！明明是你求我，烦不烦人！”

压下心里的火气，我尽量语气平和地道：“是这样，我们信息部想做一个集团网络资料库！你刚好是搞IT的，所以我就觉得肥水不流外人田，这活儿你要能干，咱就把这钱挣下来。”

他又白了我一眼：“说来说去，还不是求我！”

“行，我就是求你，这活儿你能接吗？”

“小事一桩，但请我出山的话，费用可不低。当然，我做的资料库在网络安全和实用性方面那也是顶尖的，质量绝对有保障！”提起专业，林佳无比自信。

我当即点头道:“开个价吧,多少天能完工?”

林佳想了一下说:“工程不算小,如果想一个月内完工,我必须得请帮手。总体算下来的话,四十万吧。我这还是看了你的面子,没有多要。”

听到这话,我差点流口水。人家这买卖干的,一个月就挣四十万!果真是“男怕入错行”。

“我给你申请六十万的资金,多出来那二十万算是之前你帮我的报酬。”

“你……真的假的?”林佳一愣,看我的眼神倒是变得温和了。

“少废话,咱俩现在就研究研究这个网络资料库该怎么建吧。”

那天晚上,我跟林佳一直研究到下半夜才睡,第二天上班,我自己又反复琢磨了一天。

待到第三天上午的时候,整个方案彻底成型,我洋洋洒洒写了十几页方案,林佳还用电脑给我绘了不少模型,所以我有绝对的信心能说服董事会,通过这个网络项目。

推开董事长办公室的门,我意气风发地将手里的东西交了上去。

因为有了之前的交流,宋楚国对我也格外重视,他当即放下手头的工作,认认真真看了起来。

“不错,比我预想得还要完善!向阳,你这是彻底为我除掉了一块心病啊!咱马上就召开董事会,由你来说服那帮老家伙,有信心吗?”

“绝对有信心!”看着他,我斩钉截铁道。

第二十四章

上午十点钟，公司高层会议大厅，在王秘书的组织下，所有董事会成员基本到齐。

“向阳，放松点儿，就是一次演讲，把事情讲明白就行了，没你想得那么难。”靠在会议室墙边，王秘书看我手一个劲儿地发抖，小声安慰我。

其实说不紧张那是假的，从小到大，我从没在公众场合侃侃而谈过，最大的场面也仅限于毕业答辩那次，尽管当时坐在对面的都是我熟悉的老师们，但我还是紧张得出了一身冷汗。

对比董事长，他就要自然多了，很随意地往正中间一坐，还不紧不慢地喝了口水，又拍了拍面前的话筒说：“都静一下，那个老唐，把手机收起来！”

这气场真是没谁了！

多年以后，当我也坐到这个位置，甚至比宋楚国还要厉害百倍的时候，我才发现董事会也就那么回事。如果你足够强大，别人就只会趋炎附势。但此刻，我还是个菜鸟，还有很远的路要走。

片刻后，整个会议室里突然安静得落针可闻，宋楚国清了清嗓子说：“苏小民、马光明、苏梅的事情，我就不用再赘述了，相信大家心里也都清清楚楚，透过这件事，我们发现了什么问题？老胡，你说说！”

那个叫老胡的副总，捏了捏嘴角的黑胡须，眯眼一笑说：“董事长，这人心叵测啊，同时也映射出了信息部对整个公司安全的重要性！所以下一任信息部领导的人选，必须慎之又慎！”

宋楚国微微点头，又看向那个老唐问：“唐部长，你什么意见？”

老唐赶紧伸头说：“下一步必须要加强信息部的安全监管问题，类似泄密的事件往后绝不能再发生！”

“嗯，都说到点子上了，可问题是，咱们该选拔任用谁？又该如何加强监管？”宋楚国微微拉下脸，不怒自威地盯着众人道：“别总是提问题啊？你们提了问题，想让谁解决？让我来给你们解决吗？”

此话一出，下面瞬间交头接耳，个个忙着找对策，生怕一会儿董事长提问，他们答不上来。

片刻过后，宋楚国再次拍了拍话筒道：“怎么样？有主意了？老周，你先来说说。”

那个老周赶紧摊开小本儿，扶着老花镜，对着小本上的内容念道：“举贤不避亲，能者居上。我觉得张志强副总作为董事长的直系亲属，完全可以代任信息部主任一职。”

宋楚国张口就骂道：“你出的什么馊主意？咱们这是家族企业吗？还举贤不避亲，志强肚子里有多少货，我还不清楚？老胡，你来说，咱们该怎么办？”

那个老胡摸着胡须，不紧不慢地笑道：“说难不难，说简单也不简单。至于公司的核心机密文件，我建议是锁在董事长您的保险柜里，钥匙和密码也由您一人保管。公司是您创立的，您更是我们董事会唯一信得过的人。”

“那我要是出差去了外地，技术部调取资料怎么办？如果赶上紧急事态，我飞不回来怎么办？”宋楚国蔑视地望了下面一眼，冷哼一声道：“云里雾里，说了等于没说。我堂堂海兰达董事会，这么多精英汇聚一堂，竟然还敌不过一个孩子，真是笑话！”

“哦？董事长的意思是已经找到解决问题的办法了？”胡总捏着胡须，眼神明亮道。

“向阳啊，今天你就让董事会的老家伙们，好好长长见识吧！公司里天天喊‘创新，创新’，今天你就来教教大家到底该如何创新！”撂下这句话，宋楚国就转向了我。

那时候我还没反过劲儿来，倒是王秘书推了我一把，说：“向阳，该你上场了!”

我那个激动啊,走到宋楚国身边,掏包里资料的时候,水杯都给碰洒了。

“董事长,对不起,我不是故意的……”实话实说,当年我确实没什么出息,台下坐了那么多大佬,我腿都有点不听使唤了。

“行了行了,你讲你的,我自己拿纸擦擦就行。”宋楚国不耐烦地摆摆手,倒是下面不少人,差点没笑出来。

我赶紧又说:“董事长,我还有份电子版的,能用后面的投影仪放吗?”

宋楚国说:“王秘书,帮向阳把投影仪打开。”

等到资料传进电脑,投影仪亮起来的时候,我反而不那么紧张了,因为内容都已经呈现了出来,看着上面的文字,我心里也有了底气。

走上讲台,我对着话筒清了清嗓子说:“各位领导,大家好!先自我介绍一下,我叫向阳……”

“行了!没人在乎你叫什么,董事长不是让你给大家上上课吗?那就废话少说,直入正题!”台下一个年轻人,穿着挺立的衬衫,满脸轻蔑地道。

虽然心里不太舒服,但他说的也没错,你没有本事、没有地位,别人根本就不会在意你到底叫什么名字。你就是说了,他们也记不住,更不愿记,因为你完全不够资格。

有了这股子怒气,我竟然变得更冷静了,随即就拿起激光笔,对着投影仪道:“要解决资料存储的安全问题,本质上不难,但要既保证安全,又能快捷高效地被各部门及时调用的话,就需要用到我今天所讲的东西:网络资料库!”

说完,我把网络资料库的介绍列在了PPT上,大致意思就是,依托公司的局域网络,通过软件建立一个人人都可以登录和查找资料的仓库。

“如果人人都可以登录查找资料,那还有什么安全可言?”下面的胡总继续问我。

“我把信息部的资料按内容的重要程度,划分成了五个等级,并设置了五个权限!技术部的初级员工可以通过密码登录,随意阅览第一等级的资料,这样就省去了很多跑到信息部查基础资料的时间。”

顿了一下，我又继续说：“第二等级，只有各部门主管的密码才能进入，因为在这个等级内，已经涉及了某些技术领域。而第三等级，只有技术和研发部的部长密码才能够进入！”

听到这里，胡总一笑：“有点儿意思，那往下呢？”

我调整了一下呼吸说：“到了第四等级，那就只有在座的董事三人以上的密码同时输入，才能够打开。至于最高的第五等级权限，便只有董事长的密码可以进入。因此即便董事长出差，他只要在软件上输入密码，便能够进入资料库，提取想要的资料，然后再通过软件，下放到任何有需要的人手里，中途绝不会经旁人之手偷窥。”

话音一落，现场不少人都对我挑起了大拇指。

其实早在上月中旬的时候，我就有了这么个构想，原因也很简单，马主任总是使唤我跑腿送资料，而且一茬接一茬，哪怕别人不需要，他也让我送，把我腿都快累断了。

最后被逼急了，我就琢磨出了这个主意，当然林佳也帮我完善了不少细节。

这时候，宋楚国站起身，手压在桌子上道：“怎么样？你们这帮老家伙是不是被这个小家伙给狠狠上了一课？时代变了，网络科技正在兴起，大家的脑筋也该换换水了。”

可每一个新鲜事物的引进总会伴随着反对的声音，海兰达的董事会自然也不例外。

“宋总，要是把公司的所有资料全都放到网上，这好像更不安全吧！”那个姓周的老者，合上小本本问。

不等宋总回答，我赶紧翻到下一页说：“这个网络资料库只是建立在公司内部，具有极强的隐蔽性，而且还有咱们自建的防火墙，正常是不会被入侵的。”

听到这话，胡总又笑道：“正常不会被入侵，那要不正常呢？现在的网络鱼龙混杂，你就能保证不会有人起歹心？”

我再次往下翻页道：“这个问题，我也早考虑到了。因此我们会给资料库外围设置警报装置，一旦防火墙被攻击，系统就会自动报警，甚至锁死！所以即便遭遇攻击，咱们也有充足的时间应对，甚至让警方介入追踪。”

“可我怎么听着，心里就那么不踏实呢？网络这种虚无缥缈的东西，真的可靠？”那个周老头扶着老花镜反问我。

这时候董事长冷声一笑道：“怕出车祸，难道大家就不开车了？怕被传染疾病，大家就不去医院了？可能向阳的这个资料库并非百分百安全，但新鲜事物的尝试，不总是伴随着修修改改、跌跌撞撞吗？我们海兰达发展到今天，靠得不就是尝试和勇气吗？”

周老头还要多嘴，宋楚国却猛地抬手打断说：“这个网络资料库，我力推！至于其他人，还有什么意见？”

“我反对！”之前那个无视我的年轻人，立刻举起了手。

“志强，你别给我带头挑事儿，把手放下！”宋楚国当即训斥道。

“宋总，好歹我是三股东，总有反对的权力吧？难不成这海兰达集团是你的一言堂？”

“你！理由呢？”

这个叫张志强的三股东，竟跟个二世祖似的，斜靠在椅子上道：“我就是觉得不安全，还有，这人是哪儿来的？他凭什么给咱们建立资料库？我们又怎么能信得过他？真建好了资料库，就能保证他自己不会入侵？”

此话一出，全场一片哗然！

我当即说：“这个大家可以放心，密码是你们自己设置，而且系统没有任何后门，关于这一点，网络部的唐部长可以亲自监督。至于专业上的事，唐部长应该也能给大家解释！你们信不过我，还信不过唐部长吗？”

听我点名，唐部长立刻说：“理论上是这样，如果资料库系统在设计之初没有后门的话，将来一旦应用，创建系统的人也是无法进入的。这点从专业的角度，我可以保证。”

有了唐部长的澄清，那些反对的人瞬间偃旗息鼓，倒是那个志强，又跳出来道：“我还是反对！公司机密的东西，绝不能让一个外人来掺和，更不能放到虚无缥缈的网络里！”

“反对无效，大家即刻举手表决！”宋楚国雷厉风行，第一个就举起了手，然后把目光转向了旁边的老胡，老胡不紧不慢地笑了笑，然后也跟着举起了手。

有了这两人的表态，现场多半都举了手，倒是那个周老头，恨得咬牙切齿道：“老啦，老啦，说话不好使了。”

这时候，张志强冷哼了一声，说：“你说话就从来都没好使过，跟你老了有个啥关系！”

“好，这项决议已经得到了多数人通过，既然没有异议，那就这么定了。”宋楚国威严地往椅子上一坐，又转头看向众人问：“还有别的事要议吗？”

老胡淡淡一笑说：“信息部主任的人选今天也得确定下来吧？群龙不能无首，更何况这个当口，还要搭建如此重要的资料库。”

宋楚国微微点头，眼睛不自觉地瞅了我一眼，又不动声色道：“大家有合适的人选？”

周老头立刻高声道：“我觉得志强副总年轻力壮，完全可以胜任市场部和信息部。”

宋楚国看了那老头一眼道：“年轻力壮的多了，志强连市场部都搞不好，还怎么能身兼两职？”

张志强说：“我是不行，但信息部好像有个小姑娘，来公司有两年了吧？论资历、能力，再加上她对信息部的了解，我觉得完全可以胜任。董事长，我这样举荐人才，您不会再针对我了吧？”

宋楚国微皱了下眉，用力点头道：“你好歹算说了句人话，这么举荐的话，倒也符合情理。但那小姑娘还是太年轻，而且任职期间，也没有太出彩的表现。咱们公司可不是凭资历上位的，得有真本事才行。”

“宋楚国！你够了，这些年你一直针对我，无论我说什么，你都反对打压，现在我随口举荐个人，你都这副嘴脸，你到底想干什么？如果你看我不爽，可以把我开了！”志强竟然红着眼嚷嚷了起来。

“志强，这些年你但凡争气，我会反驳你吗？你就不能好好反思一下？”宋楚国冷冷地盯着他，恨得牙根儿颤道：“你但凡有向阳一半沉稳，我将来都打算让你接替我的位置，可你不争气啊！”

“好啊，狐狸尾巴终于露出来了，扯了这么多，你不就是想推举这个小子来做信息部主任吗？宋楚国，你真虚伪，我心里想什么至少敢说出来，可你就是个伪君子、真小人！”

此话一出，宋楚国瞬间怒道：“张志强！好，我今天就明说，向阳完全可以胜任信息部主任的位置！”

张志强也面目狰狞道：“我就觉得信息部那个小姑娘合适，她有资历、有能力，我推举她！”

第二十五章

董事会上的一番争吵把我给看懵了！这个张志强到底什么来头？竟然敢在大庭广众之下，公然顶撞宋楚国？而且看那架势，全然有恃无恐！

这时胡总不紧不慢地笑道："老宋啊，差不多就行了。志强年纪还小，业务上做得不到位，那也是正常的。多给些鼓励，少一些教训，用不了几年，他肯定能成长起来。"

"老胡，你少给他找台阶，这几年下来，我给了他多少次机会？可他珍惜了吗？改变了吗？你瞅瞅他那德行，站没站相、坐没坐相，烂泥扶不上墙！"宋楚国毫不留情地说。

"要我说啊，咱们不如这样，信息部的那个小姑娘虽然有些资历，但董事长说得没错，这几年下来，她一直不温不火，也没做出让人眼前一亮的成绩，这要提拔上去，也不符合公司章程。"

胡总眯眼看向我道："至于向阳，之前的董事会，咱们也都了解了，他为公司铲除内奸立下了汗马功劳，该奖还是要奖的！"

听到这话，张志强憋着涨红的脸，开口道："胡叔！"

胡总微微摆手说："急什么？听我把话说完！向阳虽然能力出众，但毕竟才来公司，好像昨天才转正的吧？这刚正式入职就立马擢升到部长级职务，似乎也不符合公司章程。所以我的意思是董事长先暂管信息部三个月，事后再决定人员选拔的事，大家有意见吗？"

这时候唐部长探头出来说："胡总这个建议稳妥，尤其这段时间要上马'网络资料库'这个重大项目，董事长亲自操盘，也能让大家彻底放心。"

这群老家伙，真是不简单。原本剑拔弩张的矛盾，仅仅几句话就化解了。

最后董事会在不太愉悦的氛围里结束。然后宋楚国把我和唐部长叫到办公室，下令网络资料库的事立即上马！

我多了句嘴，就问宋楚国，那个张志强到底什么来头？可他却一拍桌子，愤愤地让我不要提那人。

再后来我又去了网络部，跟唐部长聊具体的工作，这一遭折腾完后，都已经到下午了。

回到信息部，难得姜雪殷勤了一回。她把办公室打扫得干干净净，竟然还把我的东西搬到了之前马光明的工位上。

我满脸发蒙地问："姜雪，你这是干什么？"

她盈盈一笑说："向阳，恭喜你了！"

"什么意思？"我依旧不解。

"你都去参加董事会了，而且之前还给公司立了大功，这次上级领导是不是已经擢升你当咱们信息部的老大了？"她走到我旁边，眨着眼睛问。

我憋着笑，倒是反问她道："那你不嫉妒啊？论资历，你可在公司干了两年了。"

姜雪却说："这有什么好嫉妒的？你的努力，我全看在眼里，你要是不做主任，这才没天理了呢！"

她就是这样一个善解人意的女孩，多少次马光明找碴儿，也是姜雪私底下安慰我，还给我找退路，于是我说："别胡思乱想，董事会并没提拔我，咱们信息部暂时由董事长代管。"

听到这话，不知道姜雪怎么了，脸色竟突然变了一下，虽然很细微，但我明显能察觉到。

可能是人在旧的环境里待久了，就不愿做出改变吧！马光明在的时候，姜雪几乎啥事儿不干，可如今董事长接管了这里，那混日子的状态也将一去不复返了。

我便赶紧将搭建网络资料库的事情，详细跟姜雪说了一遍，然后又给她安排了几项工作，免得董事长回头视察，发现姜雪啥事儿都不干，再给她开除了。

接下来就是打款的问题。林佳是个无业游民，根本就没有公司账户，而我们财务部以及唐部长那边说，必须要对方公司亲自来这里签合同、盖章，并写下一系列安全保证书，这个项目才能向前推进。

我一时犯了难，只好给林佳打电话，没想到他早就准备好了。

第二天来单位，是一家叫“信达通网络科技”的公司跟我们这边签的约，我们也预付了二十万的款项，用来作前期资金。

所有工作都在有序推进着，而我也兢兢业业，不敢有一丝马虎，却不曾想我的这一举动早已动了别人的奶酪，公司的水也远比我想的要深！

时间延后半个月，那时网络资料库的骨架已经搭建好了。时节刚过初秋，但许城的天气依旧有几分炎热。

早晨上班的时候，酷爱穿裙子的姜雪，竟然换上了一身长衣长裤，走路的时候也扭扭捏捏，似乎身体不太舒服。

“今天这是怎么了？你穿这么多不嫌热啊？”我坐在办公桌前，看着姜雪笑问道。

“没什么，就是……身体不太舒服。向阳，今天的工作，你帮我顶一下行吗？”姜雪脸色苍白地请求我。

我赶紧起身，走到她旁边，抬手摸了摸她额头道：“不发烧啊？到底哪里不舒服？实在不行，我给你请个……”话没说完，我就看到姜雪的脖子上有伤。

虽然她故意把领子立起来，但我居高临下，一眼就看见了。

“交男朋友了？”我试探性地问。

“哪儿有？别瞎说。”姜雪羞得想抬手打我，可胳膊刚举到半截，就疼得“嘶”了一声。

见她举动这么异常，我不由分说地把她袖子一拉，结果她胳膊上竟然青一块紫一块，显然是被殴打过的痕迹！

“谁干的？”那一刻，我怒火中烧！姜雪这么可爱的丫头，到底谁能下得了这种狠手？自打入职以来，姜雪就特别照顾我，作为朋友，将心比心，我绝不能坐视不理！

可姜雪却赶紧把袖子拉下去，眼神惶恐。

姜雪和我一样，也是从乡下走出来到这繁华的许城谋生的，至于她那个所谓的“舅舅”，明显是不存在的。

在这件事上，她骗了我，但我并不怪她，也从没有刨根问底。因为每个人都有自己的秘密，而朋友间最大的尊重，就是不要探听别人不愿讲的事情。

可姜雪却不一样，你从她的眼神里就能看出她的单纯、怯懦。她一人独居，在偌大的城市里举目无亲，一旦被人欺辱、伤害，她又能依靠谁呢？

我看着她问：“姜雪，不要跟我客气。若是谁再欺负你，第一时间给我打电话，我随叫随到！”

她的眼圈微微泛红了起来，但却坚强地没哭，硬是把悲伤压回去，朝我用力点头道：“谢谢，有你这句话就足够了。”

那天我没让姜雪干活儿，中午还给她捎了饭。她却把饭盒里的肉全夹给了我，眼睛也总是游离地看着我，动不动还傻笑。

后来的几天，姜雪的气色明显好转，干的活儿也多了起来。

中午休息的时候，我还看到姜雪满脸开心地摆弄着新买的手机，那手机林佳也有一台，当时他还跟我吹牛，说那手机五千多块。

五千多都能买一台笔记本电脑了，可上网一查才发现，一部小小的手机竟然真卖这么多钱！

一个女孩子，她到底哪里来的这么多钱呢？尤其她还在许城住那么大的房子，一切都令人感到疑惑。

时间转眼到了周五，早晨上班时，林佳把硬盘塞进我书包里说：“让你们网络部仔细检查一遍代码，如果确认没问题，我们这边就开始建防火墙。估计再有一周，这个资料库就可以使用了。”

“辛苦！等拿了那六十万，别忘了请我吃大餐！”说完，我开门就朝外走。

如今的网络资料库基本已经完成，只要把外围安全系统做好，就可以投入使用了！但同时，我们信息部也将进入忙碌期，很多资料都需要分类、整理、上传。

而恰恰在这时，一只无形的大手竟然也伸进了网络资料库。

这回又多亏了林佳，若不是他心细，可能我俩都得把牢底坐穿。

第二十六章

那天一到公司，我就开始给姜雪布置任务。毕竟这项目是我发起的，绝不能在资料整理和上传的时候掉链子，董事会那么多人可都看着呢。

“哟，真是越来越有领导的模样了！向阳，过了这月，我得改口叫‘向主任’了吧。”姜雪坐在工位上，笑着朝我调侃道。

“快别提了，要不是项目发起人，我才懒得操这份心。总之你再坚持几天，等资料库建好以后，咱们部门就轻松了。”我挠了挠头，从包里抓起硬盘就准备去网络部。

“拿着喝，提神醒脑。”她忙站起来，扔给我一罐红牛饮料。

“天天吃你东西，怪不好意思的。”

“快去忙吧，资料整理的事情交给我来做。”姜雪善解人意地笑道。

自从她那次受伤以后，似乎对我的态度就更好了，总带些零食给我吃，还特别积极地帮我分担工作压力。这样的女孩谁不喜欢？我要是有钱，都打算追求她了。

拿着饮料，带着硬盘，我一头扎进网络部，就跟唐部长以及他手下的几个员工忙碌了起来。

林佳果然靠得住，他牵头写出来的代码、编出来的程序，就连我们唐部长都连连称赞，一个劲儿说：“这六十万花得不亏，对方还真是高手！要放在别的公司，怎么不得一百万上下？而且还不一定有这份好！”

我更是得意，甚至觉得有点亏，早知道林佳这么厉害，我就管公司多要点资金了。

忙忙叨叨一上午,唐部长就一句话:“没问题,让对方接着做,尾款下周提前结清!”

“唐部长,您确定真的没问题了?”我立刻跟他确认道。

“绝对没问题,而且比我想象得还好!”唐部长人很爽快,几乎不容置疑地说。

得到这个准确答复,我的心算是彻底放下了！只要这个项目完工,林佳不仅能拿到酬劳,董事长的心病也除掉了。至于我能不能升迁,那是后话,我也不是太在意。

但无疑,受了我的恩惠,宋楚国肯定会更加费心费力帮我查询付婕的下落。

中午带着硬盘回信息部,姜雪给我把饭都买好了,我俩凑在一起吃着,她就问我:“怎么样? 还顺利吗?”

我朝她做了个好的手势说:“软件没问题,唐部长那边也通过了,现在就差外围防火墙,还有一些安全性能测试了！估计再有一周,这事儿就能定下了。”

“向阳,你真棒！看到你,我就像看到了当初的自己,刚来许城的时候,我也和你一样意气风发,充满热情……”她说着说着,脸颊竟然划过一丝感伤。

“你现在不也挺热情吗? 我知道,你之前被马光明给带沟里去了,但不要灰心,一切都会好起来的。搞不好,将来你还会成为‘姜主任’呢!”我拍着她肩膀说。

吃过饭,我们趴在桌上睡了一会儿,半下午的时候,王秘书给我打了电话,让我去汇报工作。

于是我赶紧上了楼,宋楚国当时正处理文件,我就坐在沙发上等着,过了半小时,他才抬头看到我:“哟,来了啊? 怎么不吱声?”

“我看您忙,就没敢打扰。是这样,工程进度……”从沙发上站起来,我尽量条理清晰地把最近的工作,仔细汇报了一遍。

“你小子办事儿雷厉风行,还真有点我当年的气概！做得很好,唐部长那边也汇报了，你找的这家科技公司十分靠谱！”顿了一下，他抓起桌上的紫砂壶，给我倒了一盅茶，又抿嘴笑道：“你要找的那个女人是不是她？”

说完，他把一张照片推到了我面前，背景是许江大桥，而站在桥上的女人可不就是付婕吗？

这就是人脉的力量！如果单凭我自己，估计就是跑断腿都不一定能查到，但对宋楚国来说，他只要几通电话打出去，不到两个月的时间就有了回音。

“她人现在何处？”抓起那张照片，我恨得牙根儿都疼，巴不得立刻揪着她头发，跪在我爹坟前！

“之前她在南城商业街开过一家蔬果店，但干了没多久，突然就关门了。听周围的邻居说，她家里好像出了事，说是已经回老家了。”

不可能！她家出事也许是真的，但她绝不可能回老家，因为我报了案，警察正等她落网呢。

深吸一口气，我说：“董事长，帮我继续查，她绝不可能回老家。”

“行，既然答应了你，我就一定帮你把人找到。”他朝我一笑，随即又跟我聊了一些关于家乡的事。

再次回到信息部的时候，都已经要下班了，姜雪一边收拾东西，一边朝我说：“向阳，我用你U盘拷了些资料，准备周末这两天，宅在家里把工作弄出来。”

“行，能做多少做多少，也不用太勉强。”我朝她点头，反正都是些基础资料，她带出去也无妨。

晚上回家的时候，我又买了不少菜，都是林佳爱吃的。看到菜市场里有麻糖，我还专门拿了两块，又买了些花生、瓜子什么的，准备给林佳做点乡野零食。

“怎么样？你们领导看过了？”我在厨房做饭，林佳就倚在门框上，嚼着甘蔗问我。

“看过了，我们领导说非常棒！让你们赶紧进行下一步，把安全系统做出来。”我炒着菜说。

“我今天琢磨了半天，感觉有几处地方还可以再改改。”他朝垃圾桶吐着甘蔗皮说。

我掂着勺道：“硬盘在我书包里，你自己去拿吧，要是不好改就算了，反正领导已经很满意了。”

他给了我个大白眼，转身说：“还不是为了你？要换作别人，我才懒得动弹！就几串代码的事，改完也不耽误吃饭。”

林佳就是刀子嘴豆腐心，对于我的事其实还蛮上心的。

片刻工夫，当我把菜炒好，端上桌的时候，却没想到林佳的房间里突然传出一声怒吼：“向阳，这是怎么回事？有贼，你们公司还有奸细！”

听到林佳的话，我吓得盘子都差点儿翻了！

哪儿有那么多奸细？海兰达集团又不是贼窝，林佳这种话怎么张口就来？

不等我多问，林佳就已经抱着电脑出来了。他的脸色极为凝重，黑色眼镜挂在鼻梁上，明显是气得不轻！

把菜放到桌子上，我赶紧凑过去问：“到底怎么了？咱别一惊一乍行吗？”

他往沙发上一坐，推了推眼镜，然后指着电脑屏幕说：“看见这串代码了吗？”

我把脑袋伸过去，反正也看不懂，基本跟周围的代码一样啊？“怎么，这不是你们编写的吗？”

林佳冷哼一声，目光灼灼地看着我说：“向阳，你还是换个公司上班吧。这个海兰达集团的水太脏，你在里面搅和，迟早得倒霉。”

“你想急死我啊，到底怎么了？”

林佳把电脑放在腿上，然后用鼠标指着一段代码说：“这叫‘变色龙’，代码一定是你今天去公司，别人给加进去的。如果今晚我没再检查一遍的话，后果将不堪设想！”

我猛地一哆嗦，林佳从来不开玩笑，他要是说有这事儿，那八成就是真的！吃力地咽了咽口水，我问：“怎么个不堪设想？”

林佳压住性子，耐心地给我解释道：“‘变色龙’是一种隐藏性极强的病毒，也不能单纯地叫‘病毒’，或许叫‘僚机’更为合适！它插入到资料库的编码里，并不影响软件功能的使用。”

“那它的作用是什么？”我继续问。

“像硫酸一样，腐蚀防火墙！之所以叫它‘变色龙’，就是因为它有同化编码的能力。到时候防火墙拉起来，这东西就开始起作用，而且因为它隐蔽性能好，甚至可以骗过防火墙的报警装置！”

听到这里，我浑身的鸡皮疙瘩都起来了，说：“你的意思是，将来不法分子利用这个东西，即便搬空资料库也不会被人察觉？”

林佳毫不否认地点头说：“神不知、鬼不觉！所以不管前期咱们把软件设计得多安全，如果内部被人砸了根钉子，你就是拉十道防火墙也无济于事。”

听完这些，我心有余悸地靠在了沙发上，到底谁会这么狠？这不是陷我于不义吗？将来资料库若是神不知鬼不觉地被入侵，那公司里的高层肯定会第一时间怀疑我和林佳！

真到了那时候，内部编码又是林佳写的，我们就是有十张嘴都解释不清！

“唐文斌，一定是他动了手脚！”咬着牙，我狠狠地攥着拳道。

“你确定是谁动的手脚？”林佳盯着我问。

“除了网络部的唐部长还能有谁？他检查的时候，我中途去了两趟厕所，后来我还问他是不是有什么问题，他却拍着胸脯跟我说，一点毛病都没有，还让你赶紧进行下一步！”

这明明就是混淆视听，故意麻痹我和林佳。写代码这么烧脑的事情，只要甲方通过，乙方绝不会再回头审查。他肯定就是想利用这种心理，在这个关键节点上来这么一刀！

林佳抿嘴点头道：“那怎么办？这活儿还要不要继续了？”

我长舒一口气道：“截个屏发给我，咱们先留个证据。至于工作，继续干吧，你多检查几遍，可千万别再有疏漏！等周一上班，我会立刻呈报给董事长。”

那夜我久久未眠，怎么也想不到，我们一个小小的信息部，竟然遭到了这么多人的觊觎！刚才若不是林佳，我可能又栽了。

第二天清晨，林佳已经把病毒剔除，又反复检查了好几遍，确认真的没问题了。

为了犒劳他，在吃过早饭以后，我就进厨房熬麻糖，然后又炒花生、芝麻和瓜子，给他做了一大盆的五香麻糖。

记得小时候家里穷，父亲买不起麻糖，过年时，他都是用麦芽熬糖，那香甜的味道几乎能飘满整个院子。何冰是最喜欢吃这个的，她会跟个馋猫一样，一下午都蹲在锅台前，一个劲地问我爸什么时候能吃上。

回首往事，我不禁鼻尖酸涩，父亲的手艺被我传承了下来，可他人却不在了。至于何冰，我们两家闹成那样，也不会再有联系了。

虽然我很想再看看何叔，看看何冰，可我知道自己不能了，我的尊严不允许我再对何家低三下四。

“我的天，你磨香油呢？怎么这么好闻？”林佳的鼻子比老鼠还好使，只要我做好吃的，他就是在厕所里都能闻见。

我笑着说：“张嘴！”

林佳立刻竖起大拇指道：“好吃！真香！”

“吃吧。”我指着案板上的一堆糖，又拿塑料袋装了一些。

“装起来干吗？都放这儿，我一上午就能吃完！”林佳嚼着糖，口齿不清地说。

我憨笑了一下说：“我想装点儿给姜雪送去。”

听到这话，林佳却一脚迈进来，护着糖说：“不是给我做的吗？凭什么分给别人？我不同意！”

他这小气巴拉的性子，什么时候能改改啊？我耐心解释道：“在公司里，我天天吃人家姜雪的零食，怎么不得还个人情啊？再说了，人家为了工作，大周末加班，我这个同事，怎么也得过去慰问一下吧！”

林佳倔强地撇着嘴，又拿胳膊肘捣了我一下，很不开心道：“就提个塑料袋过去啊？不知道的，还以为你乡下来探亲呢，等着！”

说完他就往外跑，我也是无语了。再说了，这塑料袋挺干净的，有什么见不得人的？

不大一会儿，林佳把他的高级饭盒拿来了，不仅样子精美，而且还能提着。他帮我把麻糖码得整整齐齐，还封了层保鲜膜，就跟超市卖的似的。

这城里人就是讲究啊，本来二十块钱做的麻糖，经过林佳一顿花里胡哨，愣是给搞成了别人吃不起的样子。

本来周末探望同事，我心情挺好的，可到了姜雪家以后，我的心情却跌落谷底。

第二十七章

姜雪家住双门桥，我曾去过两次。平时下班，我们也一起坐公交，所以对路线相当熟悉。

手里抱着饭盒，下车的时候，我又买了些水果。如果姜雪知道我来陪她加班，肯定高兴。

找到她家楼号，我兴冲冲地钻进了楼道，可刚走到门口，却听到里面有争吵的声音。

当时门没关，姜雪的声音就那么往外传："你别找我行吗？我真做不了主！"

"少废话，我不找你找谁？你今天必须得给我个准话，到底哪天能行？"

那是个男人的声音，当我开门进去的时候，他还在怒吼："别给脸不要，真要把我逼急了，全都吃不了兜着走！"

明白了，就冲这人跟姜雪说话这么豪横，我瞬间就能猜到，当初姜雪身上的伤肯定是他打的！

不管有什么恩怨，对一个无依无靠的女孩子下那么重的手，就是不对！今天既然让我遇上，那就甭废话了！

将手里的东西往门口鞋柜上一放，我猛地冲上去，对着他后背就是一脚！

对方完全没有防备，直接被踹在了地上。

姜雪一声尖叫，忙哭着说："向阳，你……你别打了，他不是坏人！"

"兄……兄弟！误会，误会了！"他嚷嚷道，"我没欺负她，就是来找她谈事的！"

"瞧你这样，能跟姜雪谈什么？"

那家伙眼圈都黑了，姜雪又喊道：“你还不赶紧走？回头我再跟你联系。”

对方个子不高，而且精瘦，见我五大三粗、满腔怒火，灰头土脸地就跑了。

我坐在地上喘着气，又回头看着姜雪说：“之前是不是这人打得你？往后他再来，你就给我打电话！”

“不是，不是他欺负的我。”姜雪抹了把脸上的泪，又长长舒了口气，突然扑哧一笑说：“谢谢你啊！”

我疑惑道：“他是谁？为什么对你吆五喝六的？”

姜雪抿了抿粉唇，大眼睛很清澈地转着说：“我小舅！就是这个房子的主人。”

“你小舅？这房子的主人？”我当时都懵了，一个在许城有三套房子的拆迁户，竟然穿得那么邋遢？刚才那人穿着脏兮兮的布鞋，衣服还是厂子里的工作装，背上印着“宏远机械加工”的字样。

“是我小舅，他苦日子过惯了，不爱打扮。”

这样倒也合情合理，但我还是疑惑地问：“那他找你干什么？还发那么大的火？”

姜雪脸颊微微一红，低着头说：“他给我介绍了一门亲事，问我什么时候给信儿，可我不想答应，所以就吵起来了。”

“这样啊……”

“没事的，打他一次也好，省得老跟我纠缠这些事。”

我就跟她表明了来意，还把麻糖拿给她吃。我真没想到，姜雪都感动哭了，含着眼泪大发感慨道：“茫茫人海，偌大的都市，竟然还能有人惦记我……”

“好啦，至于吗？朋友之间不就是这一份牵绊吗？”说着，我就掏出电脑放在桌上说：“要不咱们开工？”

在姜雪家里办公可比在公司舒服多了，累了可以聊天，还可以肆无忌惮地吃零食。中午我给她做了炒饭，她连夸我手艺不错。

人世间，在充满坎坷的同时，也是有温情在的。我忘不了那个傍晚，在姜雪家里的场景。某一个瞬间，当灯光落在她白皙的脸颊，落在她清澈眼眸中的时候，我甚至有了一丝心动的感觉！

回家后，我问："林佳，你说我是不是恋爱了？"

他一本正经地跟我分析道："肯定是姜雪。她长得确实很符合你的口味！"

第二天起床，我整个人还是跟魔怔了似的，总想着姜雪那清澈的眼神，想着她的一颦一笑。

于是我精心打扮了一番，还在楼下买了捧鲜花。姜雪的工作还没完成，我继续借这个理由去她家一起加班，总说得过去吧！

可我敲了半天的门，姜雪才在门后问："向阳，你怎么又来了？"

我把鲜花藏在身后，故作深沉道："工作不是还没完成吗？我今天继续陪你加班。"

"那个……我今天有点事，要不就算了吧。我晚上自己弄，应该能干完。"她似乎很焦急地想赶我离开。

"这样啊，要不你开下门，我有东西要送给你！"捏着手里的鲜花，我手心都出了汗，待会儿姜雪要问我什么意思，我就说看她家里挺素的，插几株鲜花会显得更有活力。

"这……好吧！"她开了一条门缝，当时她还穿着睡衣，我把手里的鲜花拿了出来，故作轻松道："送你的，别误会，我就是看你家没什么植物，插几束鲜花能好看点儿。"

可还不等姜雪回答，里面竟然传来了一个熟悉的男人声："雪儿，谁啊？"

透过门缝，我竟然看到了张志强！

因为那一眼，我的大脑都出现了空白，胸闷得有些喘不上来气。

张志强怎么会在她家？

在我的印象里，张志强可从没跟姜雪碰过面，我也从没听到过他俩有什么绯闻。可眼前的一切却是如此真实，尤其现在才上午八点钟啊。

"你……你先走吧，回头再联系！"张志强一说话，姜雪明显慌了，她抬手就想关门，可张志强却快步走来，一把按住门道："谁啊，见不得人吗？"

话音一落，门就被推开了，是张志强没错。他那吊儿郎当的模样、犀利的眼神，我是不会忘记的。

“哟，哟哟，这不是那个……那个……”他肯定是故意的，就是不说我的名字。

“向阳，信息部的。”我冷冷地看着他道。

“对对，向阳！我以为谁呢！别在门口杵着了，快进来吧！”他倒是热情，也不管我愿不愿意，就把我往门里拉。

而旁边的姜雪已经麻木了，看我的眼神毫无生机。

可张志强却完全不理会这些，他四仰八叉地往沙发上一躺，说道：“向阳，大周末不休息，你跑这儿干什么？”

我一脸沉凝道：“那你跑姜雪家里又是干什么？”

“我问你话呢，大周末的，你跑这儿干吗？”他猛地看向我，眼神极为冷厉，但嘴角却带着笑说：“哟，还买了鲜花，怎么？想过来跟姜雪表白？”

“没有，我就是过来加班的。网络资料库很快上马，我们信息部活儿很多！”看着他，我不卑不亢地说。

“你还真是个好员工啊！不对，应该这么形容，你还真是宋楚国手下一条忠诚的好狗！”他满脸嘲讽地看着我。

攥着手里的鲜花，我硬压着心里的愤怒道：“你还没回答我呢？你为什么会在姜雪家？”

他再次冷笑，侧身斜躺着说：“我有必要回答你吗？我未婚，姜雪未嫁，不犯法吧？”

“你！”是的，确实不犯法，我更没有资格去管他们之间的事。可不知怎么，我心里就是堵得慌，姜雪怎么就能跟张志强这种人搅和在一起了呢？

转过头，我难过地看着姜雪问：“老实告诉我，是不是他强迫你的？你是不是被欺负了？跟我说，大不了咱不在公司干了！”

面对我的质问，姜雪没绷住，直接哭了起来。倒是张志强呵呵一笑：“还挺能耐！姜雪，是我逼你的吗？还是你昨晚打电话让我过来的？”

姜雪抿着嘴唇，竟然用力点了下头！这也就意味着她亲自约张志强来的！

“为什么？总得有个理由吧？姜雪，你不是这样的女孩啊，你怎么……”我真的无语了，脑壳子一阵阵发疼。

“信息部主任的位置可是部长级待遇啊！每月上万的薪资，外加年底奖金十万。再说了……”

“你住口！”我猛地打断他，又难以置信地看着姜雪问：“是这样吗？你就为了主任的位子，便主动把他喊到家里……”

这时张志强轻蔑地插话说：“她昨晚就急不可耐地叫我来了。”

听到这里，我还对姜雪抱有一丝幻想，希望她能说出跟张志强不一样的版本。

可姜雪却倔强地抹了把泪，抬头冷眼看着我说：“向阳，你太强大了，单凭工作能力，我完全比不上你！昨天，你处理资料的能力比机器还快，我本想通过努力来跟你角逐一把，可你彻底把我的自信给击垮了。”

“主任的位子就那么重要吗？”我咬牙质问。

“能不重要吗？我一个女人，在这座城市里无依无靠，只有钱和地位才能给我带来安全感！我需要安全感，你懂吗？”她竟然朝我吼了起来。

对面的张志强坐直身子哈哈大笑说：“向阳啊，年轻了吧？爱来爱去那套是学校里才有的。”

“姜雪，要点儿志气行吗？哪怕为了你的尊严。”我咬牙道。

可姜雪没听我的，我心如刀绞。

张志强说：“你喜欢她是吧？鲜花都带来了，真有诚意！”

我被气疯了。

张志强倒是笑了，一副无所谓的样子，又说：“向阳啊，我其实蛮看好你的，往后跟着我做事吧。只要你答应，我让你要风得风，要雨得雨！”

第二十八章

钱和地位真的比人性的尊严还重要吗？我望着姜雪依旧不死心地问：“姜雪，你不后悔吗？”

姜雪把头压得更低了，她似乎不敢看我的眼睛，倒是张志强冷笑着说：“你一个小小的打工仔，有什么资格教育别人？向阳啊，真理永远掌握在权力手中。”

“向阳，你走吧，这里不欢迎你，也请你不要站在道德的制高点，对我指手画脚。”这句是姜雪说的，她对我下了逐客令。

“等等！”我刚转身，张志强就叫住了我，“刚才我的条件，你觉得怎么样？向阳啊，宋楚国循规蹈矩、铁面无私，你跟着他混，十年都买不了一套房！但跟我不一样，我可以让你在两年内有房有车！”

我瞬间就笑了，宋楚国可是大股东，而你张志强也只是个三股东而已。你怎么可能比宋楚国更有钱？又怎么可能比宋楚国给我的更多？

这就引起了我的好奇，我淡淡地看着他问：“除了工作，你还有其他来钱的路子？”

“堂堂的大许城，谁还没点儿副业？单靠公司分的那点儿钱，早饿死了！”

“那张总，您的副业是什么？可不可以先说出来听听？我如果感兴趣的话，倒也愿意加入，反正都是出来讨口饭吃，谁还跟钱过不去？”

张志强的嘴角，瞬间弯起了一抹诡异的弧度：“小子，你想套我话，真不实在！这种商业机密，你觉得是随口说说那么简单的吗？”

我笑道：“张志强，给我两年时间，我会彻底把你从公司里干掉！”

说完，我把手里的鲜花狠狠摔在地上，头也不回地转身就走！张志强在后面怒骂：“不知好歹的东西！一个小小的信息部员工，谁给你的胆量？真到了公司，宋楚国都保不了你！”

我没再反驳，只是用力摔上了门！

从姜雪家出来后，我在外面晃荡了一天，感觉整个人都像具空壳。

望着街上来来往往的车辆，还有那些行色匆匆的人们，他们到底在追求什么？是金钱与权力吗？

我心中没有答案，眼里只有茫然，但最不能接受的是姜雪的行为。

活了二十多年，我只知道安全感是通过努力拼搏争取来的，而不是靠别人施舍。当然，姜雪也在拼搏努力，只不过和我的战场不同。

当晚回到小吃街，我喝了很多冰凉的扎啤，大杯大杯地往肚子里灌！我不知道自己因何而难过，姜雪再如何，其实跟我没有本质的关系。

可能我从小骨子里就有着多愁善感的基因，同时又带着疾恶如仇的不屈意志，我看不惯这一套！

次日上班，我打起了十二分的精神，既然我夸下海口，当着张志强的面，说两年内要将他挤掉，那我向阳就必须要说到做到，只为争这一口气。

姜雪比我来得还早，只是我们再没了曾经那种热切的笑容与问候，相反地，我心里只有厌恶。

“我买了两罐，这个给你。”她把一罐饮料推给我，强撑出一丝微笑，想当作一切都没发生过。“还有，资料我都整理分类好了，都在你的U盘里。”

我不想再跟她多说一句话。从饮料罐上抓起U盘，我冷冷地转身坐在了工位上，那是种极度尴尬的气氛，但我无所谓，丢人现眼的又不是我。

上午十点左右的时候，我给王秘书发了短信，问他董事长有没有空，我有事情要汇报。

王秘书回得很快，说董事长马上开完会，让我十分钟以后上去。

得到回信后，我当即就上了楼。信息部的办公室因为有某个人的存在，我真的一刻也不想多待。

等了不大一会儿，董事长就从会议室出来了，然后我跟着进了办公室，宋楚国拉我坐在沙发上,问:“到底什么事?”

我深吸一口气说:“董事长,公司里还有内鬼,而且比马光明更可恶!”

听到这话,宋楚国随即给旁边的王秘书使了个眼色。

待王秘书把门关上后,宋楚国才坐直身子道:“向阳,这种话可不能乱说,苏小民和马光明的事,我已经彻底核实过了,参与公司泄密的人就他们仨,绝不可能再有别人!”

其实这种事情,我也很难相信,可林佳证据确凿,又岂是凭空捏造?深吸一口气,我掏出手机,打开了林佳的那张截图,放到宋楚国面前说:“这串代码并不是建造网络资料库的团队编写的,而是有人恶意植入的!”

“这……”宋楚国脸色微变,满是疑惑地看着截图问,“什么意思?”

“周五那天,我带着软件来公司之前并没有这串代码,后来在网络部审核完以后,我再交还回去,信达通的技术员就发现了这东西。”

我继续低声道:“这东西能腐蚀防火墙,甚至能神不知鬼不觉地帮不法分子绕过安全系统,入侵资料库!”

听完我的解释,宋楚国眼睛一眨不眨地盯着我说:“你的意思是网络部的人动了手脚?”

我当即点头说:“中途我去了两趟厕所,但唐部长寸步未离,后来审核完,唐部长还连连夸赞系统做得好,让信达通那边赶紧进入下一步,还要提前结款。董事长,这件事牵涉高层领导,您还是自己判断吧。”

“不可能,绝对不可能!”我没想到宋楚国反应这么大,他当即就反驳我说,“向阳,哪怕我的老婆出卖我,唐文斌都不可能做这种事！他是我在公司最信任的人,没有之一!”

这时王秘书补充道:“向阳,你可能不知道吧？唐文斌跟董事长可有过命的交情！还有句话,你别怪我说得难听,我倒是怀疑是你故意弄这个病毒,跑到董事长面前邀功,只不过你找错了对象,扯到了唐部长身上。”

听到这话,我差点没气炸！我需要邀功吗？宋楚国欠我那么多,我还需要在他面前弄这种伎俩?

“小王,怎么说话呢？以我对向阳的了解,他还不屑动这种小心思,更没必要讨好我。”宋楚国当即摆手，面色依旧沉寂道：“向阳啊，把唐文斌这个选项去掉，再好好想想还有没有其他可能？”

“宋总，这不明摆着吗？唐文斌他懂编程，那天我的硬盘就只在网络部和信息部出现过。”我无奈地解释道。

可他依旧摇头，皱着眉问：“老唐真的没有离开过电脑？内鬼不是网络部的其他人？”

我说：“他绝对没离开，都是他亲自盯着的。”

宋楚国靠在沙发上，略显疲惫的眼睛缓缓闭上，沉寂片刻后，他突然又坐直身子问：“刚才你说，硬盘还放在了信息部，这样的话，内鬼会不会是你们部门的？”

“我们部门就姜雪自己，平时也少有人去，姜雪……她也不懂编程啊？”话虽这么说，可我心里不知怎么竟突然凉了一下，难道真是姜雪？

“她不懂，不代表别人不会教她。但你怀疑老唐，我是绝对不会信的！这一点，我可以拿自己的名誉担保。”宋楚国朝我拍着胸保证。

本来我无比笃定唐文斌就是内鬼，可在宋楚国这番保证下，我心里又产生了动摇。相反地，我开始怀疑姜雪了！

更重要的是，她的那些奢侈品、她那套上百万的房子，究竟是怎么来的？张志强说他是最近才联系的姜雪，这话可信吗？

姜雪身上的伤又是谁造成的？通过昨天的接触，我甚至以为，之前打姜雪的人就是张志强！如果这个猜测成立，那姜雪在很早之前就应该跟张志强在一起了。

想罢这些，我冷不丁地朝宋楚国问道：“如果我怀疑幕后黑手是张志强，您觉得有几分可能？”

听到这话，宋楚国和王秘书几乎同时一颤，宋楚国当即道：“你要是怀疑他，我倒是相信七成，那个人干什么，我都不会感到意外。”

王秘书道：“这个怀疑很合理，但必须得拿出证据！张志强为什么要这么做，窃取机密又要卖给谁？他是临时起意还是很早之前就已经把手伸进了信息部？向阳，这些得靠你来查！”

宋楚国点头道："没错，志强平时防我比防贼还严，我根本没法对他介入调查。倒是向阳，你可以就着目前的线索顺藤摸瓜，帮我把事情搞清楚。"

"条件呢？我能得到什么？"

"董事长助理，月薪两万！"宋楚国当即说。

"您的助理给张志强下达命令好使吗？"我继续问。

"基本代表我个人，就是二股东胡刚也得给三分薄面。"

"成交！"说完，我起身跟宋楚国握了手。没想到老天有眼，这么快就给我创造了机会。

下午回到信息部，姜雪还是老样子，她似乎很想把我们的关系恢复到从前，一个劲儿笑眯眯地看着我，有一搭没一搭地说话。

但我始终冷着脸，因为我们不是一路人，根本没什么好谈的。

临下班的时候，姜雪装不下去了，我的冷漠无视让她悲愤交加："向阳！你以为你是谁？你凭什么瞧不起我？看看这个世界，当你功成名就时，又有谁会在意你的过去？我怎么了？那是我自己的事，与你何干？难道就因为我找了对象，咱们就连朋友都做不成了吗？"

"你敢说张志强把你当成女朋友？一个不自爱甚至毫无尊严的女人，根本就不配提'朋友'两个字，而且将来你也绝不会交到真正的朋友！"

我咬牙扔下一句话："姜雪，你已经把从前的自己给弄丢了……"

第二十九章

姜雪的哭声在我身后蔓延，可我的心已经麻木了。

我可以理解，毕竟她未嫁，张志强未娶。

可万一那串病毒是她种下的，她早早地就跟张志强搅和在了一起，那可就是犯罪了！而且栽赃的对象还是我和林佳，这是我不能容忍的。

晚上回家吃过饭，我斜躺在沙发上愁容满面。林佳光着脚踢我，满脸幸灾乐祸道："怎么？表白失败，被拒绝了？我早说过你俩根本不合适。"

"林佳，帮我入侵姜雪的电脑吧。"坐直身子，我咬牙做了决定。

"你……你来真的啊？为了追一个姑娘，你竟然都无所不用其极了啊！"听我这么说，林佳惊呆了。

"姜雪用过你的U盘，就是带病毒的那个。帮我进去查查，她电脑里究竟有什么见不得人的事！"我冷冷地说。

"怎么？被对方拒绝就心生恨意？想抓住人家的小把柄来威胁？傻大个，你不是挺善良的吗？怎么今天竟然这么下三烂了？脑子被打击坏了吧？"林佳似乎不太愿意帮忙。

我深吸了口气说："那串代码，我怀疑是姜雪种下的！既然对方想陷咱们于不义，那我也用不着客气了！还有，你说得不错，当初是我看走了眼。"

"你……你确定？"

"百分之八十吧，应该就是她。"

林佳赶紧回屋，把电脑抱了出来，反复查验了半天，姜雪的电脑里却很干净，唯一值得注意的就是有几张"宏远机械加工厂"的资料，还附带着一张厂长的身份证,此人正是我去姜雪家见过的精瘦男人。

姜雪为什么会有“宏远机械加工厂”的资料?她留这个叫“张宏远”的身份证又是什么意思?

林佳说:“一看就是没删干净的文件,估计重要的资料早就被姜雪给删掉了!”

深吸一口气,我继续说:“帮我查查这个宏远机械加工厂又是什么来头?林佳,我预感这里面一定有事儿!”

之所以这么肯定,是因为那天,我听见了姜雪与张宏远的争吵!

张宏远当时威胁她,说什么“吃不了兜着走”,如果张宏远是她舅舅,又怎么会说这种话呢?难道不去相亲,就要吃不了兜着走?事后想想这些,其实很多地方都有漏洞。

林佳在电脑上一顿查找,结果却没找到任何关于“宏远机械加工厂”的信息。即便有两家重名公司,那也与许城相隔十万八千里,而且厂长和法人都不是张宏远这个人。

“难道这家公司注销了?”林佳皱眉道。

“不可能,我头两天还见了张宏远,他工作服上的油污明显是刚染上去的,说明这家厂子应该还在运转。”说完,我沉思片刻,又让林佳调出了宏远机械的资料,那上面有地址,就在东郊张家庄,离我们这儿不远。

起身拿着手机,我披上外套说:“十点钟我要是不给你打电话,你就赶紧报警!让警察去张家庄寻人。”

听到这话,林佳吓得赶紧站起来问:“向阳,你……你干吗啊?”

“不入虎穴,焉得虎子!既然所有的事情都指向了宏远机械,那我就必须弄清楚!”一边往外走,我一边说。

“不……不会有危险吧?就不能大白天去吗?”林佳的脸上明显多了份担忧。

“这厂子若真有问题,白天人家会让我进吗?不用担心,应该出不了大事。我真要不回电话,你报警就成了。”说完,我直接开门而去。

记得那天见面,姜雪急切地想把张宏远从我面前赶走,而且很不愿意在我面前跟张宏远谈话。如果这是她舅舅，她还住着人家的房子，正常情况下，张宏远肯定会第一时间将我赶出去！

可对方却毫无表示，甚至有些害怕逗留，这明显是在掩饰什么。如果我再把植入病毒，以及张志强“副业”的事情联系起来，真相似乎就在眼前了……

出租车停到张家庄村口，不远处我就看到了一座厂子，夜幕笼罩下，那厂子不大，满共也就三间厂房，我问司机师傅：“那是什么厂啊？”

司机一边找钱一边说：“叫什么‘宏远加工’吧，这厂子停了快一个月了。”

“谢谢！”接过司机找的零钱，我猫腰就窜进了黑夜里。

乡间的夜路伴着蛐蛐的叫声，一轮弯月挂在天边，甚是寂寥，沿着一条不算宽的水泥道，我走到了宏远机械的门口。

借着月色，我打量了一下周围，这里甚至都不能算是正规工厂，好像是以前村里的面粉厂改建的，完全不符合机械厂房建设标准。

抬手去推大铁门，可不远处竟然亮起了四只蓝色的眼睛，紧跟着就是两只大狼狗，汪汪地朝我叫了起来，偏房的门随即打开，两个男人拿着手电筒冲了出来。

我当时吓得一激灵，拔脚就朝工厂后面跑，最后躲在了一堆破木头后面。两处电光扫过，对方没发现什么。

待一切平息后，我踩着眼前的破木堆，沿窗户直接跳进了厂房内部，确定周围没有一丝动静后，我才敢打开手机上的光亮。

可这一照不要紧，眼前的景象直接把我给惊呆了！

好多的机器零件、车床，不都是我们集团生产的吗？尤其在我侧面，还有一款我们公司最新研发的机器，在这里竟然生产到一多半了。

我们海兰达的确是大公司，也有外包生产的业务，但我身处信息部，知道公司所有的合作商，可以肯定的是，绝没有宏远机械这一家，集团更不会找这种乡野小厂合作！

一条完整的脉络缓缓在我脑海里成型：姜雪在信息部，负责窃取资料，然后转交给张宏远带到这里生产。张志强作为市场部总监、公司副总裁，则借着公司的名义，将这些机器与公司的机器一起打包销售，进而为自己赚取巨额利润！

如果我的猜测没错，那一切就都能说得通了！

张宏远为什么着急？甚至不惜上门去质问姜雪？原因只有一点，现在的信息部是董事长暂管，我来掌权，而非马光明那个糊涂蛋！所以姜雪这阵子无法再窃取资料，因此眼前的机器也只完成了一半。

我甚至可以猜测，马光明和苏梅都知道姜雪这么干，但他们各忙各的，相互都不拆穿，甚至是包庇。

轻手轻脚地前行，我沿着厂房转了一圈，又拍了一些照片留作证据，但有一点我不得不说，宏远机械的造假能力，真的太厉害了！那做工、切割、焊缝，甚至比我们集团旗下那些代工厂做得都要好！

这么好的手艺，这么牛的技术，干吗非要搞这种违法勾当呢？眼前的机器不仅仅是以假乱真，简直就跟真的一样，甚至比真品还要精密！

正当我无限感慨的时候，院子里突然传来了声音："远哥，要不喝点儿再走吧，反正这两天也没什么事。"

下一刻，外面竟然传来了张宏远的声音："不喝了，你俩也少喝，停工不代表倒闭，厂里还有那么多机器呢！晚上留点儿神，厂房要多巡逻两遍，千万不能出了岔子。"

"远哥，你就放一万个心吧。你走了我就去检查，保证连一只老鼠都进不来。"

一听对方要巡逻，我吓得赶紧猫腰，踮着脚尖跑到厂房后的窗户前，扒着窗沿儿就蹿了上去。

我刚贴着墙根站好，张宏远出来了。

我知道，光有手机上的资料，我还弄不垮张志强；万一张宏远咬死了不承认，反倒会打草惊蛇。所以我决定赌一把，跟张宏远见面，从他嘴里把张志强的事诈出来！

沿着村里的小路连拐了两个弯，张宏远推门走进家里，我随后就跟了上去。

很普通的一间瓦房，院子里还种了棵大榕树，堂屋的灯亮着，张宏远的声音不一会儿就传来:“妈,今天怎么没吃药?我不都给您放好了吗?”

这时一个老太太的声音传来:“妈没事儿,这两天感觉好多了,药那么贵,能省点儿是点儿。”

“妈,这可不能省!您万一再躺进医院,花的可就不是药钱了!来,我给您倒水,赶紧把药吃了。”

话说到这里的时候,我就已经进了堂屋。张宏远斜眼抬头,猛地吓了一跳,碗里的水都洒了出来。

老太太忙抓着他胳膊问:“阿远,你怎么了?”我定睛一瞧,原来他母亲是个盲人。

张宏远哆嗦着脸上的肌肉,就连他额前的两撮黄毛都跟着战栗了起来,一双浑浊而血红的眼睛死死盯着我道:“妈,没事儿,我一个朋友来了,生意上的。”

听到这话,他母亲赶忙就说:“哟,是大老板来了啊?快请坐,家里不宽裕,您千万别见笑。”

我抿嘴笑着,上前拉住老太太的手道:“阿婆,您千万别客气,我跟阿远是老朋友了,从来都不见外!”

老太太激动地捏着手里的药片,又从张宏远手里接过碗里的水,仰头把药吃了以后才动了动嗓子说:“真是要感谢你呀,给我们阿远的厂子介绍了那么多活儿,要不然我这把老骨头,早就埋进黄土里了。”

看来没错了,张志强肯定是利用公司的资源和市场,帮宏远机械卖机器。

“妈,我跟朋友聊点事,要不您先休息吧,我这就扶您回东屋。”见老太太越说越多,张宏远明显慌了神。

“好,你们聊,我老婆子不掺和。”她被张宏远扶着,一边往外走,还一边高声道:“我们阿远可懂事了,又老实,又孝顺,您往后可要好好照顾他生意,阿远靠得住。”

他老实?老实人能干非法勾当?老实人能窃取别人的技术成果,窃取公司的市场资源,为自己牟取暴利?当着老人的面,我只是不想揭穿他而已。

拉着木凳坐下来,不大一会儿的工夫,张宏远就背着手,眼神阴毒地进来了。

我故作镇定地看着他,淡淡一笑道:“吓唬谁呢? 你确定能打得过我? 你能保证不惊动隔壁的阿婆?”

“她看不见!”张宏远瞪着满是血丝的眼睛。

“她眼睛是看不见,但不代表她心也看不见! 你可是个老实、善良的孩子啊,你妈不喜欢你这样。”

“你到底是谁? 想干什么?”张宏远没有冒进,刻意压着声音,生怕惊动了旁人。

我说:“你记性这么差吗? 前些日子,我才见过你,就在姜雪家里!”

听到“姜雪”这个名字,对方身体猛地一颤,硬咬着牙问我:“你来我家干什么? 我不认识你,赶紧走!”

我岿然不动地伸出手,朝他竖起大拇指道:“张宏远,好手艺啊! 我这么说吧,就你那套制造工艺,连我们海兰达的顶尖技师都不一定能做到!”顿了一下,我把大拇指缓缓朝下,又说:“可惜干的是非法勾当,无耻至极!”

“你到底知道什么? 我告诉你,不该知道的,你可千万别乱说,否则,我让你今晚出不了村!”他明显是被我点了死穴,话都说不顺了。

“再有五分钟,我不给室友回电话,他就会立刻报警来这里! 是你的腿快还是警车的轮子快?”

见我如此镇定,他咬牙问我:“你到底是什么来头? 为什么出现在我家?”

第三十章

明知故问的事情，我也懒得回答，开门见山道："说说吧，你和姜雪、张志强，分别在这条黑色产业链里扮演着什么角色，又是怎么分赃的?"

他猛地站起来。

"阿远，怎么还吵起来了？人家是客人，有什么话慢慢说。"不远处，阿婆的声音传了过来。

张宏远硬是把那股杀伐气压回去说："妈，没事！对方催货太急，我一时赶不出来。"

阿婆又道："那也不能吵架啊？好好跟老板商量，有难处你就讲，人家一定能体谅的。"

张宏远抿着嘴唇，眼里的泪却缓缓落了下来："知道了妈，您赶紧睡吧，别为我操心，生意上的事您也不懂。"

阿婆一声短叹，就不再言语了。

这时候我看向他道："我今天能找到这里，就足以证明我手里拿到了足够的证据！张宏远，你是自己交代，还是我替你说出来？这样吧，我先问你，知道姜雪这个月为什么不再给你提供技术资料了吗?"

张宏远皱着眉道："公司出了点事，她暂时不方便。"

"你承认了就好!"我点点头，总算是把这家伙的嘴撬开了。于是我解释道："董事长暂管信息部，姜雪要是敢在这时候动手脚，无异于在刀尖上走!"

对方眉毛一跳，显然是感觉到了我的话并非在诈他，而且我知道的东西也远比他想象的要多。

我继续说："你这么凶神恶煞，一点也不像解决问题的样子。"

我冷冷地看着他道："公司已经建立了网络资料库，核心机密文件只掌控在董事长一人手里！从此以后，任谁提取资料都得经过董事长授权！"

可他却笑了，我也跟着笑了，说："姜雪种的那个病毒，已经被技术团队扫清了！变色龙是吧？你瞅瞅，是不是长这样？"一边说，我把手机照片调了出来。

我静静地盯着他又说："姜雪负责盗窃机密技术，你负责生产，张志强则负责销售，是这个产业链吧？我看你厂房里的机器还贴着我们公司的牌子，这你们赖不掉吧？"

听到我的话，张宏远的眼睛因为吃惊而放大了一圈，紧跟着身体晃了两下，"扑通"一声跪在了地上！

"兄弟，你到底是谁？来这儿找我，是想分赃，还是想举报，你给句明话行吗？"

"这些都是后话，我现在只想从你口中，听听你们是怎么运作的。"看着他，我不容置疑道。

张宏远长舒了口气，接着用力点头，惨笑说："姜雪以前复制了一把马光明的钥匙，保险柜的密码她也知道，所以公司机密技术由她来给我提供。而我这边就负责生产。平心而论，我们厂虽然破，但手艺绝不比你们公司差，这点我可以保证！"

他这话在理，机器我也看了，句句属实。我问："那张志强呢？他是怎么给你们推销的？公司跟客户之间可是要走企业账户，你们是怎么避开审查的？"

张宏远说："客户如果买四台机器，张志强只卖给他们两台，走你们公司的账，至于剩下两台则是卖我这边产的，不仅质量好，而且价格七折，但必须走张志强的私账。那些客户，一台机器能省十几万，高兴还来不及呢！"

原来是这样，一台省十几万，十台就省上百万。

"没有我们公司的账单，那售后维修怎么办？"我继续又问。

"机器我都能造出来，维修那还不是小菜一碟？张志强会通过姜雪联系我们，而且客户对我们的维修也相当满意！更重要的，收费还便宜。”

瞅他那样，我当即怒斥道：“你还有理了？知道我们集团每年要花多少钱投入研发吗？知道开辟市场要耗费多少人力物力吗？就拿去年来说，为了争夺江北市场，光跟辉越集团价格战，我们就耗费了一个多亿！你们倒好，拣现成的，张口就吃啊！”

他被我骂得脸色一僵，有些乞求地望着我问：“这么说来，你不是要分赃，而是来帮我们的？”

“我只是不明白，你明明有那么好的技术，为什么不去我们公司效力呢？凭你的手艺，月薪三万不成问题吧？”看着他，我真特别惜才！

“三万？三万啊！”他转身走到桌前，抓起一瓶药笑说：“知道这是什么药吗？治疗白血病的，一瓶就十几万，能吃一个月！十几万啊，就维持一个月！我要是去打工，我妈早死了！”

“你……”我艰难地看着他，再望望他家里落魄的模样，看来他真的事出有因，并非拿钱享受去了。

深吸一口气，我继续问：“你们是怎么分账的？”

张宏远放下手里的药，竟然露出了惨笑的模样：“张志强拿五成，姜雪拿一成，我这边拿四成。可你要知道，我这四成里可是包含材料以及工人工资的！”

顿了一下，他又说：“你以为我愿意干吗？你知道张志强的吃相到底有多难看吗？他就知道剥削，我每月分到的钱刚刚够给我妈续命的！那个独狼，他多一分也不给我！”

事情到了这里，已经彻底明朗了。我只是没有想到，张宏远干违法的勾当竟是迫不得已，是为了救他母亲的命。从人情的角度来说，他是个孝子。

“兄弟，放我一条生路行吗？没了张志强和姜雪这条线，我妈就只能等死。你知道白血病人有多痛苦吗？犯了病，几乎生不如死！她瞎着眼，含辛茹苦把我养大，一辈子都没享过福。我不想在她晚年时，看着她引以为傲的儿子入狱，让她瘫在家里，被病魔折磨至死！”

“我不去举报你，你母亲就能活吗？我已经说过了，姜雪从今往后再也窃取不到核心机密了，张志强的这条线已经断了！”

话到此处，我有些愧疚，但转念一想，我们公司就活该吗？每年投入那么多研发资金，市场竞争又那么残酷，全公司上下，谁不指着公司的盈利养家糊口？他们就活该被占便宜吗？“道义”这个词，又该站在谁的角度来评判？

张宏远已经懵了，或许是绝望了吧。

“你和姜雪还有张志强之间的交易，应该都有材料证据吧？拿给我，然后你去自首，我会让集团公司对你网开一面。”盯着他，我纠结地说。

“你做梦！我张宏远虽算不上好人，但也绝不做卖友求荣的事！”他当即拒绝了我。

我猛地朝他低吼道：“狐朋狗友也算朋友？这是卖友求荣吗？你这是非法包庇！你母亲眼中的儿子是包庇罪犯的人吗？你对得起她这些年的养育之恩吗？张宏远，不管你有什么理由，就是说破大天，这也是在犯罪，在窃取我们公司资源！”

顿了一下，我又说：“我们也要活，公司若真被你们搞废了，几千人都得失业，你想过这背后的几千个家庭吗？他们招谁惹谁了？”

“我……”张宏远被我吼愣了，或许他从一开始，就只想着救他母亲，而没有考虑别人吧。至少从他的眼睛里，我看不出他是个坏人。

“如果你去自首，我会试着去跟董事长求情，你若坐了牢，你母亲由我们公司养着。”顿了一下，我又道：“把你电话号码给我。”

“你……你们董事长，真能帮着照顾我母亲？还有，你要我电话干吗？”

我咬牙说：“你说我要电话干吗？你在，还有人照顾她；你要是被强制抓走，那她还能依靠谁？你没有别的选择，听我的至少还有希望！至少还能给你母亲带来一线生机，不是吗？”

他长舒一口气，用力抹了把眼泪，然后返身进里屋，拎出来一个蓝色帆布包，说：“这是姜雪曾经给我的，你们公司所有资料的底档，还有我们之间签订的合同以及分账的记录。”

我上前一步，赶紧拉开背包，那些图纸的logo，全是我们海兰达的，合同是姜雪跟他签的，上面有签字和指印，还有一沓账目表，都是姜雪每季度的分账。

拉上背包拉链，我起身又问：“张志强的犯罪记录呢？”

张宏远摇头说：“张志强只是在最初合作的时候，跟我见过几面，后来他基本没露过面，都是姜雪作为中间人跟我联系，所以张志强的把柄不在我这里。但姜雪手里有，她那里有个账本，还有机器销往各地的账单，账单上的签字都是张志强亲笔填的。”

这个我相信，事情到了现在，他也没必要再瞒我什么。抓起地上的帆布包，我望了他一眼说：“好好陪陪你母亲，回头我去公司帮你说情。如果说通，我会联系你去自首。”

彼此留下电话后，我抓起背包就走，张宏远突然又叫了我一声：“兄弟，你叫什么名字？”

“向阳！不要记恨这个名字，我也有自己要维护的道义。”

“兄弟，你很像样！不管我母亲的事成不成，我都谢谢你！”

“走了！”摆摆手，出门的时候刚好十点钟，我赶紧给林佳打电话，让他不要报警，我已经安全脱身了。

深秋已经来了，夜晚的田间小路上，风吹着我单薄的外套，竟有那么几丝寒意，浩瀚的星空璀璨夺目，却驱不散我心头的忧愁。

张志强的把柄我还没拿到，我选择了暂时隐忍。我要先撬开姜雪的嘴，待到证据确凿以后，再做行动。

网络资料库的搭建很顺利，一连三天时间，我都游走在唐部长和林佳之间，传达彼此的讯息。

只是姜雪变了，可能我那天的话彻底伤透了她，以至于这几天上班，她总是沉默寡言，零食不吃了，手机不玩儿了，宛如行尸走肉。

周四傍晚下班，她机械性地拎包就走，我赶紧抓起自己的包，深吸了两口气，从后面追上她说：“有时间吗？我想和你单独聊聊。”

第三十一章

接到我突然发出的邀请，姜雪愣住了！或许在她心里还一直把我当成朋友吧，点点头，她同意了。

公交车上，我们谁也没开口说话，她只是戴着耳机，眼神茫然地望着窗外。

下车后，她带我去了双门桥河边的一个沿河花园里。夕阳的余晖下，花园景色秀丽，河对面就是市中心，楼宇鳞次栉比，十分壮观。

我们在河边的长椅上坐下，我说：“姜雪，生活很痛苦吧？”

“为什么这么说？”她毫无感情地反问我。

“因为你的痛苦都写在了脸上。因为你正做着自己不愿做的事情。很多时候一步错，步步错，再想回头却发现早已没了机会。”

她猛地转过头，眼神划过一丝惊慌，却强装着冷漠道：“你说什么，我完全听不明白。”

我深深吸了口气，道：“谢谢你啊，谢谢你曾经为我挨打。”

听到这话，她就连身子都跟着哆嗦了起来，但依旧嘴硬道：“你到底什么意思？”

我说：“你早就把我当成了朋友，所以你不愿意陷害我！以至于张志强逼你往我硬盘植入病毒的时候，你是不情愿的，甚至还挨了打！但又因为你们是一条绳上的蚂蚱，你不得不那么做。”

“你……你到底想说什么？向阳，我不想听你胡言乱语，今天你这是发什么疯？”她还在狡辩，当然，事关命运的大事，她也确实不能承认。

“宏远机械造的机器很好，这两年一直没暴露，估计也是质量过硬，多亏了张宏远的手艺好。可张志强的吃相也未免太难看了吧？他只是利用一下公司资源，就要独占五成，而张宏远不仅要负担成本和工资，他家里还有个病重的老母亲啊！你们真的很不地道！”

听完我的话，姜雪都傻了！如此爆炸性的信息，又岂是她一个小姑娘能扛住的？

我继续道：“先说说你吧。年纪轻轻的乡下姑娘，来许城两年就住上百万的楼房，买三万多的沙发，而且眼睛都不眨一下。谎言终究是谎言，它总有漏洞。”

“那是我舅舅的房子！”她还在狡辩，只是表情却变了，变得异常狰狞而恐惧，完全不像曾经的乖乖女。

“张宏远是你舅舅吗？你还要骗我到什么时候？”我咬牙皱起眉，冷冷地盯着她说，“张志强打完你又哄你，给你买名贵手机、高档香水，迫于共同的利益，你就抛弃了咱们的友情，往我硬盘里植入了病毒，应该是这样吧？”

“你……你！”她的脸色瞬间惨白，这就证明我所推理的一切都是正确的，“向阳，你真的太可怕了，你怎么能这么诬陷我？什么病毒？我完全不知情！”

都到现在了，她竟然还矢口否认，我当即拿出手机，点开里面的照片说：“你和张宏远的账本、合同、资料，以及宏远机械生产的半成品机器，自己看吧！张宏远把所有事都交代了，我今天来见你，就是不想把事情闹大。如果你抵死不认，那我就去找董事长！”

听到这话，姜雪都没敢看我手机，身子猛地就从长椅上滑落，瘫坐在了地上。

“为什么要这么做？钱对你来说就那么重要吗？不挣这份黑钱，你是能饿死，还是能穷死？”我真的恨铁不成钢，一个如此漂亮清纯的女孩，怎么就利欲熏心了呢？

姜雪沉默了，可脸上的泪却宛如小溪般缓缓流下：“向阳，你知道我有多羡慕你吗？那年来许城，我也和你一样，勤劳、积极、阳光，我也想通过自己的双手一点点打拼，哪怕苦点儿、累点儿，我也知足！”

我当即冷哼了一声说："你不要告诉我，你的母亲也有白血病，你也有迫不得已的理由！"

她用力摇着头，任由眼泪蜿蜒而下说："那次公司年会上，我遇到了张志强，他帅气多金，年纪轻轻就成了公司高层领导，再加上他的花言巧语，我沦陷了！你知道我一个乡下姑娘，没什么见识，我根本就扛不住他的追求，仅仅几天，我就爱上了他。"

"所以呢？被爱情冲昏头脑就去犯法？"我冷笑，她的这种理由根本不值得同情。

"我怎么可能犯法？是张志强骗了我，有次他让我办事，就是去给张宏远分账！开始我并不知道是怎么回事，就只是简单核对了账目，又把账本交给了张志强。"

说到这里，姜雪的拳头不自觉地握紧道："可他回头就把犯罪的事告诉了我！你相信吗？我当时第一件事就是要报警，可张志强却威胁我。"

我脸色沉凝地盯着她，继续问道："怎么威胁的？"

"他说我已经掺和进来了！而且那会儿，我们已经同居了，他拍了我不少照片，他说我要敢报警，他就把那些照片寄回我老家，给我父母看！"

这个张志强，还能无耻到什么地步？

"他答应我，只要我做中间人，他就每月给我分成，甚至还给我买了套大房子。"姜雪抹着眼泪，哽咽着说："你知道吗？由俭入奢易，由奢入俭难。当我躺在大房子里，听着家人对我的赞美时，我真的迷失了！"

多少人倾其一生，都在为房子所累，而她年纪轻轻就唾手可得。

姜雪抹着眼泪又说："你知道吗，是你来了公司后，一盆凉水浇醒了我！原来人只要有能力，就可以得到赏识，只要肯努力，就能得到自己想要的一些东西。"

顿了一下，她缓缓转头，泪眼蒙眬地看着我，又道："我是一步步看你成长起来的！短短两个月，你的努力、机智、隐忍，你竟然干掉了马光明，为公司立下大功，同时又发起网络资料库建设，让所有人都刮目相看。"

她用力咬着嘴唇，满脸悔恨道："我多么想成为你的战友啊，清清白白的战友，跟你并肩打拼，创造出一份事业，让所有人都刮目相看！可我知道，我无论再怎么努力，都洗不白了！”

看着姜雪痛苦的样子，我真的有些于心不忍！

她不停地哆嗦着哭道：“我该怎么办？向阳，我现在好害怕啊！”

我从包里掏出纸巾，给她递了一片说：“老实告诉我，你还喜欢张志强吗？”

“我怎么可能还喜欢那个恶魔？你知道吗？他比恶魔还可怕，要不是他，我也不会沦落到这个地步，我真的好后悔！”

“那就去自首吧。还有，把张志强分赃的账本交给我，这事儿需要董事长来操办！”我尽量冷静道。

可姜雪却没命地摇着头，哭得稀里哗啦道：“我不要！我不想坐牢，更不想失去现在的一切。向阳，别举报好吗？你提条件，我什么都答应你。”

听到这话，我直接抬手，狠狠地抽了她一嘴巴子：“你把我当什么人了？姜雪，你没有任何退路了，但是你还有减轻罪责的机会。”

她抬着哭红的双眼，久久不说话。

我继续道：“首先，在这条黑色产业链里，你分的钱最少，所以量刑会最轻；第二，当初你第一次交易时并不知情，这点张宏远可以作证；第三，你主动自首，并承认是张志强胁迫你，再全力配合警察办案的话，我觉得不出一年，你就能被放出来！当然，你得先把公司的部分损失给补上！”

她用力咬着嘴唇，明显地，她依旧害怕坐牢，更不愿去自首。

“如果你不去自首，如果你包庇张志强，那后果可就两样了。钱是你分的，你只给了张宏远四成，那这也就意味着，你分了六成！而且张宏远只负责生产，其余都跟他没关系，那么你就成了盗窃机密、利用公司资源牟取暴利的主谋！”

顿了一下，我又道：“主谋啊！十年够不够？况且你哪儿有那么多钱去填补公司的损失？最后得逞的也只能是张志强！他拿着赃款继续花天酒地，而你却要承受望不到头的牢狱之灾，这是你想要的吗？”

姜雪很聪明，道理都讲明白了，她知道该怎么选。

从椅子上站起来，她虚弱地晃着身子说：“给我点时间吧，明晚下班来这儿,我把所有东西都交给你。”

我也站起来,用力拍着她的肩膀说:“姜雪,挺住了！如果不经历一次痛苦的教训,你永远都洗不掉身上的肮脏！所以这并不是坏事,凤凰只有涅槃才能重获新生。”

那天分别后,我的心情反倒爽朗了许多！因为这起事件最大的主谋就是张志强,我说过两年内干倒他,却不曾想,仅用了一个月。

那晚回去,林佳忙得连饭都顾不上吃,因为我们的网络资料库已经到了最后的安全测试阶段,哪怕坐在餐桌前,他眼睛也不离电脑屏幕。

第二天上班,公司格外忙碌,因为在唐部长的主持下,网络资料库已经在公司内网开始进行安装了!

信息部也没闲着,我把所有整理好的资料都带到了网络部那边,开始配合唐部长一起完成上传工作。

今天姜雪没来上班,我估计她也没心情来了。忙忙叨叨一上午,好歹算搞完了,下午唐部长又拉着我,进行了全方位测试,确认没有问题后,整个网络部立刻传来沸腾的高呼。

“哟,看来是初战告捷、大获全胜啊!”不知何时,董事长已经来了这里,他站在不远处,朝我们热情笑道。

“董事长啊,这六十万花得真不冤！我没想到向阳这边,又继续给系统做了优化,现在使用起来极其方便！而且安全性能也反复测试了,不会出现任何问题!”唐部长赶紧汇报道。

“好,好啊,都有功,而且是大功!”董事长赞赏地拍着我的肩膀,又转向老唐说:“走吧,你俩跟我去办公室,做个详细汇报,回头咱也好跟董事会交差!”

正好,趁着这个机会,我也该将张志强的事跟董事长交代清楚了。

第三十二章

来到董事长办公室,王秘书忙着给我们泡茶,宋楚国则笑着接待我们。毕竟整个公司的一块心病解决了,大家没有理由不高兴。

“小王,把之前客户给的那箱红酒拿出来,给唐部长和向阳,一人装两瓶。”宋楚国很会办事,那红酒看起来就不便宜。

唐部长乐得不成样子,忙说是沾了我的光,要不是我发起资料库的建设,他这辈子都蹭不到董事长的红酒。

分完酒后,王秘书拿着小本儿记录,唐部长就开始汇报工作,我倒是落了个清闲,毕竟关于软件的事,我懂得也不多,只是随声附和几句。

唐部长口才不错,说话也很有逻辑,尽量用一些听得懂的语言,洋洋洒洒报告了半个钟头。其实总结起来就一句话:有了这个资料库,不仅能够解决资料安全问题,防止别人滥用盗用,同时还能提升工作效率,增加资料提取的快捷性、方便性。

“好啊,自古英雄出少年,没想到我这个小老乡竟然是块宝贝！老唐啊,公司的嫩苗已经发芽了,咱们这帮老家伙,将来可要精心呵护。”

“那是自然,有了这个网络资料库,将来网络部和信息部也就不分家了。向阳这边,我肯定会照顾的。”唐部长其实很早就欣赏我,今天更是在董事长面前不吝溢美之词。

宋楚国满眼笑意地看着我,用力点了点头,又望向唐部长道:“老唐啊,你还得帮我个忙,明天董事会,你必须帮我打侧翼,把向阳提拔上去。”

听到这话,唐部长手里的茶杯一抖道:“您的意思是直接擢升他为‘信息部主任’？董事长，这太快了吧，向阳来公司还不满俩月。”

宋楚国眼里的笑容收敛，面色也缓缓沉寂了下来。他道：“等不了了，再不往上推，将来恐怕就没机会了。”

“您的意思是……”唐部长的脸色也难看了起来，他们的话语里似乎有我不知情的东西。“志强那边也问了？他怎么也得跟您站一队吧？”

“你觉得可能吗？他都巴不得我被车撞死，你认为他会跟我站一队？”宋楚国的脸色越来越阴沉，“所以不能再等了，趁着我还掌权，必须得先把向阳推上去。”

唐部长用力点了点头，道：“明白！我这就去跟其他几个老家伙，事先通通风。”说完，唐部长满脸凝重地离开了。

可我却一头雾水，刚才还那么高兴的氛围，怎么突然就紧张起来了呢？而且火药味十足，有种山雨欲来风满楼的危机感。

“董事长，这是怎么了？方便跟我说吗？”我赶紧问。

“再有两天就是董事会选举了，下一届，我能不能做董事长还是个未知数！”他往沙发上一靠，愁容满面道。

我立刻说：“公司是您一手创立的，而且您是大股东，没有理由不选您吧？”

可宋楚国却用力摆手，摇着头说：“苏小民没出事前，我的地位肯定岿然不动，他作为曾经的三股东，一直都是我的坚定拥护者。可现在不一样了，苏小民一出事，虽然我大义灭亲，亲手拿下了他，但也间接影响了我的个人声誉，更重要的……”

说到这里，宋楚国的嘴唇用力颤抖道：“苏小民的股权，我一分也没拿，所以这就导致了二股东胡刚和其他董事会成员股份大涨！绝对的权力已经出现分化了。”

我听明白了，苏小民是他的亲信，自家一派出了内奸，表面没人吱声，其实质还是董事长用人失职，再加上之前，他没将苏小民等人法办，背后定会有人心生不满。

因此，宋楚国为了稳定军心，挽回声誉，也只能壮士断腕，眼睁睁看着其他股东瓜分苏小民的股权。

“是张志强要上位吗?”我继续问。

“就他?他还没那本事,也不会有人选他。是老胡,他能力不差,而且极善收买人心,盯着我这位子早不是一天两天了。”宋楚国叹了口气,摇头干笑了一下说,“不提了,公司内部的斗争离你还太远,总之趁着我手里还有权,先把你推上去吧。”

我倒不是太在意这些,只是好奇地问:“除了您和胡总之外,董事会还有谁的权力能左右这次选举?”

宋楚国不屑一笑,却满眼失望道:“还能有谁?只有张志强!他恨我恨得牙痒痒,巴不得我早点死,所以这次选举,张志强一定会站老胡那边,我是一丝胜算也没有了!”

“那如果把张志强除掉,您有没有胜算?”我继续问。

“嗯?”宋楚国猛一睁眼,转头凝视着我问,“你什么意思?”

“您先回答我,如果张志强不再是股东,您有胜算吗?”我眯眼问。

“胜算也不大,老胡私底下结交了不少人,有的还结了亲家,就是把张志强踢掉,恐怕……”

真没想到,公司高层关系的复杂程度,远没有我想得那么简单,于是我深吸一口气道:“那咱们卸完磨再杀驴,这总可以吧?”

宋楚国一愣:“向阳,你到底想说什么?”

我掏出手机道:“上次的病毒事件,我已经查明原委了!窃取公司机密的人就是我们部门的姜雪,然后她把资料转送给一个叫宏远机械的小厂,贴牌高仿咱们的机器!最后,这些机器会通过张志强的手,卖到咱们打下的市场里,从中谋取暴利!”

“什么?真是反了天了!竟然还有这种事?是张志强干的?”宋楚国猛地站起身,直接抓起紫砂壶,狠狠摔在了地上。

“张志强是主谋,黑色产业链也是他牵头做的。在这中间,他分得赃款最多!”我如实回道。

“他这是要气死我,他真是作死啊!”

宋楚国的反应完全出乎了我的预料,之前我倒是听说,他和张志强是亲戚，可普通的亲戚关系还犯不上让他如此心痛吧！

“宋总，现在还不是生气的时候。您就给我一句话，如果张志强作为集团三股东，临时倒戈向您这边，那您胜选的机会有多大？”我无比冷静地看着他问。

宋楚国还没出声，旁边的王秘书就先开口说：“向阳，如果你真有能力让志强反水的话，下一任的董事长依旧会是宋总！”

这样就好办了，于是我站起身说：“宋总，我今天下午就能拿到张志强犯罪的证据！到时我会交给您，而您去要求张志强选您！等您彻底坐稳董事长的位子后，再将他法办！”

“向阳啊，你的优秀真的超出了我的认知！去办吧，我也得回家一趟，做做家里人的工作了。”说完，宋楚国就朝门外走去。

我一脸发蒙地看着他的背影，又转头看向王秘书道：“这张志强跟董事长到底什么关系？”

王秘书无奈地笑道：“董事长的家事，我可不敢多嘴。等回头，你还是亲自问他吧。倒是你小子，真是处处让人感到意外！把红酒拿着，向主任。”

要不就说秘书有眼色呢，我这“主任”还没开始提拔，人家就已经喊上了，拎起地上的红酒，我心里竟然还有点美滋滋的。

那天熬到下班，我又去了双门桥，姜雪还是挺有诚信的，远远地，我就在河边的长椅上看到了她。

姜雪朝我淡淡一笑，我也看着她，之前她一定哭过，到现在眼皮还肿着，但从她的表情判断，她似乎已经想明白了。

“手里拎的什么呀？”她笑盈盈地问我。

“哦，今天网络资料库已经成功运行了，这是董事长奖励的酒。”一边说，我从袋子里拿出一个木盒，“给你一瓶吧，反正我也不爱喝。”

姜雪倒不客气，她一把抓过去，打开盒子看了看说：“这酒三千多一瓶，你真舍得喝啊？”

我一愣：“真的假的？就这瓶水，三千多？”

“法国正宗的庄园干红，你还是收回去吧，回头拿到烟酒行，能换两千多块钱现金。”姜雪抿着红唇，很不好意思地又推给了我。

“送都送了，哪有收回来的道理？你就留着喝，反正也是白给的。”

“断头酒啊？那你应该再买只烧鸡，等我吃饱喝足了才能上路。”姜雪露着一排洁白的牙齿，声音清爽地跟我开着玩笑。看来她已经彻底想开了，这是好事儿。

我无语地看了她一眼，继续又道：“东西都带了吗？”

姜雪拍了拍旁边的书包：“能判张志强十几年！”

我点点头，想拉开拉链，将东西取出来，姜雪则摇头一笑说：“包送给你了，反正将来我也用不上了。这还是当年我来许城时用第一份工资买的。”

一边说，姜雪的眼里竟然涌出了泪，但那泪是开心的，带着某些回忆的，她继续说：“从来没背过这么贵的包，那个青涩的小姑娘穿着牛仔裤、白衬衫挤公交的时候，还故意挂在前面，生怕别人看不见，我有一个六百块的包似的。”

“向阳，它曾承载着我稚嫩的梦想，也曾给过我在城市里抬头挺胸的勇气！这两年下来，我一直没舍得用它，今天是第一次也是最后一次，因为我知道这里面装的是救赎，是那个想要回头的姑娘。”

她说得很平静，嘴角依旧带着笑，就仿似在说一件无关紧要的事情一样，可我不知道该怎么接话。

“陪我坐会儿吧，就这么静静地看一看江对岸的繁华，聆听这座城市的心跳。有些东西虽不属于我，但至少曾经，我对它充满希望过。”

不知过了多久，夜幕缓缓降临，姜雪猛地坐起来，无比兴奋地指着远处说：“向阳，市中心最先亮起的，肯定是那座江南大厦！”

她话刚说完，远处高耸的江南大厦周围就亮起了彩灯，璀璨夺目的LED上，滚动出了“中国梦”三个红色大字。

“姜雪，任何时候都不要丢弃梦想，丢弃最初的那个希望啊！我们还年轻，将来还有很远的路要走，只有靠梦想的指引，我们的人生才不会迷路。”

“是啊，当初我要是再坚定一点，再用力握紧自己的双手，一切都凭努力去获得，就绝不会被张志强拉下水。向阳，谢谢你，又让我找回了曾经的自己！”她仰起头，望着对面繁华璀璨的夜都，长长舒了口气道：“明天一早，我就去自首。”

我微微摇头，从长椅上站起来说：“再等等吧，好好放松几天，等需要自首的时候，我会给你打电话。”顿了一下，我又道：“也许……也许最后的结果也并非你想得那么坏！”

说完，我拿起背包就离开了。

踏上公交，我还没到三元屯，宋楚国的电话就打了过来。

“向阳，我来三元屯小吃街了，你在什么地方？”

“我还在路上，十分钟能到。”

“行，还是老地方见吧，我有事要跟你谈。”说完，他就把电话挂了。

片刻过后，我下了车，挤过喧嚣的小吃街，在那个露天广场上看到了宋楚国。

而这一次的谈话，竟然又刷新了我的三观……

第三十三章

宋楚国点了很多啤酒，见我过来，又吆喝着让服务员上菜。

我把姜雪的背包往桌上一放，看着眼前的酒说："宋总，您知道我不能喝。"

他笑着摆摆手，先给我递了支烟，又自己点上火说："东西呢？都拿到了吗？"

我拍拍桌上的包，然后拉开拉链，将里面的两个文件夹放到他面前说："您自己过目吧，里面的内容绝对能吓您一跳！"

宋楚国拉过文件夹，只是简单翻了两页，脸色就变了："张志强有恃无恐，竟然背着我干了这么多……"

"宋总，董事会选举过后，多久能除掉这个混蛋？我需要一个确切的时间，这点您必须要告诉我！"之所以这么问，是因为这还牵涉姜雪和张宏远提前自首的事情，我可不能马虎。

可宋楚国却将资料再次放进背包里，朝我长长舒了口气，转而笑道："向阳，咱们今天不谈公事，就是单纯地喝酒，你陪我喝两杯怎么样？"

一般老板说不谈公事，那肯定就是有事，而且还是大事，因为他们这些惜时如金的人物，是不可能平白无故找我的。

看着他举来的酒杯，我摇头冷静道："宋总，我不喝酒。"

"为什么？"他疑惑道。

"喝酒会让人丧失判断力！我不喜欢那种天旋地转的感觉，更不喜欢酒后做任何决定！"我态度坚决地看着他道。

"好小子啊，任何时候都保持冷静、原则分明，你要是我儿子啊，我真是做梦都能笑醒！"他哈哈一笑，自顾自地闷了一口道："阳阳，我送你套房子怎么样？湖景花园那种，景色特别秀丽，我有套一百八十多平方米的房子，价值二百多万！”

我眉头微微一皱，问：“原因呢？没有理由，这么贵重的东西，我哪儿敢要？”

宋楚国抬手指着我，很无奈地笑道：“你这小家伙，怎么就这么老成呢？是这样，你先是揪出苏小民一伙儿，又帮公司建立了资料库，现在又助我稳坐董事长的位置，这不是理所应当啊？”

我缓缓摇头道：“宋总，作为公司员工，这都是我应该做的。而且你帮我找人，我替你打工，咱们本就两不相欠。所以啊，您有事儿就直说，咱们是老乡，用不上绕弯子。”

被我一语拆穿，宋楚国脸上的笑容，瞬间就僵住了。生活的残酷早就教会了我，当别人突然对你好得过分时，这里面一定是藏着隐情的。

于是宋楚国放下手里的酒杯道：“向阳，张志强的事情就此打住吧，咱们谁也不要再提了！”

“为什么？”我当即警觉道。

“因为他是我小舅子，是我老婆的弟弟。”宋楚国微微低头说。

听到这个回答，我当时就无语了！他天天在公司喊口号，杜绝一切亲戚关系，绝不包庇任何亲属，可此刻，他竟然狠狠打了自己的脸！

“还有啊，志强说，要他跟我站一队也行，但前提就是把你踢出公司！”说到这里，宋楚国赶忙又道：“向阳，收下那套房子吧，算是我给你赔礼道歉了。”

“宋楚国！”那一刻，我真得压不住火了，咬着牙，我冷冷地盯着他道：“我帮你争取董事长的位子，而你竟然要开除我？我让你对张志强卸磨杀驴，合着你们一家人拿我当成了驴？”

“向阳，你别激动，听我把话说完行吗？”宋楚国被我骂得狗血淋头，却依旧觍着脸说：“我知道你委屈，但这都是暂时的。等我坐稳了董事长的位置，会再把你返聘回来，而且到时候，我直接提拔你当助理！”

我气得直接笑了，不停地摇头问：“那张志强呢？继续让他为非作歹？”

宋楚国再次闷了口酒，把酒杯一放说：“往后我会架空他，让他在公司失去权力。”

“完了？没有了？”我吃惊地看着他道：“张志强可是罪犯！你就这么轻描淡写地完了？我实话告诉你，我就要让他坐牢，让他遭报应！”

“你够了！”他猛地把酒杯一放。

“你才够了！”我咬牙怒吼，手猛地抓住背包道，“宋楚国，你以为我治不了你吗？明天我把这背包往胡刚的办公桌上一拍，张志强就会立马完蛋，你董事长的美梦也不用做了！”

顿了一下，我道：“你能给的，我相信胡刚都能给，而且只多不少！”

宋楚国彻底蒙了。

“看来咱们是没必要谈下去了。”提起背包，我冷眼望着他道。

“你先坐下，再听我说几句行吗？”他语气软了半分。

“如果还是包庇张志强，我半句也不想听！”

他抓起啤酒，猛地干了一大杯，接着双目通红地把酒杯一拍说：“你们都要把我逼死吗？我的难又有谁能体会？向阳啊，如果你真这么干，失去董事长的位子是小，我极有可能会家破人亡的！”

“怎么？你不会告诉我，你老婆也参与了这件事吧？”听到他的话，我浑身的鸡皮疙瘩都起来了。

“没有，我老婆很善良，你就是拿刀架她脖子上，她也不会犯法。”宋楚国含着眼泪，看着我说：“这件事另有原因，如果你愿意听，我就给你好好讲讲。等你听完后，我绝不再阻拦你做任何决定！”

宋楚国的话一下子就把我勾住了。平心而论，他不是一个坏人，他和张志强是有本质区别的。

手里紧攥着姜雪的包，我满脸防备地看着他，又回到餐桌坐了下来道：“宋楚国，无论你今天说出什么花样，张志强我都必须除掉！”

见我坐下来，宋楚国忧郁的脸上，缓缓浮现出一丝惨笑，他把另一杯啤酒端起来，猛灌了一口说：“阳阳啊，我给你讲个关于我的故事吧。”

我瞥了他一眼，还是微微点了点头。

“三元屯啊，记得二十多年前还是农村。”他抬起手，指着不远处几座高耸的大商场说，“就是东边那里，我第一次来许城，就住在那里的民房，房租一个月五毛钱。”

二十多年前的物价，其实五毛钱也不算少，我记得很小的时候，家里还花一分钱的硬币。

宋楚国继续说：“那年我跟你一般大，虚岁二十三，所以看到现在的你，就如看到当初的我一样，都是第一次来许城，都住在三元屯，这不得不说是一种缘分。”

我当即冷笑：“这种套近乎的话，没什么意义吧！”

他摆摆手：“不是套近乎，就是实话实说。我跟老婆结婚的时候，她们家是不同意的，理由也很简单，就是我太穷，连一辆自行车都买不起。可我老婆愿意，当时她硬是顶着家里的反对，跟我来了许城。”

“讲张志强的事，您扯这么远干什么？”我有点听不下去了。

“听我继续讲，耽误不了你几分钟。”他不紧不慢地继续说，“那个年代，外乡人进城，你想象不到有多难。没关系、没亲戚，别说找工作，我们就连吃饭都成问题。所以我的第一份工作是收破烂，没有三轮车，我扛着扁担走街串巷，凭着嗓子吆喝，一天下来，嗓子都冒火了还赚不到两毛钱，刚刚够吃喝的。”

我深深吸了口气道：“您就是想告诉我，您当初创业有多难，想让我心生同情，保住您董事长的职位？”

他摇头，也不解释，仍自顾自道：“那年我老婆怀孕了，可偏偏是冬天。你知道我们住的房子吗？茅草屋，屋顶上漏了个大洞，寒风呼呼地倒灌，我老婆挺着大肚子，冻得浑身哆嗦，可一张窄窄的棉被，我全给她裹上也不足以御寒。”

“每个夜晚，我麻木地躺在床上。雪花沿着屋顶的洞刮在我脸上，可心里却跟刀子刺一样，我是个男人啊！我竟然让怀孕的老婆跟我受这份罪，别说换个房子，我连个像样的棉被都买不起！”

“结果她落下了病根，孩子也流产了！当时她躺在医院无人照顾，我四处求爷爷告奶奶，却借不来一分钱。”说到这里，宋楚国泪流满面道，“向阳，我不是不想对她好，是我真的没有能力，那种力不从心的感觉让我曾一度想自杀！”

我的心也不是铁打的，听了宋楚国的遭遇，没法不产生一丝触动。抓起桌上的酒，我闷了一口问："后来呢？钱借到了吗？嫂子怎么样了？"

宋楚国用力抹了把脸上的泪，仰头深深吸着气说："没人借钱，我只得把你嫂子从医院再拉回来，一边工作，一边照顾。"说到这里，宋楚国几度哽咽："因为没有得到治疗，你嫂子再不能生了。"

因为震惊，我手里的酒都洒了出来，咬牙把酒杯放下，我茫然地看着他问："所以呢？因为愧疚，您要保护张志强，您老婆的弟弟？"

他摇摇头，抓起酒杯闷了一口，又说："好在八十年代赶上了创业潮，我也成了许城当时最早的一批掮客。从许城到东港，我硬是靠着自己的双腿、肩上的扁担，来回走好几天的路，把东港外贸的衣服挑到许城卖，然后再把许城的瓷器扛到东港卖给老外。"

说到这里，宋楚国含笑短叹说："靠着倒买倒卖和不怕苦的精神，我硬是翻了身，赚了人生的第一桶金！人的手里一旦有了资本，事业就会越来越顺，我开始买货车，大批量的做买卖，再后来办起了厂子，做双层保温杯！"

"九十年代，双层保温杯在国内还是稀罕物，凭这一项手艺，我就净赚了四百多万！那个年代做生意可比现在轻松多了。"宋楚国笑着说。

"宋楚国，你说这些，我确实打心底里佩服，您也确实是个很优秀的商人。可一码归一码，这并不能动摇我处理张志强的决心。他留着就是祸害！"

宋楚国微微点了点头，继续说："你嫂子不能生育，后来她就把所有希望都寄托在了志强这个唯一的弟弟身上。可凡事过犹不及，她太爱志强，反而毁了这孩子的前程！"

顿了一下，他深吸了口气说："志强八岁就跟着我们，在许城念书。你嫂子对他比亲儿子还疼，有时志强做得不对，我说两句她还跟我吵。你嫂子因为落下了病根，一到阴天下雨，浑身都疼，看着自己的姐姐受折磨，志强就把所有的罪过全都归在了我身上！所以他从小就恨我，觉得是我害了他姐，无论我对他有多好，他也不待见我！"

说到这里，宋楚国咬着牙，无比痛苦道："你以为我不想除掉他吗？再不给他教训，即便他现在不出事，将来也不会有好果子吃！可我若动了手，你嫂子不会允许我伤害志强，而我是真的亏欠她，这种愧疚下辈子都还不完！"

第三十四章

听完他的讲述，我也确实理解了对方的难。试想一个女人在风华正茂的年纪跟着一个穷小子，这得是多大的爱啊！将心比心，将来若是有这样一个女孩跟着我，我为她死都情愿！

“我去找胡刚，借他的手除掉张志强，这样嫂子总不能把账算到您身上了吧？”同情归同情，但张志强那样的人，我还是必须要除掉！

“向阳！我老婆已经知道这件事了，今后不管谁对付志强，她都会归罪在我头上！帮帮我，最后一次行吗？”宋楚国用力抓紧了我的胳膊。

“那你打算怎么处置他？”我继续问。

“坐稳董事长以后，我先架空他，然后再利用一些手段稀释掉他手里的股权。当然，这手段就在你的包里。”他看了看我怀里的包，又道，“只要有了这东西，我就捏住了志强的死穴，今后他也必须听我的，不然的话……”

听到这里，我顿时苦涩一笑道：“别人犯了法，动了公司的奶酪，您恨不得把对方枪毙，可张志强却依旧逍遥法外！我就想问问，若我也干了同样的事，您会怎么处理？”

宋楚国脸色一僵，我当即不屑道：“算了，我也不是您的小舅子，您也没必要包庇我，不是吗？”

顿了一下，我继续嘲讽道：“宋楚国啊，明天赶紧把公司那些‘遵纪、守法、公平、奉献’的标语拆了吧，看着让人恶心！”

“你骂吧，往痛快里骂！再难听的话，我也能咽下去，这件事是我对不起你！”宋楚国倒也敞亮，自始至终，他都没为自己辩解半句。

“张志强也是，他就那么恨我吗？非要将我开除？难道你把我搜集证据的事告诉他了？”我冷笑着问。

“没有，绝对没有！我只是在他面前说过，将来在咱们集团，我可能会重点培养你，甚至会把你作为接班人！志强听了这话受不了，估计是刺激到他了。”

这话我信，凭良心说，宋楚国对我一直很照顾，而且很欣赏：“要我走也可以，但您要答应我几件事，我才能把包里的东西给您。”

见我松口，宋楚国赶忙道：“你说！只要我能做到的，绝不会亏待你！”

我点点头，无比严肃地看着他：“第一，既然张志强不追究，那姜雪和张宏远都不能再追究！”

“没问题，我同意！”

“第二，张宏远的母亲有白血病，他之所以干这事也是迫不得已，所以我要让张志强把所得赃款全部交给张宏远，少一分都不行！”

“好，这点我保证做到！”宋楚国拍着胸保证。

“第三，继续帮我追查付婕的下落，一年之内，我要见到她人！”

宋楚国忙说：“这是应该的，我之前就已经答应过你了。除了这些还有别的吗？”

我摇头说：“暂时就这些吧，总之你安排好就行。”

宋楚国笑了，因为我跟他提的条件除了“寻人”之外，都不难做到。他举起酒杯跟我碰了一下问：“那你自己呢？向阳，这个时候，你无论提什么条件，我可都会答应。”

“捏着别人把柄敲竹杠，这种事我从来不干，即便干，那也是针对坏人，针对对手！宋总，咱们是对手吗？您是坏人吗？”我反问他。

“向阳，我就不明白了，你才二十二岁，怎么会有这么坚定的意志呢？要不是你长得年轻，真没人相信你还是个娃娃。”宋楚国皱眉叹道。

“什么事该做，什么事不该做，我有自己的原则和底线！”

宋楚国敬佩地点了点头，接着拉出自己的公文包，从里面拿出一张银行卡说：“既然房子你不要，那这些钱你收下吧，里面六十万是公司对你这两个月来表现极佳的奖励!”

我淡淡一笑:“怎么?临走了,还想让我念您个好?你们当老板的,是不是都这么会收买人心啊?这个月的工资不能少我一分钱,那才是我应得的。”

“不行,这钱你一定要拿着,就当是还我个心安好吗?还有啊,等我架空志强以后,我会给你打电话,再返聘你回公司,就凭你的可塑性,将来我完全可以把公司交给你!”

“得了吧!宋楚国,您的公司真的让我长见识了!”

抓起桌上的银行卡,我又把包里的资料掏出来,对他说:“那个资料库是我朋友看在我的面子上才要了六十万,换作别人,一百万都不止!所以这钱,你给的也不亏,我会帮你转交给他。”

收好银行卡,我拿着姜雪的包又说:“别忘了答应我的事,走了。”

沿着喧嚣的小吃街,我给林佳带了些饭,回去的路上,心里倒是畅快了不少。

如此一来的话,姜雪就不用去坐牢了,而张宏远那边也能继续照顾他母亲,虽然这不是最公正的结局,但至少还算不错。

只是可惜了张志强,我只要再狠那么一点点,就能弄得连他亲妈都不敢认!可人世间的事,往往就是差那么一点点。

回到家后,林佳还是老样子,抱着电脑靠在沙发上,资料库都已经完事儿了,也不知道他还忙什么。

“吃饭吧,待会儿给你个惊喜!”

“什么惊喜啊?少给我卖关子,赶紧拿出来!”

“把电脑放下,先吃饭!”我故作严肃道。

林佳朝我歪了歪鼻子,然后坐在桌前开吃。当时我想,等林佳拿了这笔钱以后,我就劝他先买套房子,现在楼价涨势迅猛,也算是一笔投资。

可还不等林佳吃完,他的电脑竟然响了起来,而且那声音极为刺耳,像是报警的声音!

林佳也愣住了,面色惨白,手里的筷子都掉了……

从林佳惶恐的表情来判断,我知道一定是出什么事了!

还不等我问，他就赶紧抱起电脑，噼里啪啦敲了几下，然后都没关机，就把笔记本后面的电池给抠了下来。

“林佳，你怎么了？”我满脸茫然地问。

可他压根儿就顾不上理我，直接夹着电脑跑回卧室，我听到了收拾东西的声音。

也就两分钟左右，林佳推着两个行李箱，忙不迭地朝门外走着说：“傻大个，我要走了！”

“我……”这怎么突然就要走？我真是被他惊出了一身冷汗，都不知道该说什么了。

他走到门口停下，突然又想到了什么，接着从包里翻出一个金色U盘说：“帮我拿着，回头我会再联系你的！”

接过U盘，我一把攥住了他的手：“为什么急着走？”

他一把甩开我说：“来不及解释了，总之我不是坏人！”

我也没说他是坏人啊？看他着急的模样，我立刻从兜里掏出银行卡：“这是网络资料库的尾款，密码六个0，你装好了！”

“哎呀，你拿着花吧，看你都穷成什么样了，就算是这段日子以来，你照顾我的报酬！”

说完他就要走，我的眼泪特别不争气地流了出来。初到许城，是他给了我家的感觉，让我不再感到孤独。

我硬将银行卡塞进他手里说：“我自己能挣，饿不死的！倒是你去了外面，少不了用钱的地方，我体会过没钱的难处，一定要照顾好自己！”

林佳看着我，手里紧紧捏着银行卡，泪水就如断了线的珠子般落下：“傻大个，你知道吗？你身上有种魅力，就是那种可以让别人心甘情愿为你付出的魅力！我爸爸说，像你这样的人，将来可以成大事！”

“行了，难得你夸我一句，还赶在这个时候！要真有急事，就赶紧走吧！”说完，我将U盘收起来，不由分说地夺过他手里的行李箱，飞快地下了楼。

在胡同的出口，那里已经停了辆银白色宝马，林佳敲了敲车窗，里面的人即刻跑下来，将林佳的箱子搬进了后备厢里。

上车后，林佳从车窗里探出头道：“没有我的日子，一定照顾好自己啊！”

“你可拉倒吧！咱俩谁照顾谁啊？没有你在，我会活得更轻松！”

林佳没再说话，只是朝我笑着，直到汽车消失在了路的尽头。

或许从很早，我就把他当成亲人，他突然这么一走，什么都没交代，也不说去哪儿，发生了什么事，担心之余，我感觉身体都被掏空了。

今天到底是个什么日子？我被公司踢了，林佳也离我而去。刚来许城时，我一无所有，混了俩月后，我依旧孑然一身。

回到空荡荡的家里，周围还满是林佳的痕迹，他没说还会再来，估计从此以后，他也不会再回来了。

麻木地收拾好桌子，简单打扫了一下卫生，我刚回屋躺下，窗外竟然响起了警笛的声音。

我的心里开始打鼓，这些警察难道是冲着林佳来的？不大一会儿的工夫，楼道里响起了脚步声，随后就有人敲门了。

我起身走到客厅，刚打开门，一帮警察就冲进来，直接把我摁住了！

“姓名！”

“向阳。”

“年龄！”

“二十二岁。”

这套我都轻车熟路了，不等警察继续问，我就掏出钱包说：“这是我身份证，烟海市涞县人，目前在许城打工，供职于海兰达集团信息部。”

领头的警察冷冷一笑：“你倒是轻车熟路，惯犯啊？”

我双手抱头，老老实实说：“电视剧里都是这么演的，倒是警察同志，你们这是干吗？我犯什么法了？”

“还犯什么法？你入侵别人网站后台，非法窃取机密信息，目前已经构成了犯罪！”警察毫不客气地朝我指认罪行。

这时候，另一个戴眼镜的年轻女人冷冷地盯着我道：“小子，你很厉害啊！为了对付你，我们公司请了十位业内专家，才反追踪到了你的信息。老实交代，你入侵我们网站到底想干什么？”

我赶紧解释说："警察同志，我除了会上上网，其余啥也不会啊！倒是之前，我这里有个合租的人，成天不出门，该不是他吧？"

听到这话，众人瞬间一愣："这里还住着其他人？"

"他刚跑！提着行李跑的，你们要是不信，现在就可以查！西面是我的屋，东面是他的屋，我可是良民！"

听我这么交代，几个警察立刻展开排查，队伍里似乎还有电脑高手，直接拿电脑接了我家的网线。

不大一会儿工夫，那个电脑专家走过来说："根据上网地址，确实是东屋的人，这小子没撒谎。"

这时候警察又朝我问："那他人呢？姓名、年龄、长相，你老实交代！"

我赶紧装傻道："是个男的，但整天不出门，我就上厕所的时候看到过他的背影，不是多胖，也没跟我说过话。"

"你们同在一起住，竟然没碰过面？"警察狐疑道。

"老天作证！其实我早就觉得他不太正常，可我们只是合租关系，并不方便打听人家，而且我平时工作忙，天天晚上加班，所以跟他基本上碰不到面，更不会有任何交流！"

"你来这儿多久了？"他继续问。

"满打满算也就俩月。那人比我先到的，具体住了多久，我也不清楚。"

见从我口中撬不出东西，警察当即摆手道："把房东电话给我！"

于是我赶紧给了他们电话，然后还指着对面的楼说："房东住前面2单元，101室。"

看我这么配合，他们也不好再难为我了，也没从林佳房间里搜到任何东西，便收队离开，找房东去了。

第三十五章

待周围彻底平静后，我才开始仔细检查家里。

我怕警察留下窃听器、针孔摄像头之类的东西，怕他们监视我跟林佳的联络。

反复转了几圈，包括林佳住的房间也翻了好几遍，确认警察没有监视后，我才稍稍松了口气。

接着又过了几个小时，等到凌晨两点多的时候，我才敢披着衣服，悄悄跑到楼下，给林佳拨电话。我必须要问清楚，他到底在干什么？是否有苦衷？

可电话打过去之后，对面却传来了无法接通的声音。林佳是个机灵鬼，既然已经预料到警察会找上门了，又怎会再让我联系到呢？

坐在楼下的花坛上，我感觉所有的一切都那么不真实！我来许城经营了两个月的生活突然间就成了泡影，仿佛什么都没了。

夜里回去，我呆呆地躺在床上，偶尔会踢两下墙，可隔壁却再也没有回应了，更不会再有人烦躁地吼我一句：“傻大个，怎么还不睡？”

我带着淡淡的笑，可窗外的月光却显得那么凄凉，我整个脑子都很游离，也不知道过了多久，才浑浑噩噩地睡去。

第二天迷迷糊糊起床，我习惯性地就去做早饭，只是当我把两份早餐放到桌上的时候，才恍然大悟，林佳已经不在了……

手机的闹铃响起，我条件反射般地去拿包，可刚刚起身，我又缓缓坐了下来，嘴角挽起一抹苦笑，我已经失业了，再也不用担心上班迟到了。

杯子里是林佳最喜欢喝的杧果汁，盘子里的煎蛋、馒头闻着很香，吃进嘴里却味同嚼蜡。

这种感觉还不同于父亲去世时那种绝望般的失落，那时我可以哭，可以喊，可以发泄任何情绪。

但此刻，我喊不出来，说不上来的滋味，孤独中带有一丝茫然，对任何事情都提不起兴趣。

后来我又睡了，就躺在林佳常坐的沙发上，到了下午的时候，手机铃声才将我吵醒，是姜雪打来的。

“向阳，你什么情况？怎么从公司离职了？”她似乎正在走路，语气急匆匆地问我。

“哦，我离职了。对了，你怎么知道的？”我反问。

“今天公司把我开除了，通知我回单位收拾东西。还有啊，你的一些东西也在我这儿，看你没来，我就帮你收拾了一下。”姜雪又道，“你住哪儿？我给你送过去吧！”

其实也没什么东西，就一个水杯、几本书，还有一个老旧的手机充电器，本来我都没打算要，既然她帮我拿了，我就应声说：“我去找你吧，你定个地点。”

姜雪似乎是在上楼，呼哧呼哧道：“我也刚到家，你直接来双门桥吧。”

挂掉电话，我起身简单洗了把脸，又刮了刮胡子，强迫自己精神起来，就坐公交去了姜雪家。

当时天气还不错，微凉的风吹来，路边的梧桐飘着落叶，给人一种秋高气爽的感觉。

姜雪家的门没关，进到客厅里，我才发现她正在卖家具。

“师傅，这沙发才买了不到俩月，您怎么着不得出一万啊？”姜雪正在那里讨价还价。

“再新也是二手的，要是卖不出去，我们就得砸自己手里。”那师傅一看就是老油条，眼睛望着沙发都放光，明显是觉得姜雪好说话。

我两步上前，直接开口说：“沙发不卖了，其他家具也不卖。几位师傅，不好意思了。”

那人一看我过来，而且明显跟姜雪认识，当即就改口道：“一万就一万，马上抬走！”

“我说了不卖！这不扯吗？满共没坐过几次，就贬掉二万多，脑子有病了才卖！”说完，我猛地坐在沙发上，因为姜雪现在已经不需要卖它了。

“向阳，你这是干吗？师傅，不好意思啊，您先回去，等我们商量好了，再给您回电话。”姜雪赶紧道歉，还给两个师傅递了饮料。

那师傅肉疼地瞥了几眼沙发，一把夺过饮料说：“不卖给我们打什么电话？这不折腾人吗？”

姜雪连说好话才将人送走，关上门后，她朝我走过来道：“干吗啊，我留着这些给谁用啊？”

“你不用坐牢了，昨晚我跟宋楚国一直谈到半夜，你们几个都没事，只要以后老老实实的，就没人再去追究。”长舒一口气，我望着姜雪窗台上几株鲜艳的花朵说。

“你……向阳，其实你没必要为了我去跟宋楚国求情。我有罪，坐牢是心甘情愿的，我不想你因为我……这样一个女人，而委屈了自己……”

我摆手道：“你想哪儿去了？不全是为了你，这里面还有别的原因。总之以后，你好好的吧。”

姜雪含着眼泪，我本以为她要哭，可她却突然“噗嗤”一笑，转身坐到沙发上，好奇地问：“到底什么原因？你不是挺恨张志强的吗？”

我摇头一笑说：“你只要亮出实力，让对方知道，你完全有能力干掉他，这就足够了。”

姜雪眼神越发明亮地看着我，笑盈盈地说：“你让我想到了一句话：会叫的狗不咬人，咬人的狗从来不叫！”

行吧，她怎么形容都好，我摆手说：“你往后有什么打算？”

“我还没问你呢！给公司立了那么多大功，怎么突然就辞职了？”姜雪看着我，很不理解。

“不提了，你就权当是我同情你和张宏远吧，尤其张宏远，他母亲还有白血病，真要把他抓了，我就是在杀人。”长舒一口气，我抓起桌上摆的一瓶饮料，打开喝着问：“你呢？继续找工作？”

姜雪叹了口气，理着耳后的头发道：“工作不太好找，我是被公司开除的，档案里写得也不大好听，说我业务能力不佳，还无故旷工。”顿了一下，她笑着又说：“这套房子，我也打算卖掉，偿还公司损失。你刚才不该拦着，反正这里的一切，早晚都是要卖的。”

我放下饮料说：“公司的亏空不用还了，房子你也留着吧，这件事不会有人再追究。”

“那我也要卖，张志强给我的东西，我嫌脏！卖了钱捐出去也好，总之，我要清清白白地活着。”姜雪望着窗外，神清气爽地说。

“好吧，卖了钱以后，都给张宏远吧，过两天咱们一起去跟他见个面。”

也就是从那一刻起，我今后事业上的几位悍将基本都碰过面了。

许城的房子特别好卖，姜雪只是把售房信息在网上挂了两天，她的手机就被打爆了！

后来有个土豪，连价都没砍，直接拿下，连家具都包了。

办完过户手续，拿了钱以后，就连我都肉疼地看着姜雪问：“真舍得给张宏远啊？一百六十万，这得挣多少年啊！”

“我说过，张志强留下的东西，我一件也不稀罕！倒不如散出去，多做点好事，慰藉一下自己的良心。”姜雪说这句话的时候，英气十足。

“那咱们出发？”

“走！”

打车来到张家庄，那会儿已经下午了，远远地，我就听到宏远机械厂里传来阵阵大笑声，张宏远的嗓门异常响亮。

推门进去才知道，他正忙着给工人发钱呢。我们只顾往里走，旁边的狼狗突然蹿出来，愣是把我和姜雪吓了一跳！

狗一叫，厂里的笑声瞬间戛然而止，紧跟着院子里的工人，包括张宏远，全都看向了我们。

下一刻，张宏远大步朝我冲了过来，他身后的那些人也跟着往前涌。

姜雪吓得躲在我身后，我的头皮也炸了！这家伙肯定以为，我带姜雪过来是逼他去自首的，而且看眼前的架势，他明显想反悔。

“张宏远，你听我说……”那股强烈的气场压得我心脏怦怦乱跳，还不等我继续解释，他就已经冲到了我面前，“扑通”一声，竟然在我面前跪下了，紧跟着他身后所有人都跟着跪下了！

“恩人，恩人哪！你不用解释，宋楚国前两天已经来找过我了，他把所有事情都跟我说了！”张宏远泪流满面，一把抱住我的腿哭道：“我代替母亲还有厂里的三十二个工人给你磕头了！”

我赶紧弯腰扶住他说：“宏远大哥，你这是干什么？犯不上，也不全是为了你！”

张宏远却含泪说：“宋楚国说了，是你让张志强把钱全吐出来交给我的！现在钱已经收到了，只多不少！”

我深深吸了口气，宋楚国办事还挺靠谱的。

用力将他扶起来，我又让他身后的兄弟全都起来：“宏远大哥，阿婆身体还好吧？”

“好，可好了！她还一直念叨，说那晚我跟你吵架，催着让我跟你道歉呢！”张宏远拿袖子擦着眼泪说。

“行啊，我今天来也没别的事，姜雪……”转过身，我给姜雪使了个眼色。

她立刻把银行卡拿出来说：“这里面是一百六十万，拿着给你妈妈治病吧。”

张宏远吓得赶紧退后两步，拼命摆手说：“我哪儿还敢要你们的钱啊？我这不仅没坐牢，而且还拿了笔巨款，现在要是再拿钱，我还是人吗？”

听到这话，我和姜雪都笑了，我朝他皱着眉道：“给你就拿着。阿婆那病就是个无底洞，这钱也是姜雪的心意，可别让我们白跑一趟！”

说完，姜雪硬是把卡塞进了张宏远脏兮兮的兜里，他就在那里发愣，缓了好大一会儿，又跪在了地上：“向阳，以后有用得着我的地方，你就吱声，一声就够！”

“行啦，真用到你的时候，我绝不会客气，快起来吧，这么多人呢。”他都把我搞得不好意思了。

张宏远从地上爬起来，目光始终不离开我。

我问他：“你往后有什么打算？”

张宏远道：“宋楚国已经把我们收编了，他看了我们的手艺，也参观了厂里的机器，就扔下一句‘下周一，你要是不带着人来我集团上班，我立马就送你去坐牢！’”

宋楚国还真是识货！

“那行，既然有了着落就好好工作，好好孝顺你母亲。没别的事，我们也该走了。”说完，我带着姜雪就要离开。

可张宏远却拦住我，非要拉着我喝酒。盛情之下，我们就在他厂区的院子里摆了三桌，喝了个痛快。

“向阳，实在不行，你来这个厂子当老板吧。我们大家都心甘情愿跟着你干，那个什么‘海兰达’，我不去了！”酒过三巡，张宏远硬拉着我的手说。

我当时就拒绝了，我太年轻，也没有做生意的经验，真要干不好，大家都得跟着遭殃，更何况我也没钱。

“我若真开了公司，你一定要来，但绝不是现在。”我说。

“好，啥也不说了，全在酒里！”张宏远一口闷下杯中酒，又不舍地看着我说：“只要一句话，哪怕你出了国，我也会带着兄弟们，游过去找你！”

张宏远是个极为痛快的汉子，跟他聊天，处处都透露着豪气。那天虽没喝多，但我回去的时候，脑子都晕乎乎的。

到了三元屯，我刚下车，姜雪就跟着下来了。我摆手道：“我没喝多，不用送了，你也早点回去吧。”

姜雪直接拍了我一巴掌道：“还没喝多呀？我房子都卖了，东西都搬到林佳的卧室了，现在咱们已经成室友了！”

我挠了挠头，好像是有这么回事。

曾经是我照顾林佳，现在换成姜雪照顾我了，她是个很贤惠的姑娘，烧水、泡茶、整理家务，忙活了一晚上。

酒醒后，姜雪问我：“向阳，所有事情都安排完了，你往后有什么打算？”

第三十六章

姜雪随便的一句话却把我问住了。关于往后的打算，我还真没仔细想过。

如果我爹还活着，那我肯定会努力挣钱，出人头地，让他老人家活得有面子，让他为儿子感到骄傲。

可自打父亲去世后，我对这世界真的没什么追求了，或许一张凉席、一床薄被，再加上不算丰盛的一日三餐，就足以让我度过余生。

“暂时还没想好，过些日子再说吧。”我靠在沙发上，茫然地望着窗外星空。

“也好，为了建资料库，你也够累的，是该好好休息几天。”姜雪善解人意地看着我，轻轻点头说。

在后来的日子里，姜雪开始出门找工作了。好在宋楚国没有亏待我，结算月底工资的时候，除了底薪，他还给了我二万块奖金，唐部长来电话说这是建资料库的奖励。

至于宋楚国给的红酒，姜雪一直没舍得喝，而我的那瓶，本来是想给林佳尝尝的，可他走得急，也没口福了。于是我带到楼下烟酒行，两瓶酒都换了钱。

暂时不用为生计发愁，我又开始在许城闲晃，几乎走遍了各大批发市场和外地人的聚集区，总期待着能得到老天眷顾，让我看到付婕。

可我眼睛都看酸了，也找不到她的人。或许她早已离开了许城。

姜雪的工作找得也不顺利。宋楚国可以给我留情面，但对姜雪不一样，她毕竟侵害了公司利益，所以开除姜雪时，档案里写的话很难听，以至于但凡像样点的公司，都对姜雪推三阻四。

一天傍晚，姜雪很开心地拉着我到小吃街吃了烤串。

“这顿我请，可不要跟我抢啊！”姜雪美美地撸着串说。

“怎么？工作有着落了？”我笑着问。

“大货车司机，专门跑运输。”姜雪爽快道。

我当即一愣，好奇地问：“你会开车？还是大货车？”

她笑盈盈地眯着眼，抓起啤酒咂了一口道：“你还不知道吧？我爸妈从前就是跑运输的，家里还有一辆重卡呢！我小时候就是在货车匣子里睡大的，十八岁那年就考了B证。反正我爸说了，技多不压身，没想到现在竟然用上了。”

她还真是让我出乎意料，小姑娘开大卡车，而且还是这样的美女，想想都觉得不可思议。

“跑长途太辛苦了，你真能吃得了那份苦？”看着她，我有些心疼。

“你看看周围这些人，谁不辛苦？况且跑长途赚得多，我找的这家公司待遇也不错。”说到这里，她微微停顿，又拿胳膊肘碰了碰我道，“跟你商量个事儿。”

“你说。”我坐直身子看着她。

她不是太好意思，但还是咬着嘴唇道：“我缺个押车的，再说我一个姑娘，要是跟别的男司机搭档，既不方便也不安全。”

这我倒是知道，开卡车一般都是两个人，要么换着开，要么旁边得有个说话提醒的，夫妻搭档的比较多。

“有工资的，挣了钱咱俩平分。既然你暂时不找工作，就陪我一起跑行吗？权当出去散散心、看看风景，这些天我总觉得你闷闷不乐。”

其实我倒无所谓，这个工作也蛮好。一趟旅程，两个朋友，路边风景无数，阅遍祖国大好河山！少了职场的钩心斗角，远离喧嚣的都市，也未尝不是一种洒脱。

见我点头，姜雪开心极了！她攥着我的胳膊问：“你答应啦？真的答应啦？”

我抿嘴笑道："让你一个姑娘在外面跑，我哪儿能放心！"

于是第二天上午，我就跟姜雪一起到运输公司登了记，中午就领了活儿，是瑞丰制造厂往景城发的一批机器。

虽是跑大卡车，但姜雪却把车内布置得特别温馨：后座铺了软软的垫子，车里喷着好闻的香水，怕我无聊，她还用手机给我下载了好多电影。

至于路上的费用，公司都是有配额的。就拿跑景城这趟来说，公司给了七千块钱，这其中包括油钱、吃饭、住宿，还有我们的工资。

姜雪算了一下，跑景城来回要加两次油，一次是两千元，如果少走高速，吃饭和住宿再省点儿，也就花一千元，这样五天下来，我们就能净赚两千元，比上班合算多了。

"到底给张志强做过财务，你还蛮会精打细算的！"坐在车里，我跟她开玩笑道。

"从今往后，不准再提他。"姜雪当时就生气了，自顾自地开着车，好半天都没理我。

因为高速要收费，姜雪为了省钱，大都是在省道上跑，其实这样也蛮好的，一路向南，看一看不同省份的风景，体味异样人文风情。

渐渐地，我开始觉得，其实世界也蛮精彩的，人生很值得！

可在路过樟裕镇的时候却出了事。那晚我们在一家小旅馆前停了车，吃完饭就疲惫地睡了，主要姜雪很累，她眼皮都抬不起来了。

第二天清早我还没醒，就听到了姜雪号啕大哭的声音："谁干的？你们亏不亏心啊？想把人逼死是吗？还有良心吗？真是坏透了！"

一听是姜雪，我猛地就从床上蹿起来，连鞋都没换，穿着旅馆的拖鞋就跑了出去。

"姜雪，这是怎么了？"那一刻，姜雪靠在车旁，早已经哭成了泪人。

"油耗子！油耗子把油都偷走了！"姜雪气得泪流满面，手不停地砸着车厢。

"什么是油耗子？"我当时不是太懂，只能拍着她后背安抚。

姜雪抹着眼泪，伸手把油箱盖打开，昨晚睡觉前，我们加的满满一箱油竟然空了……

整整两千块钱的油啊，一夜之间就没了，这也就意味着我和姜雪这一趟白跑了。

他们不知道姜雪有多努力，从许城出发都是她一人在开车，整整十六个小时，都没怎么休息过。她不是个爷们儿，仅仅是个弱不禁风的小姑娘啊！

带着滔天怒火，我冲进小旅馆，挨个问里面的服务员。可这种事情，问谁谁不知道，小镇上也没有摄像头，治安更是差得要命。第一次拉活儿，我们就被社会摆了一道。

再次出来，我半蹲在地上，轻拍着姜雪的肩膀说："不哭了，吃一堑、长一智，任何工作都会遇到困难，就权当是一次教训吧。"

她一下子扑进我怀里，哭得更大声了。我只得理着她的长发，绞尽脑汁地安慰道："姜雪，你要这样想，宋楚国给的那两瓶红酒，我卖了些钱。这么算下来的话，咱们非但不亏，还净赚了些不是吗？"

"那能一样吗？"

"一样的，凡事都得往好了想，我们越是乐观，生活就越会眷顾我们！再想想，咱们就当这个教训是弥补曾经的过错，不也挺好吗？"

在我的安慰下，姜雪才停止了哭泣，好在那些油耗子并没有赶尽杀绝，多少给我们留了点底油，姜雪开着车，一路担惊受怕地蹭到加油站，我们又花了两千元，才把油箱喂满。

收拾好心情再出发，姜雪已经好多了，只是少了刚出发时的兴奋，还犹犹豫豫地问我："向阳，我刚才是不是很狼狈啊？"

我摇头一笑，打开车窗吹着风说："姜雪，我从小就知道生活永远都不会一帆风顺，人的一生与其说是成长，倒不如说是抗争！与欺负你的人抗争，与冷眼嘲讽抗争，与贫穷和命运抗争！"

她竟然也笑了，微微眯起眼睛道："听你说话就是带劲儿！向阳你知道吗？只要跟你在一起，我就有种说不出的踏实，感觉你无所不能！"

"哪有？我被人欺负的时候，你不知道有多狼狈！但即便再狼狈、丢人，我也从没屈服过，仅此而已。"

我放了汽车里的CD,那是首许巍的歌,我曾在何冰的MP3里听过。

“曾梦想仗剑走天涯,看一看世界的繁华;年少的心总有些轻狂,如今已四海为家。”

姜雪越听越带感,还说开着车,疾驰在沃野千里的大地上,听许巍的歌最有感觉,就像乘风飞行一样!

可我却沉默了,想想曾经,我也是那么年少轻狂、不知轻重,妄图挑战村里的恶霸,却害了父亲的性命!最终又得到了什么呢?父亲去世,我如今真的“四海为家”了。

还有我那心中的姑娘,那些温暖人心的回忆,当初我一走了之,也不知道她现在怎么样了,是否嫁了人,有了新的家庭?

无限的感慨伴随着路边的风景逝去,若不是放不下脸面,咽不下何妈那口气,我真想回去看看何冰,看看何叔。当初一怒离开,我又是否太意气用事?

眨眼又到了晚上,我们是在一个县城边上停的车。这次我和姜雪都学精了,吃饭轮班,要留一个人在车前守着,晚上我让她去找旅馆睡,可她不愿意,说一个人害怕。

后来我就让她在后排的长椅上睡了,我不开车,怎么将就都行。

“向阳,你坐在前面能睡着吗?”深夜里,我本以为她睡了,却没想到她还蛮精神的。

“我不睡,晚上得看着点儿,等天亮了,你出发之后,我再到后面睡会儿。”望着后视镜,我跟她说。

“你帮我揉揉腰吧,开了两天车,我觉得腰有点难受。”

“这……合适吗?”

姜雪却撒娇道:“揉揉腰有什么不合适的?你真是个老古董!”

想想她这么辛苦,也确实蛮累的,就连我这个坐车的,腰都酸得不行。

我突然想起了何冰!

我想起了小时候的很多事。

第三十七章

我的心里产生了抗拒，但并不是对姜雪的讨厌。

姜雪说道："我知道，我配不上你。"

"姜雪，你不要这样说，我从来都没这样想过！"我赶紧说，"你挺好的，只是我心里曾经有过那么一个姑娘，后来意气用事，与她断了联系。我不知道她现在怎么样了，又是否在等我。"

我不再隐瞒，将曾经我跟何家的那些事都和姜雪讲了一遍。

听完之后，姜雪叹道："向阳，要真像你这么说的话，那个叫何冰的女孩是真的喜欢你！有时间的话，你应该回去看看她，如果她专情就一定还等着你呢。"

"或许吧，可是她母亲永远都不会答应这门婚事，得不到家人祝福的爱情又有什么意义呢？"我失神地望着窗外，心底滑过一丝凄凉。

在没有下定决心忘掉何冰之前，我要对自己负责，也要对姜雪负责。

那夜我没怎么睡，姜雪睡着了以后，我就到车外面巡逻，以防油耗子再搞我们的油。

好在一夜平静，姜雪五点多钟醒来，我们就再次出发了，我躺在车后睡了会儿，大约上午九点，我们就到了此行的目的地——景城。

景城早些年烧瓷业发达，但后来随着市场变化和经济转型，现在已然成了更具商业和工业化的城市，道路两旁，零星还能看到一些烧瓷厂和制瓷公司。

货车开进翔安轮圈集团，是他们采购部的人接待的我们，大家都很客气，还说让我们卸完了货，一起吃个饭。

姜雪就把车开进了厂房，不得不说，她的驾驶水平很高，到底是在车厢里长大的。

翔安的人开始验货，我和姜雪就在旁边等着，不远处有几个外国人正忙着检修机器，还有几个领导模样的人在旁边指指画画。

他们说话的声音很大，我也不是有意偷听，但没过一会儿，我就觉得不太对劲儿了。

姜雪也很有兴致地望着那边，悄悄说：“你看看那个翻译，梳着中分头、戴着眼镜，像不像电视剧里的汉奸？”

我抿嘴一笑，很小声地说：“他在骗钱，在给翔安使坏呢！”

姜雪一愣，微微皱眉道：“你能听懂他们在说什么？”

我点头道：“那几个外国工程师说这机器需要换轴承，单轴承就行，可那个翻译却说成了双轴承，这一上一下可是好几万的差价。”

姜雪直接瞪大了眼睛，难以置信道：“真的假的？他们领导听不出来？”

“要能听出来，他还敢这么玩儿吗？看情况应该不是第一次了，而且机械类的专业术语，并不是说你考过八级就能搞懂的，这里面牵涉很多专业术语，我以前专门学这个，才能听懂个大概。”

“我的天，那这翻译一场下来，得挣多少钱啊？”姜雪捂着嘴吃惊道。

“你小点儿声，跟咱又没关系，操那个心干吗？”我真不愿多管闲事，再说我们就是个送货的，谁又会相信我说的话呢？

姜雪撇撇嘴，碰了碰我说：“让你一个高才生陪我押车，还真是屈才了。”

我只是笑笑不说话，人生无非就是一种选择。

不大一会儿工夫，采购部的人检查完毕，接着又跟那边领导汇报了情况。

得知我们远道而来，那领导赶紧跑过来，跟我们握手说：“辛苦你们了，跑那么远的路，怪辛苦的吧？待会儿一起吃个饭！”

姜雪赶紧摆手拒绝，可那领导却很热情。不得不承认，南方的老板的确比北方老板要务实，有句话说得好：北方老板像大官，南方老板像苦力。

而跟我们握手的这个人，没想到竟然是翔安轮圈的老总，而且还请我们两个运输员吃了大餐。

本来我和姜雪以为，人家领导只是客气客气，没想到等签完单以后，采购部的苗主管竟真要拉着我们上饭桌。

“走吧，我们廉总那人没架子，他说请你们吃饭，就一定是诚心诚意的。”见我们推脱，苗主管无奈道。

“你们廉总那么大的老板，不能每次来了运输员都请客吧？”姜雪笑着，我们真的不想去，跟人家也没什么好聊的。

苗主管为人实诚，依旧苦口婆心地说：“这不是刚好被他遇上了吗？廉总也没别的意思，他平时对员工就好，你们大老远送货，累了好几天，不尽地主之谊，说不过去的。”

实在没办法，我们就上了苗主管的车。路上我和姜雪坐在后面，她小声嘀咕：“向阳，那件事你要不要跟人家廉总说说？感觉他人还不错，咱不能装聋作哑吧？”

我摇摇头说：“咱就是个运输工，非亲非故的，别瞎掺和。”

姜雪噘着嘴，不太开心地斜了我一眼，又小声道：“廉总真听不出来？”

我无语地笑道：“宋楚国那么大的老板，他懂制造吗？面儿上的皮毛还行，你让他上机器试试？老板不一定要懂专业，有钱、懂营销、会拉关系就行。”

姜雪不太信我说的话，又问前面开车的苗主管，知道廉总以前是做陶瓷生意的，翔安轮圈也才成立不到五年。

这也就意味着，廉总对于机械专业方面，确实是个门外汉。

饭店没有想象得那么豪华，但也很有档次。包间里，廉总和那个翻译以及几个老外都到了，我不太愿意说那些客套话，倒是姜雪口吐莲花，十分得体。

“也没别的意思，你们远道而来，我既然碰上了，作为主人，那就必须得请。”廉总戴着眼镜，眼神很有光彩，留着干练的短发，四十岁出头的样子。

可那翻译却不愿意了，他清了清嗓子，故作严肃道：“廉总，咱们这是宴请国外专家，您把两个运输工招呼过来，不是那么回事吧？这不合规矩。”

他这话明显瞧不起人，廉总不高兴了！

“运输工怎么了？这三个洋毛子不也是修理工吗？再说了，这么一大桌子菜，他们几个能吃完？”说完，廉总又转头看向我们道：“别客气，咱们没那些规矩，该怎么吃怎么吃，照你们北方的习俗来！”

这就是一个人的魅力，短短几句话就能把你的心窝子说得热乎乎的。论做人而言，廉总比宋楚国还要高一个档次。

那翻译悻悻地侧过脸，看似是跟洋人说话，可他嘴里的英文却不是那么回事，他骂廉总：“小气巴拉，难成气候，卖货郎一个！”

我抿嘴不说话，与我无关的事，我绝不掺和。

这时候廉总又说：“阿梁，我也不懂英文，这几个洋毛子，你可替我招待好了。”

这个梁翻译，简直就是个双面小人，他赶紧奉承地笑道：“廉总放心，绝对给您招待得明明白白！”

接着他们几个就在那里用英语叽里呱啦，廉总和苗主管主要谈些工作上的事，顺带着跟我们客气几句，让我们好好吃。

姜雪小声问道：“那几个人说什么呢？”

我不屑一笑：“说廉总坏话呢，少问，多吃，别惹麻烦。”

饭吃到半场，廉总举起手里的果汁说：“来，我下午有工作，就以茶代酒，咱们干一个。”

我和姜雪赶紧举杯，跟人家碰了一下。廉总又说：“还没问呢，你们两位怎么称呼？”

姜雪声音清爽道：“我叫姜雪，他叫向阳。”

廉总满意地看着我们，道：“从许城到这儿得两天半，开车挺累吧！”

“是姜雪开车，我就是个押车的。”放下果汁，我赶紧回道。

“真不简单！一个小姑娘开那么大的车，我真是头一次听说！”那一刻，廉总都震惊了。

姜雪红脸道：“我爸妈就是开大车的，我从小耳濡目染，所以学得比别人快些。”

廉总说:“现在的年轻人,真是让人出乎意料,时代发展得太快,孩子们接受的东西也多,比咱们那个年代可强多了!”

廉总在这边聊,我的耳朵却没闲着,梁翻译在那边的谈话,我全听见了。

“老板,这几个外国专家说,咱们厂的十五台机器的轴承都需要更换,而且为了提高使用寿命,减少机械磨损,必须使用双轴承!”这个梁翻译,突然来了这么一嘴,可刚才他跟这些洋人根本就没谈这些啊?而且之前我在厂里,明明听洋人说只需要更换五台。

廉总微皱了下眉,不是太开心地说:“不就四台出了故障吗?怎么十五台都要更换?”

梁翻译扶了扶小眼镜,苦笑道:“他们说那些轴承已经过了使用寿命,现在不出问题,年底前也必须要更换,所以为了方便,倒不如一次都给包了,省得再大老远飞一趟。”

廉总紧抿着嘴唇,很不爽地瞧了那些洋人一眼:“得多少钱?”

梁翻译赶紧说:“他们原厂的贵,双轴承一套七万。”

我嘴里的果汁猛地就喷了出来,这是敲诈啊!我知道大型机械轴承的确不便宜,可也没到这个数吧?

第三十八章

见我嘴里的果汁溅出来，姜雪赶紧给我拿纸巾擦。

那梁翻译却有意见了，他当即皱眉，特不屑地看着我，嘀咕了一句：“真没教养！”

“阿梁，嘀咕什么呢？跟你谈正事儿呢！”廉总侧着脸，一本正经说，“一套七万，十五套就是一百多万，我让他们来给我修机器，他们却给我卖配件赚钱，这些人是不是想坑我？”

“要不就说呢，他们心也太黑了！”梁翻译接话，那真是游刃有余、无缝衔接，他当即就怒道，“廉总，我认识一家外贸公司，他们也能从国外帮咱们买配件，来之前我还专门问了，一套只要五万！十五套的话，因为有我的面子在，咱出七十万就能拿下。”

听到这话，我头皮发麻地搓着脸，硬是没让自己笑出来！这梁翻译真是黑心，那些机器我看了，拆卸的轴承我也瞥了几眼，这东西海兰达就能造，估计二万块钱顶天了！

眼看廉总就要答应，我当即开口道：“廉总，先吃饭吧。您谈公事，把我们晾一边，显得我们太多余了！而且你们公司的机密，说给我们外人听也不好。”

廉总眉毛一挑，当即笑着抱歉道：“哎呀，你看看我这脑子，真是对不住了！”他举起果汁，对着我们喝了一口，接着又跟我聊道：“你们许城这两年发展得那是相当快啊，尤其在机械制造领域，名声也是响当当的！”

顿了一下，他继续又道：“对了，姜雪、向阳，你们周围有没有家里干机械的？有空的话，可以给我留个电话，将来或许还能成个生意。”

我抿嘴一笑道：“廉总怎么会突然问起这个？”

他摘下眼镜擦着说：“你们也看到了，我修个机器都得从国外请专家，而且人家说多少就必须得给多少，被人掐着脖子的滋味，真的不好受啊！”

他叹息着摇摇头，又把眼镜戴上说：“这两年，你们许城机械发展迅猛，人才更是层出不穷，讲真的，知道你们是许城来的，我高兴坏了！我今天也是抱着试试看的态度，想问问你们周围有没有搞机械的，想多做一些了解。”

“我们就是跑运输的，家里也没什么大学生，更没搞科技的。廉总，您这顿饭，请得有点儿冤了。”

“瞧你，这是哪里话？给你们接风是我诚心诚意，至于打探消息，我只是顺便提一嘴，也没打算真捡个宝贝。”他摆了摆手，脸上却带着些许失望。

可姜雪看我的眼神却不一样，她一个劲儿踢我的脚，还拿胳膊撞我，我明白她什么意思，但我没有留在景城的打算，这里的一切都太陌生，我也懒得再重新经营生活。

那顿饭吃完后，梁翻译带着几个洋专家先走了，等廉总付完账，我们才一起出了饭店。

“我临时还有点事，就不陪了。老苗，你回头给他们安排一下住宿，怎么也得休息一晚，明天再往回返。”廉总心很细，安排得相当周到。

这时，姜雪却突然站出来，冷不丁就来了一句：“廉总，向阳有话要跟您说！”

廉总一愣，我也是满脸发蒙，姜雪继续道：“您还不知道吧？向阳可是重点大学毕业，正经机械研发专业出身的，曾为海兰达集团立下过汗马功劳，头两天才刚刚主动离职！他现在跟我押车，纯粹就是放松。”

“海兰达？”听到这个名字，廉总都惊呆了。不得不说，海兰达在精密机械领域还是有一定名气的。他两步上前道：“小伙子，你之前真在海兰达干过？”

“不信您现在就可以打电话，我有海兰达人事部的号码。在集团内部，我想没有任何人不知道‘向阳’这个名字。”姜雪小嘴就跟钢炮似的，什么都往外说。

“这……这……”廉总都不知道该讲什么了，平复了好一会儿，才满脸兴奋道，“你小子藏得挺深啊？之前听你说话一板一眼、张弛有度，我就觉得你不太像跑运输的。说吧，你想跟我聊什么？”

我摇头苦笑道：“没什么，都是姜雪胡说八道，您有事就先忙吧。”

可姜雪却不依不饶道：“他能听懂英语！之前那个翻译在骗您，还跟几个洋毛子合伙骂您呢！”

“姜雪，别瞎说，那几个洋人没骂，就梁翻译自己说的。”咱就事论事，人家确实没骂。

“他说我什么？还有，他们是怎么骗我的？向阳，今天这事儿，你必须得给我讲明白！”廉总是真生气了。

我深吸一口气，说：“首先，那些洋专家说，你们需要更换轴承的机器只有五台，至于什么十五台，那是梁翻译胡诌的！”

顿了一下，我继续道：“第二，洋专家说，只需要换单轴承就可以，没必要花大钱上什么双轴，所以那些也是梁翻译编的。最后，即便是双轴承，撑死了也就两万一套，海兰达集团就能造，质量和做工也绝不比国外的差！”

“你说的这些都是真的？”那一刻，廉总咬着牙，眼睛里都要喷火了。

“您可以信，也可以不信。趁着专家还没走，您可以再找几个翻译，问问具体是什么情况。如果您需要产品，我可以帮您联系，单轴七千块，双轴两万块，但摸着良心说，您那机器单轴就够了，没必要花冤枉钱。”

听我讲完以后，廉总真不知是怒还是笑了！

“向阳小兄弟，这件事我马上就去查，你们也别急着走，先在我这里安顿好。晚些时候，我会找你详谈！”说完，他又赶紧看向苗主管道：“把客人招待好，千万不能怠慢了！”

苗主管还在连连点头，廉总就着急先上了车，估计是要去印证我刚才说的是否属实。

苗主管把我们安排在了外宾宿舍，里面的环境很好，干净整洁，小客厅里摆着沙发、电视、写字台，还有卫生间。

留下两把钥匙，苗主管怕耽误我们休息，就先走了。姜雪要开心死了，因为这比我们之前在路边找的小旅馆好多了。车子停在厂里，也不用担心油耗子偷油了。

她有些累，斜靠在沙发上，睡眼惺忪。本来我想埋怨几句，怪她多嘴给我找麻烦，可看她如此疲惫的模样，我又没忍心。

拉开窗户，清凉的风吹在脸上，带着丝丝惬意。不知何时，姜雪突然坐起来道："雨都下这么大了？"

"是啊，你到床上睡会儿吧。瞅这天气，咱今天是走不了了。"我关心地看着她说。

"不行，咱的车还在外面淋着呢！你给苗主管打个电话，问问有没有避雨的地方。"姜雪焦急地站起来道。

"哎呀，大货车还怕淋？你赶紧回屋躺着吧。"我知道她爱惜这份工作，但也没必要抠得这么细。

姜雪不愿意，她自己掏出电话就打了出去，然后朝我说："厂子北面有带顶棚的停车场，我把车开到那边去。"

我真是服了，就跟她一起往外走，说："至于吗？那车也不是咱的，淋就淋了呗！"

姜雪摇着头，一脸严肃道："小时候爸爸就跟我说，卡车是我们家的饭碗，是它养活了我们一家，无论什么时候都要爱惜它。"

听到这话，我渐渐就明白了，卡车对于姜雪，就如鱼塘对于我一样，那是种自然的亲近，是生命扎根的土壤。

来到北面停车棚，雨太大了，视线不好，而且棚两侧的柱子有些窄，不太好倒车。

我要下去帮她看着点儿，她却一把按住我道："不用，开车靠的就是感觉，在这点上，你可不能怀疑我的技术。"

"哎哟，都这时候了，你还炫什么技术？我还是下去帮你看着吧。"

"真不用，不带你这么瞧不起人的！再说外面下着雨呢，不把你淋透了啊！"

她可真是倔强，可能骨子里也有些好胜吧，与我在一起的日子里，我处处都比她强，同样都是年轻人，姜雪心里肯定不舒服。她想在我面前证明些什么，至少她得有能拿得出手的本事。

可我还是不放心，主要是怕她不小心把人家的停车棚给撞塌了！

于是我直接跳了下去，姜雪就从窗外嚷嚷道："愿意淋你就淋吧，反正我不听你的！"

然后她就开始倒车，我给她指挥，她也不听，还按喇叭警告我。

好不容易停好车以后，她得意地拿着抹布下来，一边擦车，一边笑着说："怎么样？我开车技术稳吧？"

我朝她竖着大拇指道："绝对的老司机！"

姜雪对车是真的爱惜，每一个部位都擦拭得特别干净，跟新的似的。

后来她又从车里拎了一大包衣服，回到宿舍以后，我从里面拿了自己的两件，就去了隔壁宿舍。

不一会儿，廉总带着几个人来了。

他已经证实了我的话都是真的。

南方人做生意还真是有一套，说实话，我挺佩服他。

"你厂里的那些洋专家是按天收费的吧？这一来二回，运输就要七八天，你这咨询费也得花个七八万！"顿了一下，我叹息一声道，"你那些机器，我也能修。既然你不让我吃亏，那回头我就帮你免费更换轴承，这笔生意可以吧？"

"你会修机器？"廉总吃惊地瞪大了眼睛。

开玩笑，我在海兰达信息部待了足足俩月，那里面的技术与设计，不能说全背下来，但也理解得很透彻，就翔安集团的这些机器，给我俩小时就能捣鼓明白。

我说："如果信不过，那您就继续养着那帮老外，反正损失的人又不是我。"

他犹豫了一下，接着说："你们先帮忙去采购轴承吧，至于维修方面，咱们回头再谈。"

这明显是信不过我，当然，我也十分理解。毕竟我们初次见面，我又这么年轻，哪个老板敢把公司的命运压在我一个小伙子身上？

“对了，向阳，我还有件事……”他突然想起了什么，眼神火热地看向了我。

“我知道您要说什么，但是廉总，我目前并没有想重新工作的打算！这事儿您别提了，提了我也不会答应。”

还没开口就被我拒绝，廉总尴尬地笑了笑道：“你这小子，跟个人精似的，怎么就能这么聪明，还这么低调呢？按说你这个年纪，都该锋芒毕露才是。”

生活给我带来的惨痛教训，让我不得不低调。

“向阳，我是真的欣赏你，别的先不提，单凭你这身英语翻译的本领，就是我目前最稀缺的人才……”

还不等他把话说完，我手机就响了起来，一看竟然是林佳给我打的电话！

我瞪着眼睛，颤着双手道：“廉总，我有个极为重要的电话要接，就不留您了！”

第三十九章

见我神色慌张地下了逐客令，本来还想继续劝我的廉总，失落地叹了口气，推门离开了。

我激动坏了，赶忙接起电话喊道："这些天你死哪儿去了？电话不接，什么消息也不留，我都担心死你了！"

电话那头，林佳沉默了半晌才开口道："傻大个，我还没说你呢！尾款明明是四十万，你给我这卡里怎么是一百万？赶紧把卡号发过来，我把钱再给你转回去！"

我皱着眉道："你现在都跑路了，警察都找上门了，竟然还敢给我打电话，你是不是疯了！这些钱本来就是你挣的，自己拿着花！"

"你都被海兰达开除了，还好意思给我钱？你是真傻吧！再说了，我是缺钱的人吗？笑话谁呢？"本来想跟他好好说两句，结果却还是老样子，一开口就吵得脑壳疼。

"林佳啊，你这吹牛的毛病，什么时候能改改啊？这是小钱吗？别的不说，你现在都跑路了，将来接个活儿都难，没有钱，你靠喝西北风活着啊？还有谁会心甘情愿伺候你、给你做饭？"

"给我做饭了不起啊？当初马光明陷害你，要不是我提醒，你早就蹲大牢了！给我做两顿饭怎么了？除了做饭，也没见你怎么感谢我！"

他这么说，我可就不愿意了，于是就跟他硬杠："我这不就是感谢吗？你还想让我怎么样？没钱的时候，我只能做饭，因为我能力有限，但是林佳，只要我有钱，就绝不会亏待你，懂吗？"

听我这样一说，林佳瞬间就没话了。我暗自得意，继续苦口婆心道：“把钱拿着。”

“向阳，你真觉得我不是坏人？”电话那头，林佳的声音竟然小了。

“我眼睛不瞎，谁敢说你是坏人，我就跟他急！”脑海里全是我们合租时，那些点点滴滴的回忆。

“哥！”听筒里，竟然传来了林佳的哭声。

我愣住了，轻声问：“你……你刚才喊我什么？”

他大哭道：“哥！你就是我的哥哥，其实很早的时候，我就把你当成亲哥了，不然我也不会总欺负你！”

一瞬间，我泪如雨下！心中那种对亲人的渴望，仿佛一下子就回来了！

“往后不管遇到什么事，跟哥说一声。”

姜雪听见了动静，慌不迭地就冲进来，问我到底怎么了？

这时候林佳也听见了声音，道：“那这些钱，我先给你存着，等将来见了面，我再还给你。”

“你怎么这么死心眼儿啊？让你花就花，还跟我客气什么？虽然离开了海兰达，但我还有别的事可做。大男人一个，有口吃的就能活！”

听我这样说，林佳也不再坚持了，转而长长舒了口气道：“对了，往后这个号，我就不用了，回头要是再联系你，我会用其他号码。你的号不能换，不然我怕找不到你。”

我难过地说：“只要联通不倒闭，这个号我就用着！放心好了，只要你打电话，我第一时间就接！”

“还有，我那个U盘，你帮我保存好，里面可是我半年多的成果，别弄丢了。”

“那里面是什么东西？”我问。

“你没打开看？”他吃惊道。

“没有你的允许，我哪儿能乱看？”

林佳轻轻一笑：“就喜欢你这么讲原则！不说了，你多保重，该联系你的时候，我一定会再打电话的。”

听着他要挂断，我心里真的极为不舍，但又不得不为他的安全着想："挂了吧，你要小心，万一出了事，一定要给我打电话。"

林佳再次深吸了口气："哥，谢谢你！"说完，就把电话挂了。我也知道，林佳的这个号码永远也打不通了，再次相见也不知是何年何月。

"谁啊？怎么哭成这样了？"姜雪给我递了张纸巾，满是关心道。

"没事。"

一夜无话，第二天吃早餐的时候，苗主管就把钱转给了我们。

吃过饭后，我们又把之前用废的轴承拉上车，这才离开了景城。

车上没有太多重物，姜雪开车的速度也快了不少，路上她还笑着问："你真打算把这笔买卖留给宋楚国？"

我摇头一笑说："本来是想给他的，但我现在改主意了。姜雪，这买卖咱自己干，自己挣这份钱！"

卡车飞驰在公路上，远处的群山，近处的田地，还有夹杂在中间呼啸而过的火车，一切都是那么赏心悦目。

年少时，我看山是山、看水是水；父亲去世，我恍恍惚惚混到如今，看山非山、看水非水。直到昨天，林佳喊了我那一声"哥"后，仿佛眼前所有的景物又清晰了，山还是那座山，水还是那汪水。

或许这就是成长吧，经历磨难、遭遇打击，从自暴自弃再到重拾信心，不知不觉中，一切又有了新的意义。

中午的时候，我们在羊城停了车，吃完午饭，我还专门到城里买了套测绘工具。这百宝箱里工具齐全，直尺、角尺、游标卡尺，还有测量弧度的工具，应有尽有！

"向阳，你来真的啊？"再次出发，姜雪一边开车，一边问我。

"不然呢？来回好几万的利润，不赚白不赚！"我摆弄着手里的工具说。

"这能行吗？我看人家工程师造配件，都是在电脑画图什么的。"姜雪担忧地看着我，指着我手里的小本子说："可你这样……万一造不好，那人家廉总……"

我摇头一笑说："我这不没带电脑吗？先量参数，了解配件的结构，等到了家里,我再用电脑绘制。”

听我这样说,姜雪才放心地舒了口气:“你可真行,什么都会。我爸爸说的那句话真对:技多不压身。”

路上有一搭没一搭地聊着,不知不觉就到了晚上,我让姜雪找了条偏僻的公路,将车停在了路灯下。

她在车内躺着休息,我就借着路灯的光线,接着忙活。其实大型机械轴承结构并不复杂,之所以那么贵,主要还是体积大,对切割技术要求高,加上国内生产厂家少,所以溢价严重。

不知过了多久,我听到我们车外有脚步声,这种声音明显不是路过,而是在围着我们的车转悠。

我不自觉地警惕起来,手里攥着钢铁角尺,而且故意把尖头露在外面,然后我站起身,看到了车下的情况。

一共是三个青年,其中一人正望着驾驶舱,另两人手里提着空桶,还有一根橡胶管!那是我第一次见“油耗子”,其实就跟普通青年一样,白天要是混在人堆里,你根本就不知道他们是干这个的。

我的影子在路灯下,直接罩住了那俩人的位置,对方也猛地抬头,我们目光相撞!

说实话,我当时害怕极了,他们有三个人,真打起来我指定吃亏,更重要的是,谁知道他们身上到底有没有带刀?干这种买卖的人,应该都是狠角色。

我不敢出声,更不敢挑衅,只是拿眼睛狠狠地盯着他们,那俩人也看着我,在气势上寸步不让!

大约坚持了近三十秒,我一动不动,对方也一动不动,只有凄凉的夜风,缓缓从我们中间吹过。

后来有个人抬手朝我摆了摆,那意思好像是让我不要报警,他们也不再搞我。

我用力点了下头,那仨人就悄无声息地撤了!是的,他们走起路来没有动静,我不知道是不是自己被吓傻了,反正就觉得他们跟鬼似的,一点儿脚步声也没有。

直到对方消失在远处，我才靠在了路灯下，当时我后背的衣服都湿透了，没有传说中的惊心动魄，更没什么阵前叫嚣，可单单是简单的沉默对视，就能吓破人的胆。

那夜我没敢睡，忙活一会儿就站起身看看，生怕对方再杀个回马枪。那群油耗子倒也诚信，走了以后，便再也没回来。

这事儿我没跟姜雪说，她一个女孩要听见，绝对能吓哭了。

后来晚上停车，我们就尽量去一些村子里或者远离公路的地方，我和姜雪总结了一下经验，油耗子大都出现在省道和市道周边，因为这里外来车辆多。

如果晚上休息能避开这些要道的话，那碰上油耗子的概率就会小很多。

周五上午的时候，我和姜雪终于回了许城，然后去车队签了到。跑一趟远程，司机能休息两天，所以中午一闲下来，我和姜雪就在小吃街，美美地大吃了一顿，然后又回家补了一觉。

夜晚醒来后，我就到客厅泡了杯茶，开始绘图。由于前期做了不少工作，所以后期绘图、建模也就相对容易了不少。

姜雪看我在那里忙活，给我煮了碗鸡蛋面。

"等这笔买卖干成了，我分你一半的钱!"端起热乎乎的面，我大口吃着说。

"哎哟，我又帮不上忙，你分我钱干什么!"姜雪特善解人意地给我剥了个橘子。

我一直忙到下半夜才睡，第二天醒来已经是九点多了。

姜雪比我起得早，还下楼买了早餐。洗漱完之后，我给张宏远打了电话，他刚好在厂子里。

简单吃了两口饭，我就带着姜雪去了张家庄，推门进去的时候，一帮人正围着打牌。

"张宏远，别玩儿了，我找你有正事!"掂着包里的电脑，我朝他喊道。

"哟，向阳兄弟来了! 都赶紧把牌扯了，听向阳谈正事儿!"张宏远立刻指挥道。

收拾完牌局,我拉着凳子坐下来问:“今天不上班?”

他说:“今天周末休息。你有事儿?”

“给兄弟们送点小钱花花,虽然不多,但够买两瓶好酒的。”一边说,我就把背包摘下来,掏出了里面的电脑。

第四十章

打开电脑，调出我昨晚建的模型和绘图放到张宏远他们面前，问：“这东西不难吧？利用厂里现有的机器，多久能造出来？”

“向阳兄弟，你从哪儿搞得这模啊？这设计得也太细了吧！”张宏远揉了揉眼睛，难以置信地盯着屏幕道。

姜雪坐在旁边，笑道：“是向阳自己画的，忙忙叨叨好几天呢！”

张宏远瞪着大眼朝我看道：“真的假的？就你这技术，也不比海兰达的工程师差多少！”

其实想想都是泪，当初我去海兰达，的确是面试技术员的，可阴差阳错，愣是没有让我出手的机会，倒是在张宏远这里施展起了手脚。

“行了，三天时间，给我造五套，应该能赶出来吧？”我问。

“兄弟，你图都画得这么细致了，别三天，你明天上午过来拿货，十套我都能给你造出来！”张宏远当即拍着胸说。

“真的假的？咱可别说大话！”这次换我吃惊了。

听我怀疑，众人顿时哈哈大笑，有个大胡子说：“兄弟，你是没见过我们的手艺吧？只要有图纸、原料，坦克我们都能给你仿造。”

张宏远当即不耐烦地说：“滚滚滚，还造坦克，瞧把你能的！”说完，他转头又看向我说：“就明天上午，你还是这时候来，五套轴承设备，我给你码得整整齐齐！”

压下心里的震惊，我深吸一口气道：“行，五套多少钱？我先把钱转给你们。”

“兄弟，你这是打我的脸。先不说之前，你对我恩情有多深，就凭现在，你有活儿能想着兄弟们，这就够了！我们都是粗人，从不来虚的，既然你瞧得起我们，这活儿我们就一定接，而且给你干得漂漂亮亮！”张宏远无比真诚地说。

“赶紧说，这活儿多少钱？又不是给我干的，有财主给钱，你们还废什么话？”我故作严肃道。

张宏远被我骂得一愣，随即挠头笑了笑说：“料子成本，一套估计三千五百块就够了，兄弟们要是再喝瓶好酒，那就多加五百块，一套您给四千吧。”

我点点头说：“我给你们七千块，五套的话，一共是三万五，这是现金！”说完，我从包里掏出钱，给他们码在了桌子上。

“兄弟，你这是干吗……”

“反正周末你们也是闲着，权当给兄弟们赚些零花钱，往后我这边可能还会陆续接活儿，到时候你们一边上班，一边干点儿私活，兄弟们也能越来越富裕。”

张宏远和众兄弟瞬间肃穆地看向了我，尤其张宏远，他突然来了一嘴：“要不我们集体辞职，跟着你干得了！回头你在外面拉活儿，我们在家里干，要是弄得好，也不会比海兰达差！”

其实这事儿我也想过，但显然还不到时候，于是我说：“目前我手里人脉有限，还不足以支撑大家创业，再等等吧，会有那么一天的。”

“行，兄弟们都等着呢，真要创业，你就招呼一声！”张宏远一拍大腿，挥手就带着兄弟们道：“别愣着了，先把活儿干了吧！”

随后张宏远就开始分工，那天我也开了眼界。难怪他们这个小团体，连海兰达最精密的器械都能仿出来，就冲眼前这个统一和协调，我就佩服得不得了。

他们先将图纸和模型分解，然后谁负责切割、谁负责打磨、谁负责买料运输、谁负责装拆和检测，几句话的功夫就理得明明白白，这比海兰达层层上报的机制，高效太多了！

还没到中午，料就运了过来，我也不急着走，就到车间看他们操作。不得不说，真的太牛了，我相信任何事情想要做好都是需要天赋的，培养天赋的前提就是热爱！

显然地，这些人虽然五大三粗，可一旦投入到机械里，那眼神快乐得都能冒火！

那感觉真就像人机合一！后来从张宏远口中我才知道，这群人从小就爱搞发明，而这个厂子刚好是张宏远的父亲留下的。

所以在很小的时候，张宏远就带着一群孩子，天天泡在厂子里，从废角料开始玩儿，他父亲越是不让动机器，一群孩子就越想当个操盘机器的舵手。

至于张宏远就更不用说了，他简直就是个天才，能双手同时操作两台机床，而且有条不紊，当时我都为他捏了把汗，生怕他把料给干废了！

可我的担心是多余的，那轴承上的弧度非常优美。

姜雪待不住了，我才陪着她离开，不然的话，我真能欣赏到明天。

“你可真厉害，我跑大车那么辛苦，一周才赚两千块；你倒好，动动嘴、敲敲电脑，一万五就到手了，还外加六千块的运输费。”走在路上，姜雪笑盈盈地朝我说。

“也是老天爷赏饭，当初要不是你见义勇为，咱也拿不到这门生意。”我实话实说，并没有刻意夸奖她。

“那你以后是什么打算？我本来的意思是想把你推荐给廉总，所以才说了那些话，你不会怪我吧？”姜雪问。

“怎么会呢？我知道你是好意，但我不会留在翔安集团。”一边走，我顿了一下又说，“姜雪，我现在想积累资金，扩展人脉，等时机一成熟就自己开公司。”

“不跟我一起开大车了？”听了我的话，姜雪有些黯然神伤。

我一笑说：“不了！”

她把头压得更低了：“挺好的，你本来就很有本事，给我押车太委屈了。我知道总有一天，你会离开的。”

“你也要离开，不准再开大车，必须跟我一起创业。姜雪，只要有我一口吃的，就绝不会饿着你！”看着她，我掷地有声地说。

平心而论，开大车绝不是女人该干的活儿。

先不说长途运输有多辛苦，单单一个油耗子，就足以让人心惊胆战。那夜幸亏是我在，手上还拿着尖锐的角尺，油耗子才不敢乱来。

如果换作是姜雪呢？夜里，荒寂的郊区路边，一个小美女在车上，那油耗子还单单是偷油吗？所以为了她的安全考虑，这个活儿绝不是长久之计，我们必须得转行。

听说我要带她创业，姜雪本来落寞的脸上突然生出一丝喜悦，但她又不敢表现出来，只得很扭捏地攥着衣角，似笑非笑说："我什么都不懂，跟着你不拖后腿啊？你不用为了照顾我的心情……"

不等她说完，我就打断说："不懂可以学，而且你善于交际，更会察言观色，在与人打交道方面，你比我强。将来公司销售这一块，可能还得指望你。"

她被我说得脸都红了，特不好意思地拿肩膀撞着我道："哎哟，八字还没一撇的事，真到了那时候再说吧！只要你不抛下我就好。"

那天我们几句简单的交流，却不曾想，姜雪后来成了我手下的王牌销售。

这世间可能所有的行业都需要天赋，就如张宏远对于机械制造那样，可唯独销售不需要天赋，如果非要说有天赋，那就是努力，付出比常人十倍甚至百倍的努力。

第二天中午，好不容易有了休息的时间，姜雪就拉着我去逛街，只是她花钱不再如以前那样大手大脚了，买身衣服都要货比三家，还要砍上半天的价。

路过一家自助餐厅，姜雪频频回眸，似乎想去里面吃饭，但那纠结的表情，明显是怕花钱。

"想吃就说，咱也不是没钱！"我一把攥住她的胳膊，回头就要往里走。

"你疯啦！这家自助三百八十块钱一位！咱俩要是吃一顿，那都小一千了。"姜雪吓坏了，至少现在，她是舍不得花这么多钱的。

我挠头憨笑着问："这么贵啊，里面有什么好吃的？你之前去过？"

姜雪抿了抿嘴唇说："以前张志强带我来过，里面有龙虾自助，管饱。"

"既然这样，那就进吧。钱又不是省出来的，我爸省了一辈子钱，最后还不是被别人骗走了？钱该花就花，我宁愿吃到肚子里，也不要成为别人赚钱的工具！”说完，我拉着姜雪就进去了。

自助餐厅很豪华，各色酒水、食物一应俱全，最引人注目的还是那座“龙虾山”！两斤重的大龙虾，堆了满满一桌子，下面用冰碴保鲜，清蒸的、盐焗的、辣汤炖的，总之什么吃法都有。

我和姜雪好好吃了一顿！

坐公交回去的路上，姜雪掏出耳机，递给了我一只。

这场景像极了曾经我们一起下班时的情形，那是我的第一份工作，而姜雪也是我的第一个同事，虽然工作没了，但好在还有她陪伴。

姜雪突然推了我一下说：“向阳，你手机响了。”

“嗯？哦！”思绪被打乱，我赶紧收回望向窗外的目光，从兜里掏出手机一看，竟然是景城的苗主管打来的。

“喂，苗主管，您有事？”我对着电话问。

“向阳啊，事情是这样，我们从瑞丰制造厂订购的两台机器已经可以发货了，你看看哪天有时间，直接去瑞丰装货，给我们运过来吧。”他很客气道。

我点头回道：“明天后天都可以，您那边着急吗？”

苗主管立刻道：“不急不急，完全看你们的时间。”

我想了一下说：“这样吧，我们明天就去拿货，顺带着把轴承也给拉上。”

说完之后，他那然没动静，我急忙问：“喂？苗主管？”

“哦，向阳啊，轴承的事要不就算了吧。我们廉总说你那边要是联系不到厂家，就不用做了。”他很不好意思道。

“放心吧，都已经造好了，今天发货都没问题。”我自信满满地说。

“这样啊？那还能退吗？我们廉总的意思是能退就退，钱你们自己装着。”他赶紧补充道。

我不解道：“苗主管，你的意思是，廉总想跟我违约对吧？合着我忙活了好几天，你们竟然要我？”

第四十一章

被我当头质问，苗主管深感歉意道：“向阳啊，这件事虽然不妥，但你也没吃亏。毕竟钱我们给了，货不要总行吧？”

“不行，这一码就是一码！钱给我，这是出于信任；货不要，这违反生意原则！”顿了一下，我尽量让自己平静道，“苗主管，到底是个什么情况？怎么突然就这样了？”

苗主管深吸了口气说：“昨天下午，辉越集团的人来景城开了个机械产品展销会，我们廉总参加了，跟对方一交谈，才得知海兰达集团根本就不生产机械轴承，所以……”

我满脸无奈道：“海兰达不生产，不代表他们没有生产的能力啊？再说了，我也没保证这批轴承非要让海兰达生产啊？”

“所以就出了问题，你给的报价太低，辉越集团的技术主任说，七千块造的轴承质量根本就不过关，而且许城除了辉越，也没有其他大集团能造。他说你把廉总给骗了，肯定是找些不入流的厂子，骗钱来了。”

“这种话廉总也信？我的为人，他不清楚吗？”我咬牙问着，更是对辉越集团恨得牙痒痒。

“你为人倒是没得说！可毕竟辉越是大集团，我们廉总当天就从他家订购了五套轴承，还连夜跟辉越集团的主任商讨了下一步的合作。你知道我们景城，机械技术落后，还总被洋人卡脖子，好不容易与辉越搭上线，我们家廉总怎么可能放过这么好的机会？”

深深吸了口气，我颓丧道：“这么说的话，我们这五套轴承，你们廉总真不要了？”

苗主管立刻说：“你看看要是能退钱，就退了吧！我们要的货，辉越已经连夜给造好了，后天下午就能送到！而且周三上午十点，辉越还组织了不少客商来我们公司参观现场安装和试运行这批轴承。”

听到这话，我浑身猛地一动：“您确定是周三上午十点？”

“公示都出来了，而且为了迎接这个活动，现在厂里已经开始大扫除，布置厂房了。”

“好，老苗你听着，你们的货，我会在周三上午十点钟准时送达！”说完，我就挂了电话，拉起姜雪说：“赶紧下车，咱们必须马上出发，前往景城！”

姜雪被我吓了一跳，摘下耳机就皱眉道：“你疯啦？这才刚回来一天，怎么又急着要去？”

我激动地咽着口水说：“姜雪，我嗅到了商机，更嗅到了积累人脉的沃土！先下车去运输公司，路上我再跟你讲！”

姜雪听话地下了公交，我们又打出租去运输公司提了卡车。

往瑞丰机械厂去的路上，姜雪就憋不住问我：“向阳，到底怎么了？苗主管那边就那么着急吗？”

我摇头一笑说：“辉越集团已经开始把手伸向景城那边了！”

姜雪皱着眉，一边开车一边问：“辉越集团的事跟咱们有什么关系？”

“他们开了个展销会，聚拢了不少对机械产品有需求的客商，而且还要在翔安集团现场运行他们的机械配件！如果这时候，咱们也能带着自己的产品杀进去，绝对能分到不少客户！”我激动道。

“这合适吗？毕竟是人家辉越集团组织的活动！”姜雪犹豫道。

“做生意就要脸皮厚，有什么不合适的？再说了，是翔安集团订购咱们的产品在先，所以咱们按时送货，现场安装试运行，也没什么不对的吧？”我憨着笑道。

“你还真是能钻营！”姜雪直接就笑了，洁白的牙齿咬着嘴唇，眨着长长的睫毛说，“之前辉越集团的市场不一直都在北方吗？怎么突然又杀到南方去了？”

听姜雪这么问，我憋不住又笑了！可能这就是缘分吧，任何事情都不是无缘无故发生的。

我就问她："辉越集团是靠什么起家的？"

姜雪撇了撇嘴："小部分靠资本推动，大部分靠窃取海兰达的核心技术。"

这姑娘还算有些头脑，我又继续问："那他们现在还能窃取到技术吗？如果不能，他们在北方市场还能与海兰达抗衡吗？"

听到这里，姜雪顿时瞪大眼睛道："对啊！没了海兰达的技术支撑，辉越在北方市场，肯定会被打得抱头鼠窜。尤其宋楚国，简直对辉越恨得牙痒痒，不把他们扒了皮才怪！"

"所以辉越集团现在急需开辟新的市场，来躲避宋楚国的追杀！而南方，尤其在景城一带，那里的机械技术相对落后，大多数公司都是靠进口机器经营，可进口机器贵啊，配件和维修成本更是高昂！从廉总的态度就能看出来，他恨透了那些吸血的洋毛子！"

"对对！照你这么说的话，景城一带对辉越来说就是块肥肉？"姜雪也激动道。

我点点头说："辉越集团一旦入驻，肯定会压低价格，疯狂走量！那些洋牌子的机器根本就经不起折腾，因为咱们国产机总的价格要比他们便宜一半，售后服务更是周到，能随叫随到！"

姜雪用力点着头，又踩着油门说："这次真让辉越给赚发了，如此大的肥肉竟然被他们给占了先。"

我摆摆手道："仅仅是辉越的肥肉吗？这回咱们也必须要蹿上去咬一口，这就是咱们创业的第一步！"

"向阳，你真的太厉害了，管中窥豹，你竟然一下子就能联想到这么多，而且句句在理！你不当老板真是屈才了！"姜雪侧脸，有些崇拜地看着我。

"行啦，我也是瞎琢磨的，反正就是这么个事儿，但凡用点心的人，都能够想到。"说完，我先跟姜雪一起到瑞丰机械厂拉了机器，然后又去张家庄，将轴承运上了车。

这批轴承造得可真好啊，我相信张宏远他们肯定是用心了！带着感恩之心造出来的东西,定能披荆斩棘、无往不利!

“姜雪,即刻出发,目标景城——辉越集团活动现场!”

我和姜雪是在傍晚出发的,因为时间比较急,姜雪硬是一口气开了十七个小时的车,中间一觉也没睡。

车子到北江县的时候,姜雪已经困得不行了,眼皮直打架,就连方向盘都握不稳了。

“丫头,赶紧停车,先在路边休息。照这个速度,咱们应该能来得及。”抬起手,我用力推了推她的肩膀说。

“嗯? 啊! 我还可以,等夜里再睡吧,趁着天亮,我还能再往前走二百千米。”姜雪强打着精神说。

“不行,生意可以不做,但命不能不要! 前面大树下,你立马停车,咱们原地休息。”这个时候,我必须得给她下死命令。

姜雪揉了揉眼睛,精神明显有些恍惚,但还是强迫自己靠意志缓缓踩下刹车,最后将车滑行到了树下。

停好车后,我拿着面包问:“你饿吗? 先吃口饭,再睡一觉,明早六点出发的话,应该还来得及。”

姜雪却摇着头,浑浑噩噩地跨到后排,直接趴在长椅上说:“我不饿,先睡会儿吧,等回头你叫我起床。”

看着她憔悴的模样,我心里真的特别难过! 这还是曾经那个天天在办公室吃零食、照镜子、爱打扮的姜雪吗? 如今她头发蓬乱,脸色蜡黄,白皙的小手因为掌控偌大的方向盘,已经磨出了一层薄茧。

其实我也困得不行了,虽然不开车,但我要时时刻刻帮她看路况,陪她说话聊天,还要给她喂水喂饭。

姜雪彻底睡着了,因为过度劳累,鼻息间还带着轻微的鼾声,我给她盖了层薄被。

做完这些后,我才卷着自己的海绵垫子,拿了个厚大衣,直接下车,钻到了车底下休息。

躺在海绵垫子上,我脚还不忘踩着油箱,我就不相信,我都趴在油箱上了，还能有人敢来偷油！

那一夜，确实没有油耗子光顾，可我也睡死了，再次醒来的时候，都到了上午九点，姜雪躺在车里，竟然还没睡醒！

坏了，睡过了整整三个钟头，也不知道还能不能赶上？

我赶紧收起垫子，往车兜里一扔，接着爬进驾驶舱，摇醒姜雪说：“丫头，赶紧起来吃口饭，洗把脸，咱们该出发了。”

姜雪揉着昏沉的眼睛，哼哼唧唧坐起来问：“向阳，几点了？”

我抿着嘴说：“刚过六点，你先喝口水吧，咱吃点东西，回头还得继续辛苦。”

姜雪打了个哈欠，又从椅子底下掏出镜子照了照说：“哎哟，我怎么丑成这样了，像个女疯子。你赶紧给我倒水，我好洗把脸。”

“行，咱们到车下面洗。”说完，我就拎着水桶下了车，然后给姜雪倒水，她就那么蹲在地上洗。

等丫头彻底精神了以后，我才开口道：“姜雪，上高速吧，我看地图上标注，高速是直线距离，跑起来能省不少时间。”

“这段路可不短，跑高速要三百多的过路费，现在才六点多，你急什么？”她发动车子说。

“姜雪，现在已经九点半了，咱俩都睡过头了……”

下一刻，姜雪直接把油门踩到底，连话都不跟我说了。

我看着地图道：“一直沿着高速跑，夜里八点，咱们能到逢城服务区，晚上在那里休息一夜，第二天差不多能赶到。姜雪，辛苦你了！”

姜雪满脸慌张地说：“不行晚上别休息了，逢城离景城也就三百千米，我咬咬牙，到了地方再休息吧！”

“不行，绝对不能再开夜车，听我的，到了逢城必须休息！”

我永远都忘不了，最初创业时的那种艰难。自己不会开车，硬逮着姜雪，可即便再辛苦，丫头也从不抱怨一声。那一趟跑下来，我好几次望着窗外落了泪。要想在社会上熬出头，真的太难了！各种心酸，只有经历过的人才明白。

好在一番折腾后，我们在上午八点进了景城，可路上又堵车，姜雪焦急地按喇叭，磨蹭到九点半，才到了经济开发区。

翔安集团的厂门口布置得格外喜庆，拉着红色大横幅，摆着鲜艳的花篮，地上还有很多鞭炮的碎屑，看来活动的开幕仪式已经庆祝完了。

我下车在门口做完登记，就和姜雪开车进了厂区，远远地，我就看到一个厂房门口，站了很多西装革履的年轻男女，他们是辉越集团的员工，似乎正在发一些宣传手册。

将车停到路边，我先给苗主管打了电话，随后又朝姜雪笑道："这辉越集团的美女，还真不少啊！你看看这些宣传员，个个腰细腿长。"

姜雪就噘着嘴说："有什么的啊？我打扮打扮，可比她们好看多了，都是靠化妆撑起来的门面！"

"我知道你漂亮，可也不能说人家不好吧？你看看那个，披肩长发那位，不就蛮漂亮的吗？"反正已经到了目的地，苗主管还没过来，我就和姜雪闲聊着。

"哪个呀？我怎么没看见？"姜雪抬起头，好奇地问。

"就是那个穿着豹纹高跟鞋，脖子里戴金项链的那位！"我指着人群中的女生道。

姜雪眼神一怔，接着又微微低了低下巴道："她叫黄美如，是我大学同学。"

听到这话，我一拍脑门儿，恍然大悟道："哦，我想起来了，当初你推荐我去辉越，找的就是她吧？"

"嗯。"姜雪有些不太开心。

"那还等什么？赶紧下车打个招呼吧？"我拉着她说。

姜雪却推开我的手，扭扭捏捏道："我不想跟她说话！"

就在这时，苗主管来了，我就拉着姜雪道："苗主管总得见吧？看看，人家都过来了，你赖在车里像什么样子！"

她很不情愿地下了车，还没迎上苗主管，在我们侧面就传来了一个声音："姜雪？你真的是姜雪？"

听到这声问候，姜雪的脸都绿了……

第四十二章

当时苗主管还没走过来，那个叫黄美如的女孩，就已经热情地跑到了我们面前。

“哟，姜雪，真的是你呀？刚才我还以为自己看错了呢！”黄美如抓着姜雪的胳膊，老同学见面，分外热情。

“黄美如，你不是在辉越集团的人事部吗？怎么跑这里来了？”姜雪低着头，总之就是不太开心。

黄美如白皙的脖颈上戴着一条金灿灿的项链，两条柳眉修得细长，她笑盈盈地拍着姜雪胳膊说：“陪男朋友出差才来了这边。辉越不是要在这里设分部吗，我男朋友被提拔成了负责人。”

姜雪再次把头低下，道：“哦，那恭喜你呀。”

“哎哟，这有什么好恭喜的！倒是你，听说被海兰达给开除了，档案里还写了不少难听的话，他们真是太可恶了！”黄美如一掐腰，看似打抱不平，却又似故意在姜雪面前，露出她手上那枚璀璨的钻戒。

姜雪被闪得眯了眯眼睛，道：“那个……我这边还有点事……”

黄美如却立刻说：“姜雪，你现在怎么还跑大车了？虽然你不好找工作，也不能干这个啊？你看看你现在，皮肤好粗糙，还有法令纹，再看看你的手，跟老树皮似的。你有困难就跟我说，大家都是老同学，能帮我一定帮！”

姜雪抿了抿嘴唇，轻轻摇头说：“我自己能行，而且跑大车蛮好的。”

“你看你，跑大车有什么好？”她嫌弃地瞥了姜雪一眼，又指着姜雪的衣服道，“你衣服都脏了。你有困难就说，我老公好歹要升官了，能给你安排个职位的。”

“哟，这是你男朋友吧？幸会啊！”

我刚抬手要握，她却冷不丁又把手缩了回去，脸上还无比热情地笑道：“我和姜雪是大学同学，一个宿舍的，感情好着呢！”

她这虚晃一枪，搞得我差点闪了老腰！

“你男朋友跟你一起跑运输？你说你，当初好歹也是咱们系花，多少有钱的男生追你！可你清高啊，总想着靠自己！现在怎么样？”

一边说，她还不忘瞥我一眼，又转头看着姜雪道：“其实我蛮羡慕你的，有个老公天天陪着，风里雨里，相濡以沫。”

听到这话，我微微松了口气，她总算开口说了句人话，可下一刻，我就被狠狠打脸了。

“再看看我那老公，整天就知道忙事业，现在月薪都两万了，竟然还不知足！我一嫌他不陪我，他就让我买东西。钱有什么好的？能换来陪伴吗？”

“既然你觉得老公不好，那就换一个呗！天下男人那么多，干吗非在一棵树上吊死？”面对无赖，我更无赖，直接厚颜无耻道。

苗主管刚才就已经过来了，这时候我朝他挥手道：“老苗，头两天我是不是从你们厂里挣了二万多？”

苗主管赶紧说：“怎么？那些轴承没退掉？你这孩子也是，要是都退回去，不就净赚五万多了！”

我抿嘴一笑，又看向眼前的黄美如道：“怎么样？没骗你吧？这位是翔安的苗主管，我们头些日子还做了笔买卖。”

“你不是跑运输的吗？能做什么买卖？”黄美如依旧不信。

我当即冷笑一声，看着她说：“待会儿，我就让姜雪出人头地，而且还会让你老公颜面尽失！”

被我生怼了一句，她气得脸色大变，却不知道该如何跟我理论，二话不说，扭头就走开了。

“好好的，待会儿看我怎么收拾她！”我用力拍了拍姜雪的肩膀安慰道。

其实刚才黄美如的那番话，的确挺让人难以接受。老同学见面，不去嘘寒问暖、沟通感情，却处处炫耀自己、打压别人，我一个大老爷们都听不下去，更别说姜雪了。

我转身看着苗主管道："你们到底什么意思？老苗，当初我可是诚心帮忙，你们廉总却釜底抽薪，事儿不能这么办吧！"

老苗自知理亏，也不敢反驳什么，只得看着我憨笑，当然了，这也不是他的主意，我揶揄他也没什么意思，便继续问："你们廉总呢？出了这么大的事，总得出来说句话吧？"

老苗挠着半白的头发，眼睛左右看了看道："廉总他们来了！这不跟辉越集团一起搞活动吗，他忙着去陪客户，实在抽不开身。等活动忙完，我们廉总说当面给你道歉。"

还不等我继续回话，不远处的那个黄美如，朝廉总那边跑去："老公，刚才有人欺负我！"

廉总身边一个西装革履、三十出头的男人，一摸光亮的脑门儿，把黄美如搂进怀里道："老婆，谁欺负你了？"

我都不等对方点名，大步流星走上前道："谁欺负了谁，可不是你老婆张张嘴就能颠倒是非的！她跟姜雪老同学见面，话里话外却处处炫耀，我教训她两句怎么了？"

那秃顶男似乎也知道黄美如的德行，可架不住黄美如撒娇，他当即皱着眉，朝廉总冷声道："这是你们厂的员工？"

廉总这人怎么说呢？生意上确实有些欠妥，但做人却没得说。他当即就回道："向阳是我请的客人，也是我的朋友。有得罪的地方，等回头我私底下骂他几句。"

一听廉总这么维护我，那秃顶男倒是愣了，但他也没说别的，毕竟在廉总厂里搞活动，真闹僵了，人家廉总可不给他面子。

"你行了！要脾气也不分个时候，这不是让廉总下不来台吗？赶紧忙你的去，我这边还有正事儿要办呢！"秃顶男窝着一股气，朝黄美如怼了回去。

廉总有些歉意地看着我说："向阳啊，我这边还有事要忙，不行我让老苗先带你们去吃饭吧。晚些时候，我当面罚酒赔罪。"

我摆摆手,看着眼前的秃顶男说:“廉总,到底是谁说我的轴承不好?说我想忽悠您钱包的?”

“这……”廉总有些为难。

一提这茬,黄美如老公顿时就笑了:“我当是谁呢?之前用七千块钱造轴承的人,原来就是你啊!”

我点点头,道:“我向阳从不欺负人,但也决不吃哑巴亏!无缘无故污蔑我,就必须当面道歉!”

“我给你道歉?你以为你是谁啊?当个二道贩子,从廉总这里忽悠个订单,跑到许城乡野小厂,粗制滥造地弄几个配件,你这就是在行骗!”

“好,我行不行骗,咱先放到一边。我倒是想问问你们辉越集团,一个靠着窃取他人技术,抄袭他人成果发展起来的公司,怎么说话就那么牛气呢?谁给你的自信?”看着他,我针锋相对道。

“你这是污蔑,你信不信我告你?”

我冷声怒道:“你告我?苏小民、马光明、苏梅,你到底认识几个?你这个级别,在辉越集团能接触安插在海兰达的内应吗?实话告诉你,我跟宋楚国,那是拜把子兄弟,真要想搞你们,辉越死都不知道怎么死的!”

顿了一下,我继续说:“知道你们辉越集团为什么在北方市场上被海兰达揍成那样都不敢还手吗?就因为宋楚国手里捏着你们的命根子呢!只要敢还一句嘴,他就能把整个辉越董事会全给送到监狱里!”

“你!”他的脸已经成了酱紫色,他是知道一些内幕的。

我再次冷笑道:“既然是来景城讨饭的,那就别牛气哄哄,在廉总面前充大头蒜!”

廉总赶紧站出来打圆场道:“向阳,别没轻没重的,好歹谢总也是我客人。”

见廉总给了台阶,他顺势借坡下驴,赶紧进了厂房,这时候我说:“你们搞活动,介不介意我进去参观参观?”

廉总爽快地笑道:“年轻人爱学习,这可是难能可贵的品质!欢迎,绝对欢迎!”

“还有,您那五套轴承,我都给拉来了,您真就不打算要了?”我继续问。

“你这孩子,我都说钱给你,东西就不用麻烦了,你怎么就是不听话呢?之前我在辉越已经定了五套,他们昨晚就送来了,待会儿就试机。”廉总尴尬地说。

“廉总,这样吧,让他们先试机,等他们试完了,我们再试!当着大伙的面,您感觉哪个好,再决定用哪个也不迟。”

廉总皱眉道:“向阳,他们可是辉越集团,你这不是自取其辱吗?”

我当即不屑道:“辉越集团怎么了?就是厂子大点儿而已!不用照顾我面子!”

第四十三章

本来廉总对我就有一些歉意，此刻看我这么坚持，就没再说什么，算是点头答应了。

往厂房里走的时候，苗主管和姜雪朝我走了过来，我转头问老苗："这次活动一共来了多少客户？还有，那西装男叫什么？"

苗主管躬着腰，给我们引着路说："十八家公司的采购商都是前两天参加辉越集团产品展览会时吸引过来的。辉越的负责人叫谢长发，听说将来辉越集团要在景城设分厂，他可算是这里的一把手。"

"谢长发？难怪还不到四十岁，头发就谢顶得那么厉害。"我摇头一笑，他还真是人如其名。

厂房里布置得很像样，宽阔的走廊中央挂着一条鲜艳的大横幅，横幅下方是一座小舞台，而舞台的架子上摆着不少辉越集团产的零配件，还有两台中型喷涂机械设备。

舞台下方放了不少椅子，上面已经坐满了人，应该都是前来参观的采购商。

活动在十点钟准时开始，廉总上前做了简短的讲话，主要就是抛砖引玉，把辉越集团以及这个谢长发给引出来。

随后谢长发就走上台，对着自己身后的机器和零配件，一顿胡吹海侃，总结起来就一句话：辉越天下无敌。

讲真的，他口才确实不错，而且说话极具煽动性。

"好，废话讲再多，咱也不如眼见为实！尤其大型机械轴承这东西，最考验一个厂家的技术和制造能力，当然也是赶巧，正好碰上廉总这边采购了我们辉越的产品，下面咱们就现场试验，拿国外的轴承做对比，让大家一目了然、心服口服！”

看着自己老公在台上侃侃而谈，黄美如骄傲地仰着下巴，还不忘朝我们这边瞥一眼，眼里尽是对姜雪的鄙视。

那几个外国专家还没走，廉总似乎又招聘了一位女翻译，几番沟通之下，外国专家指挥员工用天车将轴承吊起来，开始对机器进行安装。

机器周围被参展商围成了一圈，谢长发离我的位置也不远，他含沙射影地高声道：“廉总啊，你不该退掉那批轴承。有人不是嫌我污蔑他吗？要是他的轴承也在，我真想跟他的放在一起对比，让所有人都看一看，粗制滥造的轴承跟我们辉越的产品差距到底有多大！”

顿了一下，他目光又转向我，道：“廉总啊，机械方面的采购，可一定不能图便宜。”

果然不是一家人，不进一家门！黄美如说话是明着打击你，来衬托自己；这谢长发更阴险，他指桑骂槐却不提你名字，倒弄得你心里更憋气。

对面忙着安装，我出言反驳道：“我会满足你的要求，轴承我拉来了，待会儿就上机。”

“好！我还真是小看你了，就凭这份勇气，我朝你挑个大拇指！”

当然，我也不生气，因为他们的轴承我看见了，究竟是谁自取其辱，待会儿就能见分晓。

由于只是测试轴承，所以安装的速度很快，也就不到十分钟的工夫，辉越集团的轴承就已经安装完毕，而在旁边，还有一台翔安的进口机器，是用来做产品对比用的。

“大家等了这么久，咱就不再啰唆了。既然安装完毕，廉总，那咱就开机试一下？”谢长发看着廉总问。

“小刘，推闸开机，马上测试！”廉总当即下达了命令。

闸门上推，两台机器轰然启动，由于还没安装外面的保护壳，所以轴承运转，大家可以看得一目了然。

这时候，采购商中间有一位脸上带黑痣的老板说："谢总，你们辉越集团的轴承也不比国外造的强到哪里去啊！你听听这噪音、这异响，瞅这模样还不如人原厂进口的呢！"

他说的没错，判断机械轴承的好坏有一个特别简单的方法，那就是听声音！

切割打磨优质的轴承，在高速运转之下，噪音会相对较小，而打磨不均匀或者切割线条有偏差的轴承，噪音就会变大！显然地，辉越集团的产品噪音明显比国外原厂的要大那么几分。

谢长发没想到还有懂行的，但他并不慌，摇头笑道："李总，我们的音噪虽然大了那么一丁点儿，但并不影响使用。而且您不要忘了，原装轴承要一万七，加上运费就得小两万！"

顿了一下，他又说："可我们的产品算上运费才一万二，将来若是在景城建厂，那连运费都省了，一套下来也就一万！这可是一倍的价格差啊，真摆在各位眼前，你们会选哪个？"

果真让我猜对了，辉越集团来景城就是要打价格差，面对一倍的价格悬殊，在不影响机器使用的情况下，都知道该怎么选。

此话一出，周围采购商瞬间交头接耳，有的甚至暗暗挑起大拇指，说我们民族品牌崛起有望了！

有的甚至还说，他们就是爱国，哪怕辉越的产品次点儿，他们也支持民族工业！

我就在旁边憋着笑，辉越算个什么民族工业，就是靠抄袭起家，无耻至极的一家公司，他们要说海兰达是民族企业，我倒不会反驳，毕竟海兰达做得确实不错，尤其在研发上。

谢长发嘴角挽起一抹诡异的弧度，转向我说："小兄弟，你的产品不是也带来了吗？那还等什么？赶紧把你用七千块造的轴承，拿出来给大家见识见识吧？"

听到这话，廉总明显皱了皱眉，他又能如何呢？辉越对于廉总来说，那是大型制造商，保不齐将来还得仰仗人家，虽然心有怒火，却只得用眼神朝我致歉。

我自然不会在意这些，从小到大受尽嘲讽和冷眼，早就让我具备了一颗强有力的心脏和能容万事的城府。所以我不跟他对着杠，只是眯着眼笑问：“谢总，您确定要把我们的产品拉到您举办的活动上测试？”

“小子，海兰达根本就不造机械轴承，哪怕是造也是他们内部使用！许城除了海兰达以外，其他根本就不入流，更何况你一个运输员，靠着嘴皮子忽悠廉总，这种不耻之事，难道我不应该当众揭穿，免得更多人上当受骗吗？”

他情绪激昂、面露狰狞地瞪着我，又说：“你有胆量把自己的产品，在众人面前亮出来吗？”

我用力抿着嘴，压制着内心翻江倒海的情绪，随即转头看向姜雪道：“雪儿，把车开进来！我不蒸馒头，也得争口气！”

姜雪早就按捺不住了，泥人还有三分火，都到这时候了，还讲什么同学情！

二话不说，姜雪拎着车钥匙，飞快地跑出厂房，仅仅片刻间，我们的卡车就带着轰然巨响，飞速地开进了厂房。由于姜雪车技高超，刹车猛地一踩，车轮瞬间漂移，最后不偏不倚，刚好停在了第三个检修的机器前。

我几步上前，跟姜雪一起解开了遮雨布的绳子，情绪激昂道：“姜雪，准备好了吗？”

丫头攥紧手里的绳子，朝我点了点头，我深吸一口气，嘴里倒数道：“3、2、1！”

覆盖车头的遮雨布被我俩齐力下拉，从厂房上空的窗户透射进来的阳光瞬间照射在了我们的轴承上。

那一刻，我是第一次好好欣赏张宏远他们造的轴承。太美了，顺滑的线条、细腻的抛光，它不仅仅是几套配件，在机械领域，甚至可以称得上是艺术品！

“哇！”那三位洋专家当时就瞪大了眼睛，张大了嘴巴。

“我的天，这轴承……”采购商李总脸上的黑痣猛地一颤。

“七千块钱能造出这种东西？”廉总摘下眼镜，用力在衣服上蹭了蹭，接着又赶紧戴上，满是惊讶地看着我问。

阳光洒落在轴承上，折射出熠熠生辉的光芒，那种金属质感的通透和明亮，宛如镜子一般纯净，尤其那种优美的弧度和线条，更是带着某种魔力，让人禁不住想上前摸一把。

待众人皆醉之时，偏偏就有不和谐的声音传来："花里胡哨！这机械配件是用来看的吗？造得再美有什么用？华而不实的东西，装在机器上，就是个累赘！"

都到这时候了，谢长发还不忘打击我，又说："各位老板，假货之所以好卖，一是因为便宜，二就是外形好看，这机械配件讲究的可是实用设计和科技含量，花架子是没有用的！"

"那好，接下来我就给你看点儿有用的！"说完，我猛地抬头，用英语直接跟几位老外交流。

老外更是迫不及待，赶紧指挥工人卸货、装机！

一边安装，那些老外就禁不住感叹，这做工、螺孔、线条，很难想象在景城能看到这样的工艺！

装辉越集团的轴承，他们花了十分钟，而装我们的产品仅花了五分钟！只因我图画得细，张宏远他们手艺好，轴承与机器的契合度极高，朝里打螺栓固定的时候，根本就没费什么劲儿。

一番安装之后，我眯眼笑道："谢总是吧，我们的产品是不是花架子，现在就可以见分晓了。您要是不介意，咱就开机试一下？"

这时候，谢长发明显慌了，看外形无法判断优劣，但安装得如此顺利，就足以说明问题了。零配件与机器的契合度越高，就证明它的性能越好。

众目睽睽之下，他还能说什么？双拳一攥，他硬挺着光滑的脑门道："开机！"

下一刻，机器再次开启，整个厂房也瞬间安静了下来，只有我们高速运转的轴承发出了细微的高频共振声。

那声音真的太顺滑了，就宛如蚊子扇动翅膀，发出的"嗡嗡"声一样，而之前辉越的轴承却跟拖拉机耕地似的，吵死个人！

静！

出奇地安静！

廉总艰难地咽了咽口水。

采购商李总，用力捏着黑痣上的两根毛。

谢长发额头上的汗沿着脸颊下落，整个人都石化了。

“谢长发，我这个轴承还算说得过去吧？比你们辉越造的零件还差几分火候？”绝地反击之下，我定不会给他留任何面子。因为我们之间，早已攻防转换。

他用力耸动着喉咙，却迟迟不敢说一句话，倒是廉总用力皱眉，烦躁地说：“谢总，之前在展销会上，我就不爱听你说那些话！先不管向阳到底懂不懂技术，单凭他之前帮我公司除了一害，这就是对我有恩！可你明明知道这茬，还变本加厉地污蔑，企图贬低对手来达到自己销售的目的，真的令人很不齿！”

李总也站出来冷笑道：“我看这个轴承挺不错的！小伙子，我先跟你预定十台，月底到货就行！”

心里憋着的那口气终于发泄了出来。我转头看向李总道：“姜雪是我们公司的股东，也是销售部总经理，您要想订货，那得看她的意思，她的权力才是最大的！”

说完，我还不忘盯着对面的黄美如，好让她知道知道，姜雪不仅混得不差，还比她强多了！

第四十四章

偌大的厂房里，当我把姜雪推出来的这一刻，她瞬间就成了众人关注的焦点！

姜雪完全没有防备，我悄悄攥紧她的手，低声在她耳旁说：“丫头，抬头，挺胸，自信起来，现在所有的人都得求着咱们办事，尤其他们得求你，所以不要被黄美如看扁。你要告诉她，你活得不仅比她强，还要强百倍！你是凭自己，并非靠男人！”

听完我的话，姜雪更加用力地攥紧了我的手，那微红的眼眶，硬是把眼泪压下去，仰头无比大方地笑道：“各位老板，对于这批轴承，我们之所以给廉总七千块的价格，那只因为我们是朋友！”

顿了一下，她神采飞扬地又说：“至于大家要订货的话，我也给个公道价，一万一套，包含运费！我相信这个价格应该能让所有人都满意，不是吗？”

“嗨，别说一万了，就是二万，那不该买也得买？况且这么好的产品，一万也是捡了大便宜，而且还免运费，到哪儿找这种好买卖去？”一位穿黑色西装的采购商当即就说：“我厂子大，轴承也过了更换年限。姜经理，能先给我发十五套吗？我急用！”

“老麻，你这话我就不爱听了，凭什么先给你发？你厂子大了不起啊？姜经理，咱可不能见菜下碟、区别对待啊！我也要十五套，月底交货，而且我提前打款！”另一位高个采购商，扯着嗓子就不愿意了。

眼看着众人在那里争吵，我俯在姜雪耳边又说了两句话，她点头一笑，随即看向大家说：“各位老板，大家先听我说！看到台上那些零部件了吗？

除了那两台喷涂机以外，我们什么都能造，而且工艺绝对放心。所以大家要是有需求，就跟我去东面办公桌上下订单！”

此话一出，现场又是一阵吃惊。姜雪往东面走，那些采购商就忙不迭地跟上，生怕自己抢不了单子。

我侧面的谢长发脸都要绿了，他死死攥着拳头道：“向阳！你过分了！这是我们辉越集团组织的活动，是我们花钱办展览，吸引来的客户！你凭什么半路截胡？凭什么当着我的面挖墙脚？”

“哟！谢长发，你这话可就不对了！是你非要让我展示轴承，非要跟我比一比，我招谁惹谁了？本来就是给廉总帮忙做个轴承，可你却诋毁我。咱得讲道理，你不能逮着我，往死里欺负吧？”

“你……你……”他的脸都黑了，却愣是说不出一句话。

“合着就得你欺负别人，我反抗一下都不行？还有，那些客户选择谁是我能控制的吗？人家非要买我的东西，我不能不卖吧！那要是这样，我还做什么生意？”我无辜地看着他，心里却乐开了花。

这时候廉总站出来了，他说：“谢长发，这活动是我帮你们办的；场地我提供，早餐我提供，所有安排几乎都是我翔安出的钱！可你明明知道向阳是我朋友，却次次打我的脸，说那么难听的话，你是不是没把我放在眼里？”

被廉总当面质问，谢长发苦着脸却不知该怎么解释。他刚才确实太狂了，可能就是仗着身后有辉越撑腰，才敢那么狐假虎威。

“收拾好你这些破烂，马上给我滚！我廉翔安做生意，有时可能会差一道，但论做人，还没有谁能挑我毛病！”廉总扔下这句话，拉着我就走。

一直来到外面，他才愧疚地看着我说：“向阳啊，是我不对，有眼不识泰山，之前的事情，你可千万别往心里去。”

其实他也没什么不对，只是不要货了而已，但钱没让我退，单凭这一点，廉总就值得交往。于是我说：“这种事我理解，毕竟咱们才见了一面，你不信我正常，要是信了，这才见鬼了！”

听我也不是多在意，他才缓缓舒了口气，抬手压住我肩膀，用力拍了拍道：“我先去安排一下工作，下午去我家里，咱哥俩好好喝上一杯，就当是我赔罪！”“那您先忙，咱们过后再聚！”我点点头说。

“好，少年英雄，今天这事儿干得漂亮！”说完，廉总就着急离开了，他应该是有什么重要的事。

我倒是轻松了许多，返回厂房，姜雪都忙坏了，采购商们七嘴八舌，削尖了脑袋要订货。

我走过去的时候，那个黄美如竟然也在，她在人群中硬挤着，面色异常狼狈道：“姜雪，你把车挪一挪行吗？你们的卡车挡在中间，我们的车根本进不来。”

姜雪头也不抬地说：“没看我正忙着吗？分分钟几千万，哪有工夫给你挪车？”

黄美如脸色尴尬地笑着，手轻轻拽着姜雪，道：“那你把车钥匙给我，我让别的司机给倒出去。”

“黄美如，要挪车也行，你问问这些老板们答不答应！”姜雪把手里的笔一摔，靠在椅子上直接罢工！

“你有完没完？没看大家都忙着呢吗？再说姜经理这么大的人物，给你挪什么车？”那个麻老板个子不高，火气倒是很大。

姜雪不倒车，他们也不是没有办法。那些穿得人模狗样在门口揽客的辉越员工，全被黄美如和谢长发叫进来，手抬肩扛地往外搬东西。

他们再也没了之前的傲气，被廉总扫地出门更是丢尽了脸面。黄美如和另一个女生抬着一箱配件路过我旁边时，我淡淡一笑说：“看看姜雪，这一趟下来，她至少能赚十几万，比你可强多了！”

听我这么揶揄，黄美如罕见地没跟我吵，倒是出去以后跟谢长发大闹了一顿，真是丢人都丢到省外了。

那时，我就对婚姻秉持一种观念，如果两个人是因为金钱走到一起的，那么这份婚姻势必不会太幸福。缺少爱，就会缺少包容和理解，若连金钱和虚荣都出了问题，更是会打得鸡飞狗跳！

当初在老家，我没有选择留下，更没跟何冰结婚，原因也大抵如此。我不确定何冰爱不爱我，唯一能断定的就是何妈爱钱。如果我没钱，即使结了婚，何冰不闹，她妈也会闹。

想到这些，我长长地舒了口气，返身回到姜雪那边，帮她记起了订单。可越是接单，我心里就越发虚。单凭张宏远那个厂子的产能，能不能干这么多活儿都还是个问题。

后来我只能有所保留地将发货时间按顺序推迟到了九月份，虽然有些采购商不满意，但这已经是极限了，总比以后违约好。

签单以后，不少采购商还先打了款，尤其那个痦子李，出手更是大方，不仅带头打了全款，还是众人里采购配件数量最多的一位。

忙叨一上午，等姜雪把车开出来的时候，辉越集团的人早已经走干净了。苗主管先带我们去了原来的宿舍休息，说等廉总忙完以后，会跟我们联系。

姜雪虽然累点儿，但精神头还不错，她扒拉着手里的记账本道："一共是二百四十多万的货，刨去成本的话，我估摸着咱能挣个七十万左右，到时候再跟张宏远他们分分，咱自己拿个三十万应该没问题。"

两个月挣三十万，哪怕跟姜雪平分，我也能拿十五万，这已经不算少了。只是我并不是太高兴，反而有些犯愁道："姜雪，这回咱们玩儿得可能有点儿大了！"

姜雪合上账本，翘起修长的腿，笑盈盈地说："怕什么？不少客户已经提前打款了，目前账户上的资金已经够成本了，所以你不用为原料的事发愁。"

我摆摆手说："不是钱的事，而是接的活儿太多。你要明白张宏远他们现在还上着班呢！万一宋楚国不放人，咱们找谁生产？"

"那就集体辞职呗！按照目前的接单量，咱们完全可以养活厂里的工人了。"姜雪依旧乐观地说。

"你说得倒容易，张宏远是什么人？那是宝贝、人才！宋楚国舍得放手吗？你可不要忘了，当初你跟张宏远犯罪的证据还在宋楚国手里攥着呢！"

被我戳中软肋，姜雪脸上的笑容顿时就僵住了："那……那怎么办？你也不提前说，当时我看有那么多订单，能接的我都接了。"

我摆摆手道："这也不怪你，我也没想到一下子能接这么多单。行了，先不想那么多，等回了许城，我去找宋楚国谈谈吧。"

“向阳,我是不是又给你闯祸了?”见我直掐眉心,姜雪问。

“哪儿有?你干得很好,刚才跟那些采购商讲话,真的很霸气,继续保持!”我鼓励她说。

我让姜雪去洗澡,先睡一觉,毕竟开了这么多天车,也没好好休息过。

我把电话直接打给了宋楚国,张宏远这批人,我是必须要领回来的。

“哟,我还以为你小子人间蒸发了呢!都是老乡,有话就说。”宋楚国跟我不见外,还带着些亲近。

“老宋,那人你给我找到了吗?这满打满算,可又是一个月了!”我对着电话,劈头盖脸先来个下马威。

“你看你,这寻人又不是招聘,我就是往里砸钱帮你,那也得等钱进了水里,才能冒水花吧?我真的正在帮你找,再耐心等等吧。”他不太好意思道。

我变本加厉道:“当初你让我办事,我二话不说就办了!怎么事儿到了你这里就这么磨叽呢?”

宋楚国被我怼得久久无语,硬张着嘴说:“是我不对行了吧?撇开找人这件事,你要有别的忙,我一定帮!”

我等的就是你这句话!

“你确定?”我问。

“只要是在我能力范围内。”他斩钉截铁道。

“老宋,我手机可录着音呢,你重说一遍,刚才的话到底算不算数?”

他当即说:“你听好,除了找人那件事,只要是在我能力范围内的,不犯法的,不算太过分的忙,我一定帮你!如果不帮,天打五雷轰行吧?”

我当即一拍桌子道:“好,把张宏远他们放了,我现在需要人。”

“你这是要往我心口上割肉,不行,绝对不行!”他当时就反悔了。

“老宋,录着音呢,注意你董事长的形象!”我抿着嘴,硬憋着笑提醒道,“我要把这段录音放到你们公司里,你这董事长的形象可就要打折扣了。”

电话那头是宋楚国粗重的喘息声,我不着急,给他时间缓口气。这家伙虽然人不坏,但到底也是商人,我如此正大光明地挖墙脚,还挖得他浑身难受,他自然需要时间消化。

好半天过后，他才顺过气说：“小狐狸，你真阴险，跟你打交道，满嘴都是坑！好歹咱们也是老乡，你现在竟然把枪口对准我了？”

他这么骂我，就证明事情已经有了缓和的余地。我也不再吓唬他，便一本正经道：“没录音，就是骗你玩儿的，讲实在的，这忙你到底帮不帮？”

“你……”他气得直咬牙，接着又说：“你人在哪儿？我今晚有空，见面再说！”

“在外地，而且你放心，我要张宏远他们绝不是与你为敌。更何况现在，我也没那个资本跟海兰达争市场。三天后我回许城，咱们还是老地方见面。”

“小东西，天天不着四六的，出门在外注意安全，先挂了！”说完，他就把电话撂了。

听宋楚国这语气，我估摸这事儿八成能行。

第四十五章

下午一点多的时候，苗主管给我来了电话，说廉总那头刚忙完，正在办公楼前等我们。挂掉电话，我就叫上姜雪，一起赶了过去。

“刚才我跟公司领导开了个集体会议，目标就是讨论你。”廉总一边开车，一边笑着说。

“讨论我什么？廉总，我之前已经说过了，暂时还没有留在景城的打算。”靠在舒适的座椅上，我冷静地回道。

廉总却爽朗一笑，攥着方向盘说：“你这尊大佛，我本来也没打算请！是这样，经公司领导一致同意，我们翔安集团想跟你达成战略合作，将来我们公司所有机器的检修、维护，乃全耗材、零件的采购，都由你们来提供。”

听到这话，我脑门儿“嗡”地一下，这真是天上掉的大馅饼啊！如果换作是宋楚国，他肯定能乐开花，可我却不同，有的时候馅饼太大，能力太小，会被砸死的。

见我非但不高兴，反而面色凝重，廉总就狐疑地问：“怎么？信不过我廉翔安？还是有别的顾虑？”

“没，没有！”我用力攥着衣角，机会往往都是在你没有准备好的时候，就悄然而至！可我能因为没有准备，就眼睁睁放着机会溜走吗？

馅饼是有点儿大，可我向阳的为人，就是吃撑了哪怕吐出来，我也不会把肥肉拱手送给别人。我当即自信道：“廉总，这可能是您有生以来，做得最正确的决定！”

“好小子，我就喜欢你身上这股宠辱不惊的淡定！战略合同我都带了，一会儿吃饭的时候,咱们就签了,往后可别说我这个老哥哥再对不起你了。”他抬起手,用力拍着我肩膀说。

可我哪儿是“宠辱不惊”?是已经被震傻了!翔安集团的所有售后以及零配件供给啊!往后我们厂光靠这一棵大树,就能吃得满嘴流油,更不用再去为找客户发愁了。

来到西府区的青瓷路,廉总把车停在了门外。他家住的是中式别墅,房子足有三层,似乎还带着一个后花园。

进门换鞋,嫂子早已经把饭菜准备好了。她人一看就是贤惠型的,虽然年近四十,但保养得很好,说话的声音也特别舒服。

“这两位就是向阳和姜雪吧?翔安都跟我说了,你们给公司提供了那么好的轴承,真是太感谢了。”嫂子一边笑,一边拿围裙擦着手说。

“都是应该的,我们初来景城,也是受了廉总的照顾,朋友之间就是要互相帮忙!”姜雪比我会说话,赶紧就拉着人家胳膊,唠起了家常。

这时廉总把外套脱下来,挂到衣架上说:“行啦,没有外人,不用跟你嫂子客气。对了阿香,老爷子呢?”

嫂子赶紧湿了块毛巾,给廉总擦着脸说:“又在后院倒腾他那点东西呢,甭管了,你们先吃吧。”

“那怎么能行?赶紧把老爷子请出来,我们直接开吃,这不合规矩。”廉总恩爱地推着嫂子的肩膀,真的让人心生羡慕。

不大一会儿,嫂子就带着一位老人进来了,看上去六十出头,但凤眉鹰眼,给人一种精神矍铄的感觉。

廉总把毛巾挂起来,笑着走到饭桌前说:“介绍一下,这是我老丈人,都六十五了,你们就是喊爷爷也串不了辈分。”一边说,他又看向我们道:“爸,这是向阳和姜雪,是我在生意上认识的朋友,蛮有才华的。”

老爷子赶紧朝我们伸手,很客气地笑说:“你们好啊,翔安这小子啊,就是喜欢交朋友,没想到今天竟然还交了两位小朋友。你们老家是哪儿的?”

姜雪嘴最甜,忙说自己是都江市的。落座以后,老爷子又问我,我才开口说:“爷爷,我是烟海市的。”

“你们烟海市我可去过，那里是不是有个武河县？”老爷子吃惊地笑道。

“我们村就在武河县旁边，离那里挺近的。”我赶紧说道。

“这还真是缘分啊，早些年，我做瓷厂的时候，经常到武河县出差。那里有种红土，是烧釉上色的最佳材料！只是可惜啊，你们当地人却不拿它当宝，不然武河县早富起来了。”老爷子惋惜地摇着头，目光里却满是回忆。

我就给老爷子倒上酒说：“您肯定知道，我们那的人，官本位思想严重。尤其武河县，大学生都削尖脑袋考公务员，又有几个回乡做买卖的？所以这几年，武河县越来越穷，年轻人都出去打工，不少村子都空了。”

听我这样说，老爷子又是一声感叹，廉总见我们聊得挺投缘，便主动提酒说：“有缘千里来相会，爸，咱们先干一个？”

“来，干了！”老爷子倒是爽快，带着对往事的五味杂陈，他一口就闷了下去。

接着我们就闲聊，老爷子最能说，主要讲他过去烧瓷的经历，而且还毫不谦虚地说，他的“三焙釉”上色法，那在景城算是一绝！烧出来的瓷器，甚至能销往国外，赚洋毛子的钱！

后来他又开始骂廉总，说他不知道珍惜祖宗手艺，五年前还关了瓷厂，搞现在的轮圈公司，廉总倒是好脾气，老丈人怎么说，他都笑呵呵地听着，倒是嫂子不愿意了，直接就跟老头对着呛，说翔安是紧跟市场风向，烧瓷那套早过时了。

老爷子这酒喝得不舒服，因为闺女老跟他顶着来，后来就气呼呼地离开了饭桌，去了后院儿。不过这老顽童的脾气，倒是蛮可爱的。

“我老丈人就这样，以前在公司管人管惯了，这回家一让闺女管着，他就开始闹脾气，但不是真的生气。”廉总举着杯，还不忘跟我们解释。

有的时候，人与人的相见，可能真就是缘分。因为姜雪的一句“技多不压身”，我俩竟然机缘巧合地把老爷子的独门秘技“三焙釉”上色法给学了，这看似与机械毫不搭边儿的手艺，最后却奠定了我们的大商业时代。

那天饭吃得还算开心，主要是嫂子手艺好，尤其那盘腊肉炒笋，基本让我一个人包圆了。

饭后廉总给我递来了合同，条款也都没什么问题，签完合约以后，天色已经傍晚了。

本来我跟姜雪是打算回厂里外宾宿舍休息的，可廉总和嫂子热情，说家里俩孩子都在大学念书，刚好有房间，就让我们住家里，廉总晚上还想再跟我聊聊机械方面的事。

盛情之下，我们就留了下来。吃过饭没事干，姜雪就好奇地拉着我，参观廉总家的豪宅。

中式别墅，在深秋的季节更显美感，前院的两棵高大枫树，叶子已经开始转红，在微风下缓缓飘零，夕阳的余晖洒落，玻璃上反射着橘红色的光芒，姜雪不禁感慨，自己什么时候才能拥有一套这样的房子啊！

在前院溜达了一会儿，我们又去了后院，这里的面积比前院要大，也种了不少花草植物，最为显眼的还是那幢窑炉！

窑炉上方的烟筒冒着袅袅黑烟，老爷子穿着灰色太极服，带着厚手套，正忙忙叨叨往炉子里填煤。

姜雪拽着我的胳膊，快步走过去打招呼说："爷爷，您忙什么呢？"

老爷子把炉门关上，这才转头笑说："倒腾点自己的小玩意儿，你们吃饱了？"

"饱，肚子都撑圆了。"姜雪笑盈盈地蹲下来，看老爷子捡起锤头，要去敲煤炭，她赶紧抢过锤头说："爷爷，我来帮您！"

"你这小丫头，还真是讨人喜欢。"老爷子笑眯着眼。

姜雪捶着大块煤炭问："爷爷，您到底在倒腾什么啊？"

老爷子眼睛放光："烧瓷！翡翠瓷！"

"什么是翡翠瓷？"这丫头还真是好奇，不过反正也没事，闲聊呗。

"你们等着。"老爷子忙跑着进了侧面的小房里，不大一会儿工夫，他就拎出来一个花瓶，"看看吧，喜欢就拿去，算我送小丫头的礼物。"

我和姜雪惊呆了！那是一个花瓶，通体圆润光亮，色泽呈浅淡的翡翠色，就宛如贵妇手上的镯子般雍容奢华。

姜雪欢喜地扔掉锤头，赶忙接过花瓶，整个人的眼神都痴迷了！"爷爷，您不会告诉我,这花瓶是您烧出来的吧?”

“前天刚出炉的,烧得还算可以吧!只是可惜了,要是有武河县的红土,还能烧得更好!我不是跟你们说大话,全国我不敢夸口,但在整个景城,论烧瓷手艺还没人能比得过我!”老爷子骄傲地说道。

“爷爷,您这是怎么烧的?教教我呗!”姜雪顿时来了兴趣。

可老爷子却微皱了下眉,我也赶紧拽了下姜雪,这种独门秘方是能随便打听的吗?

老爷子没应声,又打开炉门,朝里面填了几铲煤,才开口道:“烧瓷讲究的就是火候,尤其这种翡翠瓷,娇贵得很!所以这煤一定要碾细了,让它充分燃烧,绝对的高温才能烧出上等的瓷器。”

我抿嘴一笑说:“爷爷,现在都用机器烧了,只要通上高压电,您要多少度都可以调节,而且还能保证绝对的恒温。”

听我这样说,老爷子猛地站起身,满是吃惊地看着我问:“真的假的?我之前干瓷厂的时候,怎么没听说过还有这种机器?”

这倒可以理解。他家的瓷厂早就被廉总停了,更何况老爷子卸任在家,估计也好多年了。

这几年国内的发展真的太迅猛了!我刚念大学的时候,村里座机电话都还没普及,可看看现在,不仅淘汰了座机,而且人人都用手机了。那些家用电器、个人电脑,五年前谁敢想啊!更不用说工业机器的更迭,那速度更是快得让人眼花缭乱。

“您想要的话,回头我可以帮您买一台小的,充上电就能用,而且还安全便捷,比您这烧煤可强多了。”

“那咱一言为定,你可不能诓我!”他满是开心道。

我点点头,这时候姜雪又问:“爷爷,这烧瓷难学吗?我以前怎么就没见过这么漂亮的花瓶呢?要是花钱买的话,肯定挺贵吧?”

这丫头,竟然还不死心!老爷子皱了下眉,又抬头望着我说:“向阳,我倒是可以教教你,你愿意学吗?”

说实话,我将来的目标是做机械,尤其现在手里还接了那么多活儿,怎么可能有时间再倒腾这种没落的行业。可姜雪却赶紧站起来,拿胳膊撞着我说:“技多不压身,爷爷愿意教你,你就学呗?”

她这话倒也不错,而且我觉得烧这玩意儿应该不是太难,反正现在也没事,能学多少就学多少,权当打发时间了。

见我点头,老爷子这才长长舒了口气,又望了望周围说:“你跟我来!”

说完,他走在前面,进了旁边的小房,我随后跟进去,就看到老爷子把书架上的书拿开,墙上竟然出现了一个暗格!

第四十六章

看老爷子这模样，是要动真格了。这么好的烧瓷手艺，要是真学下来，的确有百利而无一害，顶多就是费些时间，费些脑力而已。

“爷爷，那秘方呢？既然教我，总得有个教材吧？”一边问，我左右看了看，姜雪已经离开了，估计是她觉得老爷子没有要教她的意思，便起身回前院了吧！

老爷子就皱眉说：“你急什么？这东西靠的是悟性，是对色彩和温度的把握，如果不手把手地教，给了你秘方，你也不会！”

听到这话，我思虑了一下道：“爷爷，不行就算了吧。既然廉总和嫂子不同意这门技术往外传，我还是不要学了。”

“什么不要学了？这门手艺都没人继承了，我教给谁不是教？更何况你老家离武河县那么近，保不齐将来，你要是从事了这门行业，还能帮我传承下去！翔安和阿香，他们高兴还来不及呢！”

我总感觉这老爷子完全不按套路出牌。你以为是这样，他就偏偏不是这样。

老爷子开始跟我讲，他的翡翠瓷究竟是怎么烧制出来的。

老爷子说，他的工艺叫“三焙釉”上色法，普通瓷器一般都是上一次釉，但烧制翡翠瓷，而且要想烧出上等成色，就必须要上三次釉，而且还要添加他的独门秘方。

我俩正聊着，姜雪又从远处走来了，说：“怎奈其是女儿身？若是男儿就太好了！”说完，他缓缓抬起头，很歉疚地说：“雪儿啊，我现在要给向阳讲点事，要不……”

姜雪的笑容一僵，随即尴尬地摆手道：“那你们聊，我到前院去转转。”

我立刻拉住姜雪说：“爷爷，至于吗？姜雪想学就让她学呗！”

老爷子皱眉说：“老祖宗规矩，传男不传女，我也有难处。”

“你可拉倒吧！都什么年代了？再说了，你这门手艺都要后继无人了！你要是不教姜雪，那我也不学了。”

一听我说这话，老爷子就跟浑身炸毛了般，猛地站起来说：“别！别！丫头可以跟着在旁边看，能悟多少全看她自己的本事，反正我自始至终可没教过她。”

我就不耐烦道：“行啦，大家都挺忙的。我们明天就得回许城，您就赶紧开始吧！”

听了我的话，老爷子长叹一声，给我们讲了起来。

其实工艺也不复杂，就跟普通的烧瓷差不多，都是先烧胎坯，然后喷釉，再进行二次烧制。

唯一不同的，就是釉浆里要加入老爷子调制的秘方，然后控制好温度。三次上釉的温度也不同，差一分都有可能烧废。最重要的是我们武河县的红土。如果用那种土烧制，成色还能再提升三分！

所以后来，武河县那些一文不值的红土，竟然成了我发家致富的聚宝盆。

随着老爷子的讲述，胎坯已经烧制好了，接着他就开始调釉、喷釉，顺带着把自己的配方也讲给我们听。姜雪怕忘了，还专门拿手机记了下来。

再次烘烤过后，老爷子掀开闸门，往里看了看说：“就是这时候！都看见了吗？瓶身的釉色开始渐变，等稍微有些橘红、透亮的时候，就要赶紧拿出来，冷却后再次上釉！这个时机一定要把握好，不能早也不能晚！”

我揉着眼睛，瞅了半天也没看出什么渐变，倒是姜雪看出来了。她急忙说：“爷爷，这颜色变得有点快，瓶身似乎有点暗淡了，是不是烧过火了？”

听到这话，老爷子当时就震惊了！他赶紧先把胎坯撤出来，放在旁边冷却，吃惊地望着姜雪道：“丫头，你刚才真的看见了？”

“嗯！虽然很细微，但我从小对颜色就敏感。可能是以前跟着父母跑大车，总帮着我爸看路况导致的吧？我视力可好了，一点都不近视。”姜雪解释道。

“好啊，真没想到在有生之年，我还能碰上你这么个娃娃！烧瓷这门手艺就跟绘画一样，对颜色越敏感，悟性就越高，把握火候就越好！虽然是个女娃，那也值了！”

说完，老爷子又开始忙活，我们一直忙活到第二天中午，才把所有流程过了一遍。

虽然廉总一家特别热情，但我们真的不能再久留了。手里还压着那么多订单，张宏远他们这些人还在宋楚国手里攥着，想想后面的事，我头皮都发麻！

上了廉总的车，老爷子特别不舍，嘱咐我们以后再到许城，哪儿也不要去，就住家里！

见老爷子这么有诚意，我大笑道：“老爷子，好好活着，往后再来，我希望还能跟着您学烧瓷！”

“师父，保重身体！”姜雪道。

“师父，走了，回头机器我给您邮过来！”抿了抿嘴，我也摇上了车窗。

廉总开着车，叹道：“我家老爷子啊，总算后继有人了！尤其现在的年轻人，还愿意沉下心来学烧瓷这门手艺的，真的太少了！”

姜雪笑着说：“技多不压身，我们还要感谢爷爷呢。那么宝贵的秘方都愿意传授给我们。”

廉总苦涩一笑道：“用不上感谢，我家那些小崽子们，谁都不愿意学，觉得这门手艺土啊，不如财经、计算机、高科技时髦。可再怎么样，烧瓷也是咱们祖先传承了几千年的手艺，不说了……”

其实在很早之前，我就发现廉总是有家国情怀的男人。他讨厌洋人薅羊毛，又愤慨国内机械领域不争气，虽然没有继续经营瓷厂，但能感受到他在根儿上还是热爱这门手艺的。

回到厂里开了卡车，再次寒暄过后，我们就与翔安集团道了别。

车上没有了重物，跑起来也特别轻松。我和姜雪偶尔会聊些关于烧瓷方面的心得，可能女孩都比较细致吧，她学得比我好，理解得也比我透彻。天生我材必有用，姜雪似乎也找到了自己的优点。

两天两夜后，我们回到了许城。姜雪带着我，先去运输公司办了离职手续，开始老板还不愿意，总给我们脸色看，毕竟才跑了两趟活儿就甩手不干，任何老板都不会高兴。

可当姜雪说，回头我们的货还要指着运输公司给送的时候，老板脸上又乐开了花："姜雪，咱们公司你是了解的，把货交给我们，你就放一万个心！"

傍晚回到三元屯，我就给宋楚国打电话，约了晚上见面。姜雪跟宋楚国之间多少有些尴尬，所以她就没跟着。

还是原来的老地方，只不过深秋转冷，露天烧烤已经没了，我们在饭店包厢见的面，宋楚国这些日子状态还不错，红光满面地夹着包，拉着凳子坐下来道："你都忙些什么呢？怎么还去外地了？"

我故作冷漠地拉着脸，冷冷地喝着茶说："那个人，你还是没消息？"

宋楚国最怕我提这茬，赶忙坐下道："我知道你着急，其实我也着急。可寻人这种事能急得来吗？"

"好，不提寻人，就说张宏远他们！我费好大劲帮了人家张宏远的母亲，可您倒好，顺手就给收编了！老宋，墙脚可不是这么挖的。"捏着水杯，我故作生气道。

"你这只小狐狸，明明是你要挖我墙脚，这怎么一见面，就成我挖你的人了呢？"宋楚国一脸无辜，挠着他的大背头道。

"您就说这事儿办不办吧！上次您把我从公司里踢了，我心里还一肚子怨气呢！咱俩谁欠谁的，一目了然！"我继续冷哼道。

听我这样说，宋楚国也不生气，只是在那摇头苦笑说："事儿呢，我已经跟张宏远沟通了。我也不骗你，我当面给他开出月薪十万的工资，外加技术部高级工程师的职位，面对这么巨大的诱惑，他竟然眼都没眨一下，就要跟你走。"

这才是宋楚国，商人嘛，他要是不为挽留人才而去努力一把，海兰达也干不到如今的规模。

他又说："该走的留不住，留下了也不对路。人我已经放了，还有啊，最近我们公司正在计划转型，专门生产高精尖机器和配件，这次转型一旦成功，向阳，我们下游的那些配件，我会打包给你们做。张宏远他们的手艺、你的人品，我都信得过！"

此话一出，我手里的茶水都洒了出来！一个翔安，就足以养活我们厂，若是再多出一个巨头海兰达，那往后的日子……

看来我这个雪球，真的越滚越大了，我心里甚至开始打鼓，单凭自己的能力，究竟能否吃下这么多大胖子，可千万别撑死了！

"我也是从穷苦日子过来的，知道乡下人在城里创业有多艰难！向阳啊，加油干，一定要争口气！"说完，他的手用力拍了拍我的胳膊。

第四十七章

好在宋楚国那边，暂时还没有完成转型升级。这一段的时间差，多少可以让我们这个小厂暂时先喘口气。

晚上回家的时候，姜雪已经睡了，毕竟舟车劳顿，我也没打扰她，就把宋楚国送来的喜讯暂时压在了心里。

第二天清晨吃早饭的时候，姜雪才跟我说，张宏远昨晚就给她打了电话，说张家庄的人已经集体辞职，准备跟着我干大事，还让我们今天早点过去，商议接下来该怎么干。

简单吃了口饭，我和姜雪便打车去了张家庄，这里后来也成了我事业开启的地方。

北方的深秋已经很冷了，一望无际的农田里，播下的麦种还没发芽，在田地劳作的农民却穿得依旧单薄，而来到厂里，那些工人又换上了曾经的“宏远机械”工装。

他们的衣服和农民一样单薄，甚至还有些老旧，但他们洗得很干净，似乎是在向我预示：新的征程已经开始了。

“向阳兄弟，你们那边的事情，姜雪昨天都已经说了。接下来大伙都听你指挥，你就说咱该怎么干吧！”张宏远说。

“以前咱们这个厂都是偷偷摸摸拿人家海兰达的图纸造假。每天我这个心呐，总是七上八下，生怕警察找过来。现在好了，咱们也有正经生意了，终于可以光明正大干一场了！”旁边的大胡子，挺着圆滚滚的肚子豪爽道。

望着众人热切的眼神，不知为何，我突然感觉自己的肩膀好重！全厂算上我和姜雪，那就是三十五张嘴，自此刻起，养家糊口的粮食可都得我来弄了！

深吸一口气，我看着张宏远问："姜雪接的那些订单，你们都看了吗？"

张宏远立刻点头说："都看了，她昨天用QQ拍照发给我了。说实话，那些活儿没什么难度，真要是白天黑夜两班倒，我们一个月就能干出来。"

"那姜雪卡里的预付资金够买料吗？"我继续问，兵马未动，粮草先行，这是基本常识。

"差不多！料厂那边咱们也算老客户，真要不够，也可以赊欠一批，这些都不是问题。"负责采购的兄弟，大包大揽地拍着胸说。

我抿着嘴，用力点了点头，又问张宏远："配件的图纸和模型，咱们这边有吗？虽然那些都是通用型号，但也不能马虎。"

张宏远当即笑说："你信不过我们，还信不过海兰达吗？我的电脑里可还装着不少海兰达的资料呢！就那些配件，直接从海兰达的资料里就能翻出来。"

"那行，咱就甭废话了，开始干吧！你们在这里干，我和姜雪出去拉业务，等到了年底，保不齐大家都能一人一辆小轿车！"我双手一拍，朝众人爽快道。

不得不说，张宏远这家伙极有威信，而且安排工作有条不紊，确实堪当大任。

厂里的机器再次响起，我就靠在院子里，一切都宛如做梦一般，没想到我向阳如今也成了小老板，手下也有了一帮兄弟。

（未完，待续）

作者有话说

从事小说写作近十年的时间，能与文学这个领域结缘，并将之作为努力奋斗的事业，是这个时代赠与我的宝贵礼物。我们这代创作者赶上了时代发展的红利，是幸运的一代人，随着互联网行业的发展和技术的进步，网络文学市场也越发地繁荣，阅读群体的覆盖面也越来越庞大。

在享受时代发展红利的同时，压力也随之而来。尤其在创作的过程中，我时常会被一些问题所困扰。文学创作的目的究竟是什么？什么样的作品才是好作品？文学在这个时代需要承担哪些社会责任？我的作品一旦面向大众，能不能给人们带来某种启迪，对社会的发展能不能产生积极正面的促进作用？

尤其作为网络文学创作者，相信很多人都会面临一个问题，那就是作品的商业性与文学性如何才能做到兼容？这其中的平衡点又在哪里？

这个问题的产生，源于阅读群体基数的不断壮大。由于不同读者对于文学作品理解能力的不同，势必会影响一部作品的商业价值。浅显易懂、诙谐幽默的作品，在很大程度上似乎更能在商业价值上获得成功，而只是一味地迎合读者、顺应市场，在一定程度上就要损失作品的文学性、思考性和独立性。

这个问题困扰了我很久，直到几年前，一个读者给我发来消息，他说自己高考失利，生活一度压抑，在无意间看到了我的小说后，他对书中的故事产生了共鸣，内心突然又充满了动力，他请求父母再给他一次复读的机会，最终考入了自己理想的大学。

这件事给了我很大的触动，猛然间才发现，网络文学作品也是要承担社会责任的。它开始变得有影响力，甚至能影响人们的行为意识，给人们的心灵带去某种动力。

创作者是思想的输出者。一部文学作品承载着怎样的价值观，它灌输给读者的就是怎样的观念。尤其随着读者年龄越发的年轻化，创作者对于价值观的输出就更要谨小慎微、积极向上。

所以，在我的认知里，网络文学作品除了兼具商业价值和文学价值外，更多了一份社会价值。因此我的创作方向开始变得明确，每一部作品开篇之前，我首先会考虑这个故事所传达的思想到底对不对，能不能引人深思、积极向上，让读者在生活中产生共鸣、产生那么一丝动力。于是，《少年行》这本书的轮廓在我的脑海里渐渐清晰了起来。

因为贫穷而自小饱受冷眼的向阳，一生都在拼尽全力改变命运。在艰难的成长历程中，他非但没有被现实击败，反而心向阳光、越挫越勇，汲取生活中的善良、选择生活中的美好。

在许城，他为了帮助朋友而选择创业，从零做起。在金川，他靠着出色的头脑和勤奋努力，帮助大山里的村民过更好的生活。在商场，他以诚实守信、开拓创新赢得声誉，并积极响应政策号召，在技术领域层层突破，反哺社会。

行走半生，披荆斩棘，《少年行》这本书以主角向阳的经历，讲述了其通过勤奋、智慧、坚韧、悲悯，走出的一条精彩人生路。

不要害怕生活中遭遇的种种艰难与不幸，天降大任于斯人，任何的艰难险阻都是我们奔向美好生活的垫脚石，是提升个人能力的训练场。英雄的形象之所以光辉，是因为他们身上有着数不清的伤疤，他经历过普通人怯于尝试之痛，他有着太多可以讲述的故事。

《少年行》全书共205万字，限于篇幅，本书截取了前20万字进行了适当的修改和润色，即将出版，与广大读者见面。若想阅读后续故事，大家可登录番茄小说APP，搜索“阿刀”或“少年行”。

祝好！